青い風のカプリッチオ

宮ノ森青志郎

東京図書出版

青い風のカプリッチオ【目次】

沖舘のたおやかな風

一

齢七十三である勇雄《いさお》は、今から丁度四年前の夏の終わり頃、令和元年の八月下旬に、彼のふるさとといえる青森県のむつ市から青森市を訪れる独り旅を敢行したのであった。勤務する大学の定年退職を迎える年度のことである。新型コロナ禍以前のことだが、職業柄に起因する或る屈託した思いを抱いていた。強いストレスといってもよい。勇雄の長い星霜を経たふるさと探訪は、そういうイライラから暫し解放されたいがためだった。

この独り旅での勇雄は、まずは小学六年生から中学三年生までの四年間を過ごした下北半島のむつ市田名部という地域を歩き廻り、ついで彼が物心のついた頃から小学五年生までを過ごした青森市の沖舘という地域をぶらつき、最後に三年間を過ごした高校があった青森市の筒井という地域を散策したのであった。

勇雄の幼少年時代の思い出は今や断片的なものとなっている。時系列に回想することなど困難である。ならば、記憶の深層に分け入り、切れ切れなエピソードを数珠つなぎにすればいいではないか。そんな高杉勇雄という一高齢者の幼少年時代に焦点を当てるこの小説は、もう六十年以上も前のことを語り、現在と過去との対話をする。

二

幼い勇雄は、母手作りのみみずくの縫い包みをこよなく愛していた。目はパッチリとし、お腹の部分は人間の肌色と同じような色をしているが、羽根といっても縫い包みなので無く、背中の部分は少し輝いた黒色で肌ざわりが頗る心地のよいものであった。ビロードという布地を使っていたらしい。勇雄は寝る時もこのみみずくの縫い包みを枕の傍に寝かせていた。

或る時、勇雄は母に近くにある八百屋さんにお使いを頼まれた。勇雄は母から買ってくる野菜のメモ書きと小さな財布と買物籠を渡され出掛けることになった。が、急に、母にみみずくをおんぶして連れて行きたいと言い出した。

「みみずくと一緒でないとイヤだ」と言い張ったのである。

母はみみずくの縫い包みを取り上げ、勇雄の小さな背中に細長い紐のようなものを使って、素早くおんぶさせた。勇雄はこれに満足して八百屋さんまでの五分ほどの道のりを揚々として歩いた。

「あら～、いっちゃん、偉いわねえ」

八百屋のおばさんは優しく接してくれ、お使いの用は問題なく出来た。そんな母の手伝いを何度かした記憶が今の勇雄の脳裡に鮮明に残っている。

勇雄には二つ年下の妹がいた。時子という名である。その時子が小児麻痺になり左足にギプスを着けていた。勇雄の父は国家公務員で公務員官舎に住んでいたが、各家庭には風呂はなかった。この官舎は塀に囲まれて十軒ほどの家々があったが、広場があり、その広場の奥まった所に共同風呂があった。使用希望者が時間帯を決め順番で入浴していたのである。もっとも、歩いて十五分ほどの所に大きな銭湯があった。多くの人は毎日ではないにしろこの銭湯を使っていた。が、ギプスを嵌めた時子を銭湯に連れて行くことは出来ない。勇雄は時子をおんぶして共同風呂まで何回か連れていく役目をさせられた。母が勇雄に頼んだのであって、勇雄の自発的な行為ではなかった。が、それを勇雄はイヤではなかった。おんぶすると左手に冷たいギプスの感触があったが、時子を可哀想に思い、兄としての務めと思い、おんぶは途中で中断することなく遂行されたのであった。やがて時子の小児麻痺も全快しおんぶも終えた。

いかい、みみずくのおんぶと妹時子のおんぶは勇雄が小学校入学以前のことであった。逆に勇雄が近所の三つほど年上の昌《しょう》ちゃんにおんぶされたことがあった。それは小学校の三年生の頃だったと記憶する。勇雄たちはその夏、近所にある海辺に遊びに行っていた。勇雄は浜辺を裸足で歩いていて一瞬の不注意から割に大き目な貝殻を踏みつけ、左足の裏をザクッと切ってしまった。夥しい鮮血が流れた。痛みもある。一緒に海辺に遊びに行った四人ほどのうちで年嵩の昌ちゃんが大変心配してくれた。傷ついた左足は昌ちゃんの手拭いでぐるぐる巻きにされていた。そして昌ちゃんは勇雄をおんぶして一番近くにある病院に連れて行ってくれたのである。

だが、その病院は精神病院であった。それでも、お医者さんなのだろうか、或る男の人が、そこのこれまた白衣を着た看護婦さんのような女の人に治療をするよう指示をした。勇雄は椅子に座らされていたが、治療を受けると血はやがて止まったものの、傷跡がなくなるまでは暫くかかるだろうと言われた。

でもそれは衝撃的でも何でもなかった。勇雄にとって衝撃的であったのは、その部屋の隣の部屋の小さい窓から見える光景であった。お昼時らしく大人の男女数名、狂人と呼ばれている何人かが、集まっていて、或る女は御飯を盛った茶碗に箸二本を立てているではないか。話し声は微かにボソボソとしか聞こえない。何を話しているかは分からない。茶碗の女の隣の女は目が虚ろで天井の方を長く見つめていた。この光景の目撃は、精神病院の人の対応を待たされる僅か一、二分ほどの短い時間のものであった。足の痛みは忘れていた。やがて左足を真っ白い包帯でぐるぐる巻きにされた勇雄は昌ちゃんにおんぶされて自宅まで連れて行ってもらった。あの時の昌ちゃんの背中の温かみは今も感覚として記憶されている。

三

勇雄は乗り合い馬車というものに乗ったのを記憶している。馬車からバスへの移行期に当たる。馬車の馬は矢鱈に道に糞をして歩いていた。藁のような糞で何故か汚いとは感じなかった。パカパカという馬の蹄の音をコンクリートの道路に響かせていた。スピード感はあまりなかった。が、バスのようにエンジンの音などがしないのが心地よさを与えていた。乗客の数も少なく長閑な感じがした。

自宅の前の往来には時折、「シジミ、シジミ」と短く叫ぶ十三湖からやって来たというシジミ売りの声、ラッパを鳴らしてから「トーフー、トーフー」と叫ぶ豆腐売りの声、夏は「金魚えい、金魚」と叫ぶ金魚売りの声、冬は「焼き芋〜、焼き芋〜」という焼き芋売りの声などがしていた。その他にもリヤカーに魚類を積んだ魚売り、これまたリヤカーに野菜類を積んだ野菜売りの行商もよく来ていた。家々から主婦たちが姿を現し、お喋りをしながら必要な物を買う。そういう今は殆ど消え去ってしまったものの多い素朴な風情は、今なお勇雄の瞼の底に生き続けている。

行商といえば富山の薬売りが月に一度は家にやって来た。母が玄関先で暫し対応する。勇雄は紙風船を薬売りのおじさんからもらい、母の膝の上でそれを膨らませたりして退屈を紛らせていた。また、刃物研ぎの男も玄関先に来た。並べられたうちの何本かの包丁を大きな砥石で丁寧に一本ずつ研いでいた。今なら背筋がゾッとするような光景だが、当時は包丁研ぎも怖い感じはしなかった。ゴム紐の押し売り男が来た事もある。母は何か言いながらその男を退却させていた。押し売り男も凄く怖いという感じでもなかった。

勇雄がごく幼い頃は、世の中には穏やかな時間が流れていたように思われる。それがどんどんせわしくなって行った。時間がスピードを増し、短く感じられるようになって行った。今の勇雄は数々の文明の利器の恩恵を蒙っている。が、せわしいのは好まない。昔風なもの、たとえば秋風が吹き始めた頃どこからか聞こえて来る風鈴の音などは心を和ませてくれるのである。

四

母の母、すなわち勇雄のおばあちゃんはいつもではないが、時々勇雄の家に同居していた。のちに判明したが、このおばあちゃんは、満州からの引揚者で敗戦後すぐに夫を亡くし、秋田の高杉家の別家として養女になって内地にいた長女の所と、引き揚げ後に東京で或る製薬会社に勤めていた長男の所と、末娘の勇雄の青森の母の所の三カ所を代わる代わる住まわせてもらっていたのである。

おばあちゃんは勇雄と時子に夕食の前に、眼鏡を掛け、絵本を読み聞かせていた。『桃太郎』『浦島太郎』『一寸法師』『舌切り雀』『瘤取り爺さん』『カチカチ山』『猿蟹合戦』『いなばのしろうさぎ』などのお伽噺、それに『安寿と厨子王』『ガリバー旅行記』『ジャックと豆の木』など、絵本を繰りながらハッキリした口調で朗読していた。毎日の日課になっていたので、勇雄は「また安寿と厨子王の話か。もう厭きたよ」などと思うこと屡々であったが、時子とおとなしく聞いていた。『ガリバー旅行記』は小人の国の話で、勇雄は幼いゆえ小人たちの方に身を置き、ガリバーのような大きな、大きな男を恐ろしいと思った。ガリバーを縄で縛りつけたもののガリバーがむっくりと起き上がって来る絵は鮮烈な印象を残した。大きな男といえば、『ジャックと豆の木』のラストの大男は恐ろしかった。でも子供は怖い話が好きなのである。

おばあちゃんの思い出としては他にも幾つかある。おばあちゃんはいつも着物を着ていた。腰が曲がっていた。

或る夏、部屋にじっと座り、蝿叩きを持って時々部屋を飛び交う蝿をバシンと音を立てて叩くが、うまく叩き落とせない方が多かった。そういう光景が妙に記憶に残っている。当時は蝿や蚊が不快を齎すものとして多くいたのである。

今の都会生活に慣れ切った勇雄は夏に蝿をまるで見たことがない。子供にとって銀蝿などは気持ちを悪くさせたものだった。今は衛生面で清潔になった。

勇雄は真夏の早朝、四時半には犬の散歩に出掛けている。年金生活者の彼の唯一の運動といっていい。朝の小鳥の囀りは爽快である。或る所では鶏の「コケコッコー」という声が聞こえる。夏の終わり頃は蟬の大合唱だ。その散歩で半袖シャツに短パン姿の彼は蚊に刺されることが屡々なのである。が、都会といっても広い畑もあちこちにあり、こんもりした林もまだ残っている都心に近いY市の郊外に住むので、蚊に刺されることは何も不思議なことではない。

蚊に刺されたらすぐ市販の液体の薬を塗る。さして不快ではない。むしろ今では蚊に困らされることのなくなるのを自然破壊の拡大として嘆くであろう。それにしても昔は蚊に悩まされた。勇雄は沖舘の家では夏は蚊帳を吊って寝ていたのを覚えている。また、あの蚊取り線香の匂い、今となっては頗る懐かしい。

その昔、じっと部屋に静かに座り、蝿叩きで飛び交う蝿どもを叩き落とそうとしていたおばあちゃんの姿はまだ勇雄の瞼の底に焼き付いている。

勇雄はこの早朝の犬の散歩にほぼ二時間を費やす。散歩コースに公園が五カ所もあるのが嬉しい。公園には大抵滑り台とブランコが定番で設置されている。むろんそれらは木製ではない。大きい公園には鉄棒が加わる。が、大抵の公園には桜の樹か欅の樹か何か大きな木が植えられている。散歩途中の今の勇雄にはブランコなどよりも樹木の方に興味がある。立ち止まっては巨樹に触ってみる。あのざわつくような感触が何ともいえなく心地よいのである。

今時の幼児はその母に付き添われて公園で遊ぶことが多い。勇雄が幼児であった頃、公園は殆どなかったように思う。たまにあれば、やはり滑り台やブランコで遊んだ。が、母の付き添いはなかった。滑り台も今とは違い、むろん木製であった。この老人は決して昔はよかったなあ、などと言っているのではない。時代は移ろう。当たり前だ。良し悪しの問題ではなく、幼児が生を受けたことを楽しく思えればそれでいい。勇雄はその小学校入学以前の幼児期を楽しかったと回想出来ることを嬉しく懐かしんでいるだけなのである。

五

おばあちゃんと二人だけでバスに乗り、青森市の或る親戚を法事か何かで訪ねたのは、勇雄が小学二、三年生の頃だったと思う。高価と思われる夏羽織と着物を着たおばあちゃんはシャキッとしていた。親戚の家でのことはまるで記憶に残っていない。が、バスに乗っている時のおばあちゃんは凛々しく、他の乗客たちに比べ誰よりも気品があり、子供ながらにも勇雄はそういうおばあちゃんがいるのを誇らしく思ったのであった。

おばあちゃんは、名を伊藤ふみと言った。高杉家のお嬢様として成育し、満州に渡っていた伊藤清作さんに嫁いだのである。

ところで、幼稚園に行かなかった勇雄に幼稚園の先生のように数々の絵本を読み聞かせていた頃のおばあちゃんはいったい何歳頃だったのだろう。生年は聞いたことはないが、巳年生まれと聞いていた。計算してみると、明治二十六年生まれで間違いない。おばあちゃん、満六十二、三歳の頃という勘定になる。芥川龍之介の一歳下ということになる。こうなると急に昭和二年の夏に自殺した芥川龍之介がそんな大昔の人とは思えなくなる。

ふみさんの長女で高杉家の分家として養子に出された重子さんは卯年生まれ、大正四年の生まれと知っていた。有名人でいえば笠置シヅ子の一つ下である。ふみさん満二十二歳の時の子である。ふみさんと重子さんは母子の関係だが、姉妹の関係にもなるという。

長男清一さんは縁あって東京大学から薬学博士号を授与されたアメリカ留学体験もある秀才中の秀才である。午年生まれ、大正七年の生まれである。著名人でいえば田中角栄と中曽根康弘と同い年である。ふみさん二十五歳の時の子である。

勇雄の母の前に安夫伯父さんと富子伯母さんが生まれているが、安夫伯父さんは三船敏郎と満州で同じクラスだったというのだから申年の大正九年生まれに相違ない。富子伯母さんはその僅か一年下の酉年の大正十年生まれのはずである。勇雄の母冴子はそれからかなり年を隔てた辰年の昭和三年生まれである。ふみさん満三十五歳の時の子ということになる。富子伯母さんと母冴子の間に夭折した女の子がいるという話を母から聞いたことがある。昔は子沢山であった。

子供の勇雄はおばあちゃんに或る時好きな男の俳優などの有名人を聞いてみたことがある。するとおばあちゃんは即座にディック・ミネと伴淳三郎だと答えた。少年の勇雄はこの二人を知っていた。ただ、ディック・ミネと伴淳三郎に共通点は見出せなかった。あるいは勇雄の生まれる前に亡くなっていた母の父、ふみさんが内地の秋田から満州の大連まで家出同然で飛び出し結婚したという夫の清作さんがディック・ミネと伴淳三郎をミックスしたような風貌だったのではなかろうか。そう老齢の身になっている勇雄には勝手に想像されたのである。

後年、ふみさんの若かりし頃の写真を一枚見たことがある。ハッキリ言って美人である。勇雄はそのモノクロ写真を見た時、実に驚いた。普段見ていたおばあちゃんの面影が少しはあるものの、まるで別人のように思えたからである。ふみさんは八十二歳で亡くなった。昭和五十年ということになる。勇雄もその葬式には参列した。敗戦を体験し、未亡人生活が長かったふみさんが幸せな人生だったかどうかは勇雄には想像がつかない。

六

この際ついでに、青森市に住んだことがあって、勇雄の家に時々遊びに来たことのある安夫伯父さんと富子伯母さんのことを思い出してみよう。

安夫伯父さんに連れられ幼い勇雄は、青森市の二番封切の奈良屋映画館に行ったことがある。おそらく小学校二、三年生の頃のことと思う。三本立ての東映の時代劇を上演していたはずだ。一通り観たあと、安夫伯父さんは隣の席でスヤスヤと寝ていた。勇雄は「伯父さん、終わったよ、帰ろう」と言うと「ああ、そうか、帰ろう」となった。バスで帰るのだが、降りる沖舘新田というバス停が近づいても安夫伯父さんは隣の座席でまたもコックリ、コックリと寝ている。勇雄は「もう着くよ、起きて」と言うと安夫伯父さんは「ああ、そうか」と言って目を覚ましたのであった。

なんで安夫伯父さんはそんなにも疲れていたのであろう。当時はまるで分からなかった。が、後年、母に安夫伯父さんはミス秋田とかの美人と結婚したが、一子を儲けながらその子はミス秋田が引き取り離婚、勇雄と奈良屋映画館に行った頃は独身だったのではないかと思われてきた。どんな職業に就いていたのかも定かではない。疲れはそういう所に由来していたのではないか、と今の勇雄には思われる。

また、或る時、安夫伯父さんはキャバレーで遊び、勘定をツケにすることで勇雄の父の職場と名を言ったらしい。そして次の日か、父の職場にケバケバしたホステスさんが訪ねて来たというではないか。父は公務員でお堅い職業、父は困惑したはずで、周りの同僚たちも驚いていただろう。が、父は安夫伯父さんの事をあまり怒らず、勘定を支払ったということである。この話は勇雄が奈良屋映画館に一緒に行った前後の頃のようで、のちに勇雄が母から聞かされたことである。おそらく安夫伯父さんは妹である母の所に暫く居候をしていたのではなかろうか。面白い伯父さんであった。

そういう安夫伯父さんは、そののち、お見合いで再婚し、よき伴侶、よき子供たちに恵まれた。M県Y市に住んだのは伊藤家の親戚にT教の信者がいて子がなく、墓守をするためだと母から聞かされた。安夫伯父さんは運送業の会社に勤め長距離トラックの運転手をしていたという。近年この伯父は亡くなった。が、その人生、とりわけ後半は仕合わせであったといえるだろう。が、ミス秋田という美人の最初の妻との離婚は大きな傷跡を残したに相違ない。それに優秀な兄がいたことでコンプレックスをいつも抱えていたに違いない。ただ、老人になっても気の多い勇雄は、そのミス秋田とやらの写真なりを見てみたかった気がしている。

富子伯母さんは、時々、勇雄の家に遊びに来て母とお喋りするのだが、よくタバコを吸っていた。部屋には青白い煙が流れ、籠り、きな臭い匂いが充満していた。幼い勇雄は「タバコの伯母ちゃん」と呼んでいた。これはのちに母から聞いたことだが、富子伯母さんは、簿記や算盤が上手いので或る会社の出納係をしていたのを突然辞めてバーかキャバレーのホステスになったという。何故かは母もよく分からなかったようだ。タバコはホステス時代に覚えたのだろう。

富子伯母さんは、その病名は知らないが、青森市郊外の八重田という所にある病院に入院した。小学三年生頃の勇雄は母に連れられてバスに長時間乗り、お見舞いに行ったのを覚えている。富子伯母さんは勇雄に「いっちゃん、よく来てくれたわねえ。ありがとう」と喜んでいた。その笑顔は母の笑顔に少し似た所があったが、母の顔は面長、富子伯母さんの顔は四角張っていて、姉妹といってもあまり似ていないなあと少年の勇雄は思ったものである。それから一年ほどして富子伯母さんは亡くなった。母に言わせれば富子伯母さんは幼少の頃から病弱であったという。その人生は短い方だったといえるが、何に生きる喜びを感じての人生だったかは謎めいている。

長く勇雄は、富子伯母さんは独身を通したものだと思っていた。が、後年、母は勇雄に富子さんは一度結婚しているが、相手のセックスがあまりにもしつこくて、イヤで、嫌で堪らなくなった、それですぐ離婚したのだと聞かされた。「へーえー、そんな事もあるのか」と勇雄は驚いた。性格の不一致ならぬ性の不一致という事になろう。この話はのちの勇雄の恋愛観、結婚観に大きな影響を与えたと思う。

七

勇雄が幼い頃は紙芝居のおじさんが太鼓を叩いて子供たちを集め、集まった十人ほどの子供たちは飴を買って紙芝居に見入ったのであった。紙芝居のおじさんといっても三、四人は廻って来た。こうなるとどうしても話し方が上手いおじさんに人気が集中した。紙芝居の出し物は大抵、正義の者は悪者に最後は勝つというストーリィであった。勇雄に限らず当時の子供たちは正義の者が勝つと信じて疑わなかった。

小学三年生前後の勇雄は、妹の時子も一緒で、父と母に連れられて青森市の賑やかなS町通りにある東映の映画館によく行った。東映時代劇で、ここでも正義の者が悪者たちに最後は必ず勝つというストーリィであった。やがて勇雄は時代劇のスターたちの名を覚え、片岡千恵蔵、市川右太衛門、大友柳太朗、中村錦之助、大川橋蔵、東千代之介らは善人、月形龍之介、進藤英太郎、山形勲、原健作、吉田義夫らは悪人、と実際上もそうだと思えて仕方なかった。また、何度も東映時代劇を見ていると善人は死なない、悪人は死ぬ、殺されるというラストが容易に予測され、安心していろいろな映画を観ることが出来た。それに、刀で斬られても不思議にも血は出ないものかと思ったのである。また、勇雄は千恵蔵らの声色を真似るということをよくやった。母に「似ている、上手い」と褒められることが多く、有頂天になったものである。映画といえば東映の時代劇ばかりではない。東宝の『ゴジラ』、『ラドン』などの怪獣映画を母に連れられて観に行ったのを記憶する。ここでも悪い怪獣は最後に負けるのであった。

勇雄の少年時代には月刊のマンガ雑誌である『少年』や『少年画報』『少年クラブ』『ぼくら』『冒険王』などがあり、お小遣いにゆとりのある時に限定されたが、それらのうちの一誌だけをS町通りにある大きな書店で買い求めていた。勇雄は雑誌のインクの匂いが堪らなく好きであった。買って来たばかりのその晩はわざと雑誌を読まずインクの匂いを楽しむように寝床の枕の脇に置いて眠りに就いたものである。マンガの内容はやはり正義の者が悪者に勝つというのが大半であった。が、マンガを見るよりもむしろ、多くの付録があって、そちらの方に関心があった。今も記憶にあるのは、付録の「幻灯」を作り、部屋の電気を消して暗くし、何枚かの画像が映し出されると、心がワクワクしたものであった。

しかしながら、後年、勇雄が中年過ぎに大学の専任職で就職が決まり暫く勤めて或る先輩教授らから嫌がらせを受けてぼやきを言った折、満州大連生まれ育ちの母は、「この世は悪者が勝つ」、と唐突にも言い出したのであった。勇雄は正義感が強く生きて来たので、そんな事はないよ、やはり正義が勝つ、と信じて疑わなかった。が、戦時下、敗戦後にその青春期を過ごした母の人生をよく理解していなかったのかもしれない。

どんな人間にも善の部分と悪の部分が当然ながらある。どちらの要素が多いか少ないかが問題であろう。勇雄は、勝ち負けで言えば、権力を持つ悪が善に勝つというのが本当のところのように思うものの、最後は善、正義が悪に勝つということをいまだに信じている。信じたいと思っている。そうでないと人間、いや人類は生きている意味なんかはない。悪が善に勝つのであれば、人類はとうに滅びているはずだと思っている。

八

先にも書いたが、勇雄は幼稚園には行かなかった。家庭が経済的に困っていたわけではない。勇雄は独りで遊ぶ時間が欲しいために幼稚園には行かないと言い張っただけである。寛大な母は勇雄の意思を尊重した。勇雄は近くの野山で独り遊びが存分に出来ることを嬉しく思ったのである。

板塀で囲まれた公務員官舎を出て、北の方へ行くとポプラ並木があった。高く伸びたポプラ並木の下を歩いていると、風でポプラの葉は揺れ、少し怖いようにも思えた。ポプラ並木を通り過ぎると、右手に小さな細い道があって、さらに歩いていくと古寺があった。古寺に人はいない。壊れた古びた仏像やお地蔵さんが何体か置かれていた。寺の中はむろん薄暗いが何かしら静寂さがあって恐怖のようなものはあまり感じなかった。その古寺を出ると野原があり、田圃が遠くまで広がっていた。田圃には案山子が所々に立てられていたが、時々ドン、ドンという音が聞こえていた。大切な稲を雀などから守るためのものだったのだろう。田圃と田圃の間には小川が流れている。小さな壊れそうな板の橋も架かっていた。勇雄はその小川に膝から下の両足を入れ、泥鰌を捕まえるのである。面白いように泥鰌は獲れた。家に帰り、数匹の泥鰌を、水を入れた盥の中に入れて泥鰌たちが泳ぐのを見つめる事を好んだ。が、泥鰌を食べるのではない。父や母は「今日はよく獲れたねえ」と微笑んでいるだけであった。その後処理はどうしていたかは分からない。おそらく勇雄が獲った泥鰌たちは母によって板塀の外を流れる小さな溝川《どぶ》に捨てられたのだろう。

また、勇雄は蟻を捕まえて土の入った牛乳瓶に入れ、蟻たちが巣を作るのを眺め楽しんだ。野原では、クワガタムシを捕まえるのはかなり難しかったが、甲虫や蜻蛉は容易に捕まえる事が出来た。ギンヤンマやオニヤンマのような大きな蜻蛉を捕まえた事もあった。蝶はアゲハ蝶でないと満足しなかった。といって勇雄は昆虫採集に興味があったわけではなかった。ただ野原や田圃のある光景を好んだだけである。遥か遠くに、岩木山が少し変わった三角形の形に見えるのが心を安らかにさせていた。

家の中では動物の縫い包みたちと遊んだ。最初の縫い包みはみみずくであった。後年、母にどうしてみみずくのような珍しい縫い包みを作ってくれたのかと聞いてみたことがある。母は或る婦人雑誌に作り方が書いてあったので作ってみたとアッサリと答えた。みみずくのあと暫くして、母は、象さん、狸くんの縫い包みを作ってくれた。また、勇雄が小学生になってから、S町通りにあるMデパートで目玉がギョロッとしている小型の黒い犬の縫い包みを買い、単純に黒と名付け、お座り恰好の白と薄茶色が斑になっている犬の縫い包みにはその名には相応しくないと思いつつも、むく犬と名付けた。さらに、ちびくろ、犬ころ、という犬の縫い包みも仲間になり、熊の縫い包みのころすけと名付けたものにはみみずくと同じくらいの愛着を覚えたのである。

では、これらの動物たちと勇雄はどのような遊びをしていたのか。それは相撲である。青森県は相撲の盛んな土地柄で、勇雄は大相撲のラジオ中継からテレビ中継への移行期を体験しながら成育したのであった。アナウンサーと呼び出し、行司の口真似もして、適当に取り組みを考えた。たとえば黒山対むく犬、狸錦対ころすけ、象ノ山対みみずくなど、両手で双方を動かして闘わせたのである。それに、Mデパートで買ってもらったロボットが加わった。このロボットは電池で動くのでその時は感動を覚えたものだが、相撲を取らせているうちに壊れてしまった。それからは、その表情が怖いので悪役になると思えてしまった。

このロボットはみみずくをいじめる。みみずくは無抵抗で泣いて伏せている。が、ロボットの仲間である犬ころ、ちびくろなどの悪役は最後にはころすけや黒、むく犬などの正義の者たちに負けるという即興の寸劇をやって遊んだ。絵本や紙芝居や東映の時代劇などの影響であったろう。

さらに、わら半紙にストーリィのある短い文章と色鉛筆による絵を画いて物語を書いたことが二、三度あった。内容はどういうわけか二つの対立する集団が戦争をする。が、最後は仲直りをするというものであった。戦後生まれの勇雄は本当の戦争は知らない。それなのに戦争。今から思えば、幼いながらも人間の闘争本能の発露であったかも知れない。

贔屓のみみずくは、あまりに手に取るので、背中の部分などがちぎれて中の綿がはみ出して来た。さすがに寿命が来た。それで勇雄は新しいみみずくを作ってほしいと母に懇願した。母は新しいみみずくを作ってくれた。二代目みみずくの誕生である。やや小さ目になったが、初代とさして変わりはなく、やはり可愛がったのであった。これは勇雄が小学四年生の頃であったと記憶する。

そんなわけで勇雄は独り遊びが大好きであった。

九

勇雄は雨の日は室内の窓から雨の降るさまを眺めているのを好んだ。降りが強くなったり弱くなったりする。一定の時もあるが長くは続かない。雨が弱まってやみそうになり、やがて屋根からポタポタと点滴のようになるまで飽きずに眺めていたのだった。

勇雄は晴れの日は青い空を眺め、白い雲の行方を見るのを好んだ。雲は生き物のように動く。どう動くかは上空の風次第、予測はつかない。青と白のコントラストが織り成す動く絵模様、静止することのないゆったりした動きを見つめるのは楽しいことだった。夏の入道雲、秋の鱗雲、千切れ雲、巻雲など形が違うのも面白い。

勇雄は雨上がりの虹をしばしば見たものだった。綺麗である。わざと虹を角度を変えて眺めて見るのも好きだった。七色というが赤味がかったものや白っぽいものもあった。

都会暮らしが長くなった勇雄は虹を見ることがめっきりと減った。今から三年ほど前に雨上がりに虹がかかったことがあった。ウキウキしていた。都会では虹は稀なのである。が、それを嘆いたりはしない。少年の頃に見たさまざまな虹は脳裡に焼き付いている。

勇雄は夜空を眺めることも好んだ。天の川は何度も見た。本当に星の河という感じであった。北斗七星もよく見た。七つ星、なるほど、ひしゃくのように見えた。流れ星も時々は見た。まさしくあっという間に流れて消えた。

後年、都会生活でプラネタリウムを見学したことがあったが、感動は薄いものだった。今、都会に住む勇雄は夜空を眺めても星は一つか二つしか発見出来ない。大気汚染。まあ、仕方ないことと思う。

勇雄は食いしん坊であった。おやつ代わりに、トマトやリンゴ、トウモロコシを食べることが多かった。大粒のトマトは甘かった。リンゴも蜜がたっぷりで美味しかった。トウモロコシも甘くパリパリした粒で歯ごたえがあり美味しかった。

いつ頃からかは定かではないが、かなり以前から、トマトもリンゴもトウモロコシもあまり美味しくは感じられなくなった。有機栽培でないせいだろうか。が、これも嘆いたりはしていない。世は移ろうものなのである。

十

だが、勇雄は決して独りぼっちの孤独な子供ではなかった。

隣近所に子供が多かったので、皆でよく遊んだ。

今ここによく遊んだ子供たちが一緒に写っているモノクロ写真が一枚残されている。十一人の子供たちとひときわ背が高い高校生らしきお兄さんの合計十二人が一枚の写真に収まっている。すべて男の子、グローブを持っているのが勇雄を含め三人で、ソフトボールをしたあとかも知れない。勇雄の小学三年生前後の頃のように見られる。写真を撮ってくれたのは勇雄の母に相違ない。子供たちの三人ほどは今の勇雄には誰だったかは分からない。が、とにかく遊び仲間で、小学校の学年もまちまち、官舎の塀の内と外から入り乱れて集まって、喧嘩した覚えは一度もなく、よくいろいろな遊びをしたものだった。

ビー玉は玉っこといった。やや離れた所から地面の誰かの玉っこを狙い投げる。パチンと音を立ててはじき飛ばせばその玉っこを獲る事が出来る。皆のズボンのポケットには玉っこが十数個は入っている。玉っこの大きさはまちまちだ。大きい玉っこでガラス玉に綺麗な模様の入っている物は重宝がられた。これは三、四人での遊びであったように思う。狙い撃ち、玉っこをはじき飛ばすのだから上手い下手があった。勇雄はいつも勝者であった。

面子はビッタとパッコの二種類があった。ビッタは地面に置かれている相手の円い面子をこちらの円い面子で地面に叩きつけ裏返しにしたら勝ち、その面子はこちらの物になる。その逆なら負けである。面子には派手な侍の絵などが描かれていた。このビッタも三、四人で遊ぶが勇雄は一番強かった。パッコは、これまた派手な絵が描かれている小さな長方形の面子で、机のような台の上に置かれた相手の面子に息を吹きかけ裏返しに出来たら勝ち、その面子を獲る事が出来る。息を吹きかける時、パアとするのでパッコと言ったのだろう。これも勇雄は上手く常に勝者だった。

敗者は特定の者になり勝ちになる。としちゃん、勇雄の一級下の子がいつも負けてばかりいたように思い返される。としちゃんに勝ちを譲るという事はしなかった。としちゃんもおおらかな子供で負けを悔しがり泣き出すとか暴れるということはなかった。三級上の昌ちゃんや勝っちゃんはもう玉っこやビッタ、パッコを卒業していて、勇雄と勝負する事はなかった。

コマ廻しは主に冬にやったように思う。コマに糸を巻き付け、勢いをつけて手をパッと離すとコマは廻り出す。それを四、五人同時に始める。長くコマを廻し続けた者の勝ちとなる。勇雄はこのコマ廻しも一番上手かった。

チャンバラ遊びはむろんやった。刀はその辺の木の枝を折ったものだったり何かに使う細長い棒であったりした。七、八人で敵味方に分かれ闘うのであるが、相手に怪我をさせるような事はしなかった。チャンバラ遊びではそれなりに手加減をするのである。これも勇雄は強かった。

かけっこ、といってもリレー、子供ら十人ほどが二組に分かれて一人ずつ塀に沿い一周し次の者に手のタッチで交代する。昌ちゃんチームと勝っちゃんチームで競い合った。勇雄は昌ちゃんチームのいつもトップランナーとされた。勇雄は足が速かったのである。

十一

勝負事が多い中、勝負事でないものといえば、冬はスキー、凧揚げをよくやったものである。スキーは少し離れた場所に貯木場があり、雪に覆われているので、いいジャンプ台になった。空中を暫し飛んでいる時は爽快であった。凧揚げは上手く風に乗せる事である。凧の糸がどんどん離れて行き、空の凧がブ〜ン、ブ〜ンと唸る、こうなれば気分は上々であった。

鮒釣りも一時盛んにやった。誰かが率先して沼のような所に連れて行った。ミミズをエサにするがあのヌメッとした感覚は今も忘れずにいる。鮒は面白いように釣れた。あの竿を引くググッという感覚も忘れられない。

ホッピングという遊びが流行した事があった。縦長の金属の棒の上部に両手で握る少し横長の取っ手のようなものがあって、下にバネの付いた足の踏み台があって両足を置き、身体が地面に着かないようにピョンピョン跳ねるというものである。平衡感覚、その良し悪しがもろに出てしまう。これも勇雄は得意とした。

フラフープという遊びが流行した事もあった。円い輪が遊び道具、ただ、腰から上、お腹の辺りで腰を振ってこのフラフープを廻す、いい腰の運動になる。これも長く廻し続ける事が出来ると上手いということになる。勇雄はこのフラフープも得意とした。

でも、皆でよく遊んだものといえばソフトボールと相撲である。

官舎には広場があって子供たちの球場のようになった。順ちゃんが巨人の長嶋選手の真似でサードを守り、華麗な守備を見せていた。勇雄はファーストの守備かピッチャーであった。ピッチャーとして速いボールを投げられるわけではないが、緩い曲がったボールやドロップといって上から下に落ちるボール、それに真っ直ぐなボールを交ぜた。これで三振を多く取れたのである。打っては、ソフトボールは止まった玉のように見え、それに力が強いので、大抵はホームランになった。球場といっても狭く、レフトは官舎の誰かの家の板の部分がいわば場外で、ボールがそこまで飛び音を立てて跳ね返る、それをホームランとした。よくそこの家の人が怒って飛び出して来なかったものである。子供らが遊んでする事、寛容だったといえよう。勇雄は右利きだが左ボックスで打席に立った事もある。ライト方向には官舎の家は建っておらず、ライナーで飛ばすとこれは二塁打か三塁打になった。或る秋の夕暮れ、ソフトボール遊びを終える頃、広場には夥しい数の赤とんぼが飛び交った。赤とんぼの洪水である。よくもこんなに集まったものだと思うほどであった。

相撲は主に雪の冬にやった。勇雄は石頭の秀《ひで》くんをちょっぴり苦手にしていた。秀くんは頭からぶつかって来るからである。勇雄の頭は硬くない。頭と頭がぶつかれば秀くんの方が強いだろう。で、勇雄は秀くんの頭を胸で受け止めるしかなかった。そしてまわし代わりのズボンのバンドを掴み、秀くんの身体を起こし上手投げか何かの技で仕留めたのである。年上の昌ちゃんや勝っちゃんも相撲に参加していたが、一番強かったのは勇雄であった。

こうなると勇雄は勇ましい少年のようだが苦手もあった。或る時、何かのはずみでヘリコプターに乗せてもらった事がある。眼下に家々、田圃、野原が小さく見える。勇雄は急に怖くなった。このヘリコプターが墜落したらどうなるかと考えてしまった。身体がすくむようであった。高所恐怖症はここに始まったといっていい。

後年、勇雄は飛行機に乗った事は屡々あるが、この幼児体験はある種のトラウマとなって今に続いている。国内旅行ならなるべく新幹線、わざと飛行機便を避けるようにしている。

また、或る時、海辺で見知らぬお兄さんに筏に乗せてやると言われ、筏に乗ってみた。どんどん沖の方まで筏は行く。勇雄は急に怖くなった。「降ろしてくれ、帰る」と言い出した。お兄さんはただ笑っているだけである。それが無気味であった。勇雄はこの時はさして泳げない。泳ぎに自信がないのにどうして海岸まで辿り着けるというのであろうか。が、とにかくその筏のお兄さんも怖くなった。勇雄は筏を降りた。そして犬掻き泳ぎをしたが、ついにそれに疲れてしまい、海底を歩く事にした。塩水を何度も飲み、死にそうな思いをした。が、何とか海底に足が着く所まで辿り着いた。

この体験もある種のトラウマになったか、後年の勇雄は、水泳に自信をなくしていた。ある程度泳げるには泳げるが、積極的に好んでやるものではなくなった。

十二

近所の女の子ともよく遊んだ。花一匁は女の子も入れ大勢でやった。大がかりな縄跳びには女の子も入っていた。

馬乗り遊びというのを知っているだろうか。この地方ではマッコ乗りといっていた。二組に分かれる。一方の組は、立っている人の股間に頭を入れ馬となり、その馬の股間に次の人が頭を入れて馬になる、四、五頭の馬が列をなす事になる。もう一方の組は、先頭の者は遠い馬に乗れるだけの飛ぶ力がないといけない。ついで四、五人、どんどん馬に乗っていく。馬の組が崩れたらもう負けである。皆で踏ん張るしかない。馬に乗る方も乗り損ねて一人でもいわば落馬をしたら負けとなる。が、大抵そうはならない。マッコ乗りが成立して馬組の立っている者と馬乗り組の先頭の者がじゃんけんをする。こうして勝敗を決めるのである。

或る時、男の子だけでは人数が足りなくなり、勇雄より一級下の郁ちゃんというお転婆を入れた事がある。勇雄はこの郁ちゃんの股間にその頭を突っ込み馬になった記憶がある。むろん何ら性的なものを感じなかった。

その郁ちゃんと、勇雄より二級上のとしちゃんの姉の美樹ちゃんと三人で国盗り遊びをしたことがある。国盗り遊びとは、おはじきで地面を三回はじき元の場所に戻るとそれがその人の領土となる。この場合三人だから順番にやって行き、三つの国が出来ることになる。続けて行くと当然ながら領土侵略が起こる。郁ちゃんの領土はどんどん狭くなって行った。それを郁ちゃんは勇雄と美樹ちゃんが結託しているように思ったのであろう、「二人は大きくなったら結婚するんだ」と郁ちゃんは拗ねてしまった。

今から思うと子供ながらに勇雄は美樹ちゃんを贔屓にしていたと思う。勇雄が小学一年生の時の初めに学校まで連れて行ってくれたのは美樹ちゃんであった。その他にもお姉さんのように美樹ちゃんは勇雄に優しくしてくれていた。計らずもこの時の国盗り遊びで勇雄は美樹ちゃんに気を遣っていたと思う。後年、三人の場合、二対一になる、斥力が働く、そういうのを何度も経験したのであった。

女の子との遊びといえば飯事《ままごと》であろう。これは妹の時子に付き合わされて何度かやった記憶がある。ただ、勇雄にはあまり面白くなかった。何も子供のうちに家庭の真似事をする必要はないではないかという気持ちがあったからである。

今に残されている十二人が写った写真、なぜ名前も知らない高校生らしい大きな男の子がいたのかはよく分からない。子供にしては背の高い方である勇雄の二倍ほどの大きさがあると言っても大袈裟ではない。写真ではそのガリバーくんは一番後ろにいて顔の上、額から上の部分は写真に写っていない。が、このお兄さんは小学生たちの監視役だったのかもしれない。その親御さんに子供たちの面倒を見てくれと頼まれていたのかもしれない。そうは言うもののあまりに謎めいている。あるいは知的障害の子であったかもしれない。

近所の子供たちにはいじめなどはなかった。いい時代だったと思う。が、時代のせいか、女の子が一人も写っていないのが残念である。女の子とて家でお人形さん遊びばかりをしていたのではない。たまには外で男の子に交じって遊んでいた。美樹ちゃん、郁ちゃんの他にも雪子ちゃん、妹の友達の和江ちゃんなど一緒に遊んだ女の子はいたのである。

十三

勇雄の隣家には父、母とおばあちゃん、勇雄より一級上の俊坊という男の子が住んでいた。俊一くんというが坊やとおばあちゃんが呼んでいたので、俊坊となった。この俊坊は近所の子供たちと一緒に遊んだ事がない。家で何をしているのかも分からない。とはいえ勇雄とは顔見知りであった。或る時、勇雄は俊坊に月刊漫画雑誌の付録を一つずつ家の裏玄関に広げて見せていた。俊坊が勇雄に見せてくれとせがんだので仕方なく見せていたのである。付録の中に人間の顔の形をして目の部分だけ左右に動く面白いものがあった。「面白いだろう。ここを手で動かすと表の方の人の目玉が二つとも左右に動く。単純だけど人の面としては面白いと思うなあ」と勇雄が言うと、俊坊は素早くその付録品を手に取って盗んで逃げて行った。「こら、俊坊」と勇雄は声を大きくしたが、俊坊の逃げ足は速かった。欲しいといえばあげたものを盗むとは卑怯だと思ったが、失くして惜しい付録品でもないので母にもこの事は告げ口をしなかった。ただ、俊坊の欲しそうな目は感じていて、まんまと盗まれたのを迂闊だったと勇雄は思ったのである。

俊坊のおばあちゃんは近所の子供たちに矢鱈と話しかけるのであった。少し怖い目つきをしているので子供たちはこのおばあちゃんに捕まらないように注意していた。が、捕まればおとなしく話し相手になってやった。この俊坊のおばあちゃんは子供の将来を予言し、その親御さんたちに話していたという。魔女のような風貌をしていて予言も無気味さを漂わせていた。昌ちゃんには「この子は割に早く死ぬ。でもいい子だったので天国に行く」と言っていたそうである。勇雄には「この子は苦労する。が、偉くなる」と言ったそうである。妹の時子には「この子は、外国で暮らすようになる。子供は三人くらい出来る。長生きする」と言ったそうである。すべて勇雄の母から伝えられたものであった。

時を経て、昌ちゃんは二十代で死んだと風の便りに聞いた。当たってしまった。時子はロンドンやアムステルダム、ロサンゼルスに住んだ事があるし、子供も三人出来た。が、長生きするというのは外れてしまった。勇雄の場合、いろいろ苦労をするというのは当たっていたが、今や大学教授は掃いて捨てるほどいるので、大学教授になれた事で偉くなれたと言えるかは大いに疑問である。俊坊のおばあちゃんの予言は百発百中ではなかった。

その俊坊のおばあちゃんは、或る時、発狂し精神病院に入れられた。この近辺に救急車が来ることはまずないが、おばあちゃんが病院に運ばれる時、たまたま勇雄は家にいて、その騒ぎを知る事となった。小学五年生の頃と記憶している。精神病院は近くの海辺にあるものではなく、沖舘からかなり遠方の精神病院に入ったという。

のちに勇雄は母から、このおばあちゃんは若い頃に芸者をしていて、潜伏していた梅毒というものが脳に廻って発狂したと聞かされた。子供でも芸者はだいたいどんな職業かは知っていたが、梅毒という恐ろしい病気があるとは初耳だった。なお、母によるとこのおばあちゃんは九十歳くらいまでかなり長生きをしたそうである。

俊坊はのちにどうなったか。これも母から聞いた事であるが、千葉か埼玉で新興宗教のご教祖様になっているという。おばあちゃんからの血を引き予言が的中するのであろう。新興宗教といってもまちまちである。それにしても人はなぜ新興宗教に魅かれるのであろうか。既成宗教は宗教とはいえない物足りなさがあるからではないのか。勇雄は若い頃から宗教に頼らない強いものを持っている。が、かなりの人たちは何か神のようなものにすがろうとする。信じるものがあるのは仕合わせなのかもしれない。

十四

塀の外でポプラ並木に近い所に義清ちゃんという勇雄の同級生がいた。小学校で一緒のクラスになった事はない。が、勇雄が泥鰌掬いに熱中していた頃から、同じく幼稚園に行かなかったせいか、親しくなっていた。おそらく義清ちゃんの方から勇雄に近づいて来ただろう。その義清ちゃんは何故か広場で皆と一緒の遊びには加わらなかった。或る時、義清ちゃんはその小さな家で飼っている兎を勇雄に見せた事がある。勇雄は、兎はピョンピョン跳ね廻る、また兎と亀の競走にあるように足の速い動物だと思い込んでいた。が、実際に見てみると、その動きは緩慢であった。イメージと実態の違いに気づかされた。

義清ちゃんの所にもおばあちゃんがいて、雨風が強い時や暗くなった時、遊んでいた勇雄たちにいつも「モッコが来るぞ。早く家に帰りな」と言っていた。勇雄の小学校入学前後の事である。モッコとはのちに蒙古の事だと知った。蒙古襲来はこの時代まで日本人に恐怖を与えていたのかと思った。なお、このおばあちゃんは或る時からさっぱり見かけなくなった。子供の勇雄はこのおばあちゃんが死んだとは思わなかった。死とはその姿を消すことだという認識を持ちにくかった。

十五

　勇雄は小学四年生の時、気弱い感じの藤木くんという同級生と親しくなっていた。双方が相手を好ましく思っていたようである。或る時、S町通りでひよこを売っていた。一匹十円ほどなので藤木くんが「買おうや」と言い、二人とも買った。が、勇雄はどう飼ったらいいのか分からない。ただ家の片隅に小さな段ボール箱に入れておいた。が、翌朝には死んでいた。死とは動かなくなる、声が出なくなるものと思い知らされた。母は、それ見たことかといった調子で、「ひよこを育てるのだって大変なのだから」と諭すように言っていた。藤木くんも翌朝にはひよこを死なせてしまったと言っていた。

　或る時、藤木くんは勇雄を自分の家に遊びに来るよう誘ってくれた。行ってみると、母子寮であった。藤木くんが母子家庭と知って、なんだか気の毒のように思えた。また、その母子寮には学芸会によく出ていたハキハキした劇の上手い安達さんという女の子もいた。同じクラスになったことはなかったが学校では目立った存在だった。この女の子も母子家庭だったのかと少なからず驚いた。藤木くんとは五年生の時にクラス替えがあり、次第に疎遠となってしまった。勇雄にはどういうわけか親友といえるものは出来なかった。多くの子供たちとはよく遊ぶのだが、本当に親しい友がいなかったという事では孤独だったのかも知れない。

小学三、四年生の時、同じクラスで印象に残る女の子は一人しかいなかった。杉本君枝さんというおかっぱ頭で細身の色白、目は切れ長で細いが、可愛らしい顔をしていた。ただ、碌に話をした記憶はない。勇雄には異性への関心は殆どなかった。奥手の少年だったといえよう。

小学四年生の頃から勇雄は家の手伝いを積極的にやったものである。寒い冬に備え、薪割りをやった。斧を振り下ろし薪が綺麗に割れる事が多かったが、或る種の快感を覚え、苦ではなかった。冬の雪かき、屋根の雪下ろしもむしろ楽しみながらやった。雪だるまを作って遊んだ事、かまくらという雪の家を作って近所の友達と蠟燭に火を点して暫し過ごした事も懐かしい。父は仕事に専念していて家事は母任せで殆どしなかった。が、そういう父を何故か不快に覚える事はなかった。

十六

父といえば東北弁丸出しであった。母が満州育ちで標準語を使うのとは対照的であった。勇雄が小学四年生の三学期の頃と思う。父と一緒に出掛けていた勇雄は父に「かあさんから、スッカロールを買って来てくれと頼まれたじゃあ、あの薬屋で買って来てくれじゃあ」と頼まれたのである。「スッカロールでなくてシッカロールではないのか」と勇雄は父に確認した。

父は「いや、スッカロールだ」と言い張った。勇雄は父に従順で、薬局の人に「スッカロールを一つください」と言った。薬局の人は少し笑いながら「はい、シッカロール」と言って勇雄に代金と引き換えに渡してくれた。勇雄は恥をかいたと思ったが笑える恥であったと今も思っている。

父の東北弁はその晩年緩やかなものになったが、東北訛りはついに抜ける事はなかった。シとス、ツとチを逆に発音してしまうのである。

太宰治は標準語も話せたようだが、勇雄は勤務する大学の或る授業で「太宰治の本名は津島修治という。東京に出て来て、チスマスウズですと言った」と面白半分に学生たちに話し笑いを取ろうとしたが失敗した。いつの間にか東北訛りの学生は消えかけていた。これでは学生たちは笑えなかったのである。

家族一緒の月に一度の外食は楽しみだった。よく連れて行かれた店はS町通りにある自治会館のレストランとS町通りを港の方に入った芝楽という和風料理店であった。月に一度、おそらく父の月給日の直後であったろう、どちらかの店に行くのである。勇雄は自治会館ではいつもライスカレーを食べた。水っぽいカレーだが旨かった。芝楽の寿司はワサビが効き過ぎているようであったが、これも美味しく食べた。

子供の頃の好物とは恐ろしいものである。勇雄は成人してからもカレーライスと寿司を好んで食べていた。

十七

幼い勇雄がみみずくをおんぶして買い物に出掛けた八百屋さんは勇雄の家から百メートルくらいの距離にあった。が、この百メートル以内の所に実は朝鮮部落があったのである。どぶろくを作っていてあの独特の臭い匂いを周囲に発散させていた。幼い勇雄でも往来にすれば二十メートルくらいの所を通るのに気が引けた。勇雄は或る夕方、朝鮮人らしき中年女が往来に出ていて、「チョセン、チョセンとパカにするな」と誰に言うともなく比較的大きな声で叫んでいたのを記憶している。朝鮮部落は他に海へ行く方にもう一カ所あった。ここもどぶろくの匂いをさせていた。日本と朝鮮の関係をある程度知るようになるのは勇雄が大学生になってからといっていいかも知れない。幼い勇雄はただ小学校で人間を差別してはいけない、ただそれだけを先生方から言われていたのである。

　八百屋さんより手前には床屋さんが一軒あった。barberとだけ看板にしていた。ここを勇雄は行きつけの床屋さんとしていた。愛想のいい若い男の人が一人でやっていた。坊っちゃん刈りの勇雄は、或る時、正面の鏡を見て、主人が前髪を半分しか切っておらず、このままにされてはイヤだなあと心配していた。主人は遊び心を持っていたのであろうか、残り半分の前髪はあとで徐にカットしたのである。勇雄は床屋を好きではなかった。白衣を掛けられ身動きが出来ないのが苦痛であった。とはいっても、店のラジオから聴こえる歌謡曲は楽しみであった。フランク永井の『有楽町で逢いましょう』、平尾昌章の『星は何でも知っている』、守屋浩の『僕は泣いちっち』などが流れ、なかでも森山加代子の『月影のナポリ』が一番印象に残った。変な歌い方をするなあと思いつつもこの歌を好きになっていた。

ラジオといえば歌謡曲であった。三橋美智也、三波春夫、春日八郎、美空ひばり、島倉千代子らの歌の他に大津美子の『ここに幸あり』、三浦洸一の『踊子』、水原弘の『黒い花びら』、井上ひろしの『雨に咲く花』が印象的であった。『雨に咲く花』なぞは「ままになるなら今一度」のフレーズを「ママ（母親）になるなら」と勘違いして覚えていた。近所の或る年上の男の子は『有楽町で逢いましょう』の単純な替え歌で「あなたを待てばカモが立つ」と歌っていた。勇雄は、唱歌『故郷（ふるさと）』、『赤とんぼ』、『雨』などよりも、大人の歌、大人への憧れから、多くの流行歌の一節を口ずさむのが癖になっていた。

十八

先に書いたように、老齢となった勇雄は実に六十年以上も前の沖舘が今はどうなっているかを令和元年の夏の終わりに探訪したのであった。青森駅に着くとすぐタクシーで沖舘の中通りに行ってくれと運転手さんに言った。かすかな記憶を頼りに元住んでいた家の辺りでタクシーを停めてもらった。官舎はむろんすでにない。塀もない。確か、平屋建ての六畳間と八畳間と物置小屋、台所と三畳間があった家の跡地を捜した。ここで間違いないと感覚が覚えていて立ち止まった時は感動に近いものがあった。その跡地には比較的新築の小綺麗な二階建ての家が建っていた。昔の面影は家自体には全くないのだが、同じ場所、ここに長く住んでいた、その土地の感覚が確かなのに勇雄は或る種の満足を覚えたのである。

周辺をぶらついてみた。隣の俊坊の家も近代的な二階建ての家に変身していた。その隣の野球の守備が上手かった順ちゃんの家も近代的な二階建ての家に変身していた。塀の外に家があった石頭の秀くんの家も近代的な家になっていた。表札に岩谷とあり、確かに秀くんの苗字は岩谷だったと記憶がよみがえって来た。ふと、声をかけ、禿げ頭になっていそうな秀くんが出て来るのではないかと想像したが、これはさすがにあつかましいと思いやめにした。ポプラ並木のあった方に歩を進めた。義清ちゃんの家の辺りは自動車の駐車場になっていた。ポプラ並木はむろんすでにない。古寺もない。ひたすら人家が続いているだけであった。これではもう野原も田圃もないと思った。

引き返し往来に出て八百屋さんを目指し歩いて行った。もう朝鮮部落はなくなっていた。小綺麗な人家が何軒か建っていた。だが、barberとだけ看板に書かれている床屋さんは近代的になっているとはいえ残っていた。ふと、入ってみようかと思ったがやめにした。まさかあの若主人が老齢になってもまだやっているとは思えなかったからである。八百屋さんもすでになく普通の人家になっていた。

ついで中通りを南下せず、東側の小路に入り、海辺の方へと歩いて行った。ここにあった朝鮮部落もすでにない。精神病院もない。再開発されたのであろう、大きな道幅の道路が出来ていた。これなら青森駅にすぐに行ける。物資輸送のスピード化となる。さらに歩いて行くと岸壁があり青い海が広がっていた。昔の波が来ては引いていくという長閑な海辺の光景は見事に掻き消されていた。ああ、あの海辺で遠くの方に青函連絡船が浮かび緩やかに走っていた景色はその脳裡に残っているだけとなった。大きなフェリーが航行していた。岸壁では海釣りをする人がかなりいた。自動車で来たらしい家族連れの父と男の子は鯊《はぜ》か何かを釣り上げていた。いかにもこれはこれで長閑で楽しそうな光景であった。こうしてまた中通りの方に戻って行った。

六十年という歳月が長いか短いか。勇雄には長いようで何とも短いようにも思えた。この短時日でこんなにもふるさとの光景は変わってしまったのである。この間に多くの人が死に、生まれた。世は移ろうのである。

十九

勇雄は沖舘小学校の五年間を思い出そうとしても、五年生の時の記憶は割にしっかりしているが、一年生から四年生まではその前後関係が曖昧で断片的になっている。

勇雄はのちに言われる団塊の世代で、同学年は全国で二百万人を優に超えていて、小学校の教室が足りず、二部授業といって、午前組と午後組に分かれて登校していた時期のあるのを覚えている。新設の篠田小学校というのが急遽造られたので僅か数カ月のものだったように思うが、午前組だったか午後組だったかは定かではなく、小学校の授業内容や同級生の顔さえ忘れている。ただ、勇雄は幼稚園に通わずで、一年生の一学期の成績はあまりよくなかったのではないか。それでも二学期からはオール5に近い成績になっていたのである。

担任の先生は佐々木先生といい、細身の身体で教育熱心だったように思い返される。勇雄は小学一年生の時にはしかに罹った。学校を休んで寝床にある時に佐々木先生がわざわざお見舞いに来てくれた。しきりに勇雄の頭が大きいと言っていた。確かに顔、頭の部分は他に比べ大きかったろう。それよりも今となっては、はしかくらいでお見舞いに来てくれた佐々木先生をありがたく思うのである。

沖舘小学校では学年末に文集を出していた。その表紙絵は小学一年生に割り振られたようで、賢そうな諏訪くんと勇雄が名指しされ、墨汁に箸を使って画いたのが二枚掲げられた。テーマは銭湯である。勇雄はよく行く銭湯の外観を割にリアルに描いた。諏訪くんのものは銭湯の内部で、大きな体重計に人が縦に、親亀の上に子亀が乗る式で三人乗っているのを描いていた。奇抜で勇雄の画より面白いと勇雄は素直にその良さを子供ながらに認めたのである。

二年生の時の文集の表紙絵は諏訪くん単独の貼り絵であった。その頃、山下清が青森市を訪れていた。勇雄には実際の山下清とその展覧会を見た記憶がある。その山下清人気から貼り絵で文集の表紙絵にしようと先生方が決めたのだと想像される。諏訪くんの貼り絵は誰か人間の横顔を描いたものだがカラー版で掲載された。が、文集はその後何故か刊行されなかった。勇雄は二冊の文集を今も持っているが、三年次以降に文集が刊行されていない事は確かである。諏訪くんと勇雄はクラスが別でも互いに面識はあった。その後の諏訪くんがどうなったかは知らない。

勇雄は図画工作の授業が一番面白かった。勇雄は蒸気機関車の絵を描いたことがある。青森駅の構内に入ってのもので小学三年生前後の課外の宿題としてやったのかもしれない。蒸気機関車は何故か生き物のように感じられた。細部への拘り、苦心作だったと思う。

また、原水爆禁止の絵画コンクールに勇雄はみみずくが森の木の枝に止まっているのを描いたのを出品してもらった。空には多くの星と満月を描いた。普段沖舘の夜空を見上げれば、満天の星が多かった。空気に濁りがなく星の数の多さに驚いたものである。それを絵の背景とした。みみずくは勇雄の愛するみみずくの縫い包みをモデルにした。本物のみみずくは見た事がないから当然である。この絵はコンクールで入選した。

この原水爆禁止平和展画の小さな賞状は今も持っている。勇雄が小学二年生の時で、昭和三十二年七月二十八日、青森市原爆禁止の会の会長横山実という人の名と印がある。横山実とは聞き覚えがある名で当時の青森市長だったのではないかと思われた。ウィキペディアで調べてみたら、戦後青森市長となって長く務め、その後も様々な役職に就き、叙勲もされ、青森名誉市民にもなった人であった。原水爆禁止運動は広島や長崎だけのものではなかった。勇雄の夜の森の中のみみずくの絵は、期せずして、自然環境保護を暗に訴えていて、原水爆禁止運動にも相通ずるものがあったのだろう。

二年生の担任も佐々木先生であったが、三、四年生の担任は同じ姓の佐々木先生で、この先生はスキーが大好きで雪焼けのせいか顔の色は黒かった。よく『雪山讃歌』や『シーハイルの歌』を皆の前で歌っていた。梵珠山や阿闍羅山というのが青森県にあるのも知った。先にも勇雄はスキーをよくやったと書いたが、この小学四年生くらい迄であとはスキーを殆どしなくなった。それには理由があった。割に親しい友達に細野くんというのがいた。やはりスキーが大好きであった。が、どこかのスキー場で大怪我をし、半身不随の身体になったと母から聞かされたのである。それからは、勇雄は母にスキーをしないように強く言い渡された。細野くんのようになるのを心配したのであろう。勇雄は母の言う事を素直に聞くようになっていた。大人になってからも勇雄はやはりスキーをしなかった。細野くんの車椅子姿を見たわけではないが、この事故があって勇雄のスキー熱は急激に冷めてしまったのである。

二十

沖舘小学校の隣に稲荷神社があった。勇雄が幼い時は、夏はいつも縁日が行なわれていた。勇雄が小学三、四年生頃に、神社の境内に高い櫓が作られ、その上で妹の時子が日本舞踊を踊っていた。勇雄は子供ながらに妹の時子の縁日での活躍を自慢に思っていた。時子は日本舞踊の習い事をしていた。たまたま近所に若柳流の若いお師匠さんがいたのである。これは母の情操教育の一環であったろう。

後年、勇雄と母は時子にあの稲荷神社の縁日で踊った事を覚えているかと聞いた事がある。時子は「全然知らない。今はもう踊れない。小さい時は勝手に身体が動いた。それだけよ」と言って笑っていた。勝手に身体が動いた。幼い頃はそんなものだったろう。

勇雄が小学三、四年生の時、同じクラスに犬のブルドッグに似た顔の鳴海くんというのがいた。ガキ大将である。或る休み時間に、勇雄はこのブルドッグに通せん坊をされた。それはしつこいもので、勇雄は急に悲しくなり泣いてしまった。鳴海くんの顔がただただ怖かったからである。勇雄は泣いてしまった事を恥じた。何て自分は意気地なしか、と。やがて、地区別の野球対抗戦を市営球場かどこか大きな野球場でやることになった。勇雄は沖舘新田地区の四番バッターであった。これはソフトボールでの活躍を評価されてのものである。ただ、硬球は初めてでソフトボールのようなわけにはいかないという不安があった。で、相手は別の近くの地区だったろうが、鳴海くんがいて、なんとピッチャーなのである。勇雄が打つ番になってバッターボックスに立った。すると鳴海くんが「なんだ〜、こいつか、弱い奴だよ、打てないさ」と言っているのが聞こえた。勇雄はこの言葉にムッと来た。何球目かで高めの真っ直ぐな球が来た。勇雄は思い切りバットを振った。センターオーバーのホームランとなったのである。味方の者たちからよくやった、凄い、と言われた。鳴海くんはシュンとなってしまった。第二打席、第三打席はどうだったかはよく覚えていない。凡打でも第一打席のホームランの印象があまりにも強かった。これ以降、鳴海くんに通せん坊をされる事はなく、犬のブルドッグを見掛けても怖いと思わなくなった。

小学三年か四年にスキーの佐々木先生は小学校の隣の稲荷神社に相撲の土俵があるのでクラスの男子たちに相撲大会をさせた事が一度ある。ここで勇雄はどんどん勝ち抜いて行き優勝したのであった。ヒーローとなった。ただ、どんな相手とぶつかりどんな決まり手で勝ったかはまるで記憶にない。とにかく勇雄は柔らかな身体をしていて力が強かった。ブルドッグの鳴海くんもいたはずで、これは野球で鳴海投手からホームランを打った後のことと思われる。

相撲といえば、青森市に大相撲の巡業が来た事があった。勇雄は大相撲ファンの父に連れられその巡業を見に行った。栃若時代だった。勝ち力士が花道を引き揚げる時、その身体に触れるとその触れた子供は将来病気知らずの丈夫な身体になるという迷信じみた話があった。勇雄は父に抱っこされそれをしてみろと言われた。やっと、時錦という背の高いやせ型の勝ち力士の太い腕に触れる事が出来た。恐る恐るの行為であったが、大男の力士の身体に触れ、元気をもらった。

勇雄はこれまでに大病をしたことなく来ている。時錦といっても大抵の人は知るまい。ウィキペディアで調べてみたら、小結を一場所務めていた。大した事ないか立派か。大相撲ファンの今の勇雄は後者だと思う。

二十一

令和元年夏に勇雄は沖舘訪問をした。勇雄は自宅周辺から海辺の方をぶらつき、中通りに戻って南下し、小学校の方を目指して歩を進めていた。

大きな銭湯はもう跡形もなくなっていた。この銭湯では、母と妹と一緒の女湯の脱衣場に『南国土佐を後にして』という映画のポスターが貼られていたのを鮮明な記憶として残している。ペギー葉山の歌を題名にした日活の映画である。勇雄の両親は日活の映画を見せた事はなかった。それだけに、小林旭、浅丘ルリ子、それにペギー葉山も出ているらしいその映画に勇雄は魅かれるものがあったのかも知れない。勇雄は女湯に母と長く入っていた覚えがある。

今、『南国土佐を後にして』をウィキペディアで調べてみると昭和三十四年八月の封切とあり、勇雄は小学四年生だった事になる。やはり随分と遅くまで女湯に入っていたものと思う。湯気の中に多くの裸の女体が行き交っていたのは記憶にある。が、むろん性的なものは微塵も感じてはいなかった。

沖舘小学校の前に着いた。木造から当然ながら鉄筋のモダンな校舎になっていた。創立百四十周年を超えていたようだが創立百四十周年記念の横断幕はそのまま残されていた。二宮金次郎の銅像は正面玄関の隣に移動、安置されていた。校内には立ち入る事はしなかった。土地の匂いというか、その土地特有の風というか、そういうものは昔のままであったように思われた。

隣の稲荷神社はそのままあった。境内に入ってみると、もう土俵はなかった。それに大人目線のせいか狭いと感じた。あの縁日は人出も多かった。賑わっていただけにもっと広いものと思い込んでいたのである。

それにしても今は沖舘小学校の校歌を忘れている。聞けば思い出すかも知れないが、聞く手立てがない。普段学校の校歌は身近なものではない。甲子園球児なら別であろうが、学校の校歌など忘れている人は多いだろう。少子化で廃校になる小学校が増えていると聞く。勇雄の五年間通学した沖舘小学校は健在であった。これはこれで正直嬉しい事であった。

勇雄は沖舘小学校そして稲荷神社から、沖舘小浜のバス停の方へと向かった。バス停は撤去されていた。勇雄が高校生時代に住んだ臨海荘という官舎は跡形もなく別の近代的な家屋が立ち並んでいる。バス通り道を少し北へと向かった。やはり杉本酒店はなくなっていた。全国チェーンのコンビニに様変わりをしていた。この辺は昔の面影が殆ど残っていない。勇雄は少し哀しい思いになりながら、タクシーを拾い、通っていた高校の方へと移動し始めた。

二十二

勇雄には小学校での授業の思い出もいろいろと断片的にはあるが、それらとは別のものの方が記憶に鮮明に残っている。

多くの全校児童が狭い体育館に入り、よく映画を見せてもらったものである。とりわけ『風の又三郎』は田舎じみた子供たちが大勢出ているので身近なものと感じられた。また、松島トモ子主演の映画が記憶に残っている。ただ、映画の内容よりも、靴下が臭い児童が多くいて、あの臭さは今も感覚的に覚えている。む〜ん、とした物の腐ったような匂いに似ていた。

全校集会では一時『君が代』を歌わされた記憶があるが、これが国歌としても暗い感じだなあと思っただけである。君とは誰を指すのかはまるで分からなかった。苔は知っていてこれも綺麗な花とは違うので何か苔と聞けば汚い感じを持ったものである。

或る時、これは小学三年生の頃だったように思うが、北朝鮮に帰る男の子がいて体育館で盛大な壮行会をしたのを覚えている。全校集会といえば、校長先生が何かを話すのであるが、これは記憶に残っている話は一つもないというのが本当のところである。

運動会の事は覚えている方である。勇雄は足が速い方であった。かけっこでは三等賞までご褒美が出るが、それはノートなどの文房具であった。母が運動会にはよく来てくれたが、近所の同級生のお母さんから、「いっちゃは、コンパスが長いから、速い」という言葉をもらったことを覚えている。勇雄は胴長短足と自分では思っていたが、足が長いからかけっこも速い、誉め言葉として今も嬉しく思っている。

遠足は近くの大きな公園などに行った。晴れてくれるのを願い、てるてる坊主を作って軒先にぶら下げていたものである。母手作りの弁当は美味しく、いつも水筒とお菓子類を持って行ったのをよく覚えている。仲間とどんな話をしたかなどはまるで記憶にないが、和気藹々としていたことは確かである。

弁当といえば、当時は学校給食などなかった。勇雄の少し下の学年から学校給食は始まったのである。皆、同じ物を食べる、それがいいと思う。が、当時は所謂専業主婦というのが殆どで、女は家にいるものというのが当たり前だった。女性の社会進出は必要な事であるが、それが進むと、子供の数が減って行くという皮肉な現象が現れる。世の中、プラスマイナスが半々に出来ているのだろう。

二十三

幼い頃の勇雄は、お盆には秋田の扇田という所に毎年のように父母に連れられて行っていた。先祖代々の墓がこの扇田にあるのだ。青森駅から奥羽本線の汽車に乗る。当時はむろん蒸気機関車である。勇雄は汽車が大好きで車窓の景色を眺め、停車駅の名も順番通りに暗記出来るまでになった。長いトンネルに入ると煙のすすが車窓の隙間から少しずつ入って来て臭くなった。あの匂いをもう嗅ぐことはないと思えば、今の勇雄には懐かしい。大舘駅で乗り換え、比内扇田に着き、二泊三日か三泊四日を過ごした。

が、父と母は同じ所に泊まらなかった。父は長野家から高杉家に養子に入った人であった。帰省すれば産みの母の所にへばりついた。母は姉の重子伯母さんの家で過ごした。ふみおばあちゃんもお盆は娘の重子伯母さんの所にいて伊藤家の墓参りをしていた。それで、勇雄と時子は父に付くか母に付くかの板挟みにあった。時子は重子伯母さんの所に母とずっと一緒だったが、勇雄は半分半分で長野家にも父とともに寝泊まりした。

父は長野家の三男であった。大正十年三月の生まれである。長男は何故か故郷を捨て東京に出たままになったという。次男は特攻隊で名誉の戦死、その母である勇雄のもう一人のおばあちゃんは、この次男を「ああ、いい息子だった」とほめちぎっていたという。三男の勇雄の父は宮雄という名だが、このおばあちゃんの妹さんが嫁いだ先が高杉家の本家で、後継ぎの久吉さんとの間に子がなく、幼い頃に養子に出されたのだった。

高杉家は、初代の仁吉郎が明治の中頃に椿鉱山という銀山を経営し大金持ちになった。が、二代目久一郎は女遊びが激しく、資産をかなり食いつぶしていたという。三代目は久一郎の長男で久吉、町役場に勤めていたらしいがもう資産はさしてなく、子供も出来ない、それで養子の四代目の宮雄が出来るとすぐに他界してしまったという。

勇雄の父の宮雄は苦学したそうだ。朝早く新聞配達の仕事をして、継母との仲もしっくりとは行かず、孤独な幼少年時代を過ごしたらしい。それでもT高等農林学校を卒業している。が、おそらく意識的に、秋田の営林局には就職せず、青森の営林局に勤めていた。戦争に駆り出され中国戦線に参加、生き残ったのである。で、血統を重視してか、高杉家の久吉の妹であるふみおばあちゃんの末娘である冴子と、敗戦後の冴子の満州引き揚げ後に、半ば強制的に結婚させられたのであった。

長野家の四男は、長いシベリア抑留生活後に帰還、長野家を継いだ。五男は戦争を体験しているが帰還後は割に気楽な職に就いて過ごしていた。男ばかりの五人兄弟、様々な運命の糸に操られて生き死んで行ったといえるだろう。

一方の高杉家分家の重子伯母さんは養子の貞蔵さんとの間に六人の子を儲けていた。貞蔵さんはT高等農林学校を出、小学校の教員をし、校長までいったが早めに退職していた。年金生活が現役生活より長かったかもしれない。コメディアンの坊屋三郎に似ていた。背丈は小さいがバスケットボールを得意にしていたという。長女は小学校の先生、次女も小学校の先生、長男は浩史といい、勇雄より十歳も年上であった。水泳を得意としていた。バタフライも上手に泳げるのである。三女と次男は双生児、四女の則子ちゃんは勇雄の三つ年上であった。こうなれば勇雄が扇田に行った時は則子ちゃんと一番よく遊んだ。甲虫をよく捕りに行ったものである。二人一緒のスナップ写真も一枚残っている。

勇雄は重子伯母さんの愛嬌のよさが好きで、明るい家庭の雰囲気を感じていたので、こちらで過ごす時の方を好んだ。ロカビリー旋風の時は、勇雄はごく幼かったはずだが、皆の前で箒をギター代わりにしてのけぞってみせたりして皆の笑いを取っていた。対照的なのは長野家で過ごす時である。なんか暗い感じがした。会話も少なかった。ただ、父は一種のやすらぎを感じているようであった。育ての親より産みの親がいい、そうだったのだろう。

今から二十年ほど以前に勇雄は妻との間に一人娘しかいなかったこともあって、高杉家本家を離壇した。勇雄の意思ではなく母冴子がそうなるように切望していたのである。直接的には、夫の宮雄と姉の重子に猫の額ほどの土地を巡っての争いが起こっていたせいだろう。養子とはいえ父は扇田に先祖からの僅かに残った土地家屋を持っていた。隣の重子の土地家屋との境界線を巡っての諍いである。母はそういうのが大嫌いで、勇雄に親戚付き合いの煩わしさをいつもこぼしていた。勇雄の代までそれを引き摺らせたくないという考えでもあった。東京にロッカー式というのかそういう寺があり、そこに墓所を移した。父宮雄も結局は同意した。今の勇雄はこれでよかったと思っている。高杉家本家は浩史さんに譲った。浩史さんも東京暮らしであるがまめにお寺の事はしてくれる。浩史さんの息子さんは会ったこともなくどう思っているかは知らない。《家》重視は勇雄の父母の代で終えたのである。

二十四

勇雄の小学四年生の冬、一月中旬、弟の隆雄が生まれた。ふみおばあちゃんも同居していた。弟が出来る前は、勇雄とは年齢が十歳も下の弟か妹が出来る、かなりワクワクしていた。母は病院で出産した。生まれたての赤ちゃんを初めて見たが、ただ毛の多いお猿さんのような小さな生き物に感じられた。この弟が成長してどうなるか。勇雄は何故か自分より頭のよい子は望まなかった。母に愛情を奪われてしまうとでも思ったのであろう。

勇雄が小学四年生を終えた春休みに、母と妹と共に東京に遊びに出掛けた。父とおばあちゃんと赤子の隆雄は留守番である。東京にはおばあちゃんの弟という貞《てい》次郎という大叔父さんと母の兄の清一伯父さんが住んでいた。この二軒にお世話になろうというのである。初めて乗る「特急はつかり」は爽快であった。東京見物としては、東京タワーに登った事と後楽園遊園地でジェットコースターに乗った事と上野動物園に行った事が印象に残っている。

貞次郎大叔父さんは綺麗な白髪の初老の老人であった。奥さんは元弘前で芸者をしていたヨ子さんというおとなしい感じの人であった。「おい、これを水炊きにしろ」と言って買って来た鶏の包みを大叔父さんがヨ子さんにポイと抛り出したのを覚えている。威張っているように見えた。が、当時の大人の男は皆こんなものと思い、勇雄は貞次郎さんの態度に不快を覚えるという事はなかった。貞次郎さんは何を職業にしているか不明であった。母の話だと何か事業をしている、ただそう言っただけである。

貞次郎さんとヨ子さんの間には子供がなく、二人の養子を育てていた。上は母の弟に当たり、大学を卒業し養父の事業を手伝い結婚を間近に控えていた。良夫さんといった。下は清作さんの兄の子、広島で耳鼻科の開業医をしていて、看護婦さんと浮気をしてその間に出来てしまった子で、当時は大学生になったばかりであった。治夫さんといった。石原裕次郎に少し似た美男子に見えた。こういう四人家族で、血縁で繫がっているといえばそう言えるが、今から見れば《家》重視のものだったといえるだろう。

のち良夫さんは養父の事業を継ぎ、これがまた借金返済に追われるだけで、汗水漬《あせみずく》の働き通しとなった。最近、他界したと聞いた。良夫さんの子供らとの交流はない。治夫さんは沖舘の家に遊びに来たことがある。勇雄と八畳間で相撲をとり手加減してくれたのを覚えている。青森の或る男子高校に通っていたはずだ。ヨ子さんも青森でラーメン屋をやっていた。してみるとヨ子さんは治夫さんを連れ貞次郎さんと別居生活をしていたのであろうか。今から思えばそんな気がする。治夫さんは大学を出、テレビ関係の仕事に就いた。「いっちゃん、大きくなったら芸能界にだけは入るものでないよ。身体が持ちそうにない。林家三平は普段は少しも面白くない」とそんな事を言っていた。のちに、或るテレビのワイドショーのディレクターか何かをやって、放送のラストに高杉治夫という名が映し出された時は凄いなあと喜んだものである。が、病気を患い、五十歳前後に他界した。今の勇雄は治夫さんの奥さんやその子供たちとの交流は一切ない。これも母の代で途切れている。

清一伯父さんは或る製薬会社に勤め、専務取締役までなった人で、九十歳少しまで生きた。当時は清一伯父さんの家にもお邪魔をした。満州からの引揚者は持ち家を持たない主義といい、割に大きな借家に住んでいた。アイスクリームなど甘いものが大好きであったが、タバコも吸っていた。製薬の仕事だが「薬なんてちっとも効かないよ」と言っていたのには少し驚いた。奥さんはのちに株をやる人だと母から聞かされた。子供の清子さんは時子と同い年、その三つ下に清春さんという男の子がいた。むろん今の勇雄と交流はない。

勇雄の東京見物の旅は、親戚と会うため、それも母関係の親戚と会うためといった方が正鵠を射ているだろう。母、勇雄、時子、貞次郎さん、ヨ子さん、治夫さんの六人で写った写真が一枚残されている。貞次郎さんは眼鏡をかけている白髪頭、背広ネクタイ姿で品のいいインテリ老紳士に見える。ただ、満州引揚者の心情はよく分からない。どうせ内地でうだつが上がらず一旗揚げてやろうと満州に渡ったに相違ない。成功者は多かったろう。清作さんなど大連で観光業をし、豊かな生活をした。母はお嬢さん育ちである。西洋のクラシックレコードをよく聴いたと言っていた。ズッペという作曲家も知っていた。水洗トイレ、厳寒の冬はスチーム、住環境も進んでいた。女学校時代は楽しく、級長さんをしたそうで、やがては内地の国立の女子大に進学しようとしていたという。が、そのうち戦争が激しくなった。母は日赤の病院で看護婦の見習いをさせられたという。婦長さんは大変怖かったと言っていた。それが敗戦で丸裸にされ内地に帰された。当然田舎者の宮雄さんとの見合い結婚は不本意のものであった。女性の自立は難しい時代で、親が決めた相手と結婚するしかなかった。実は勇雄の両親は都合三度、いや四度、別居生活をしている。清作おじいさんはどんな人だったか勇雄には分からない。ただ、読書好きの母に芥川や太宰は片輪だから読んではいけないと言ったそうである。自殺する作家、デカダン作家を嫌ったようだ。作家の作品を重視するのではなく、その生き方を重視したようなのである。そうはいっても母は内地に帰って宮雄さんと結婚してからも独学で詩作に夢中になった。第一回荒地新人賞の候補に残ったのを勇雄に自慢していた。父清作さんの助言に反し、小説は芥川を好んで読んだという。勇雄は母の血を多く引いているとつくづく思う。
その母も、先の3・11のほぼ二カ月後、母が尊敬する兄清一さんが入浴中の事故死を遂げてからそのほぼ一カ月後に、清一さんと同じく入浴中の事故で急死したのであった。何故か母の文机には大連での写真アルバムが中心に置かれていた。よほどその幼少期が幸せだったのかと勇雄には受け止められた。八十二歳、まだ早い、ピンコロ死、勇雄は悲しみを通り越して涙も出なかった。

二十五

母はよく詩を書いていた。詩集を二冊残した。その中で、今の勇雄が一番好む詩を一篇掲げておこうと思う。

異郷・故郷

一つの時は流れて消えた
眩茫三千里

はるかな地に
日は替り　人は流れ
いまはどんな花が咲く

もうさびしい他国の涯
うつろいの幻影たちよ
重たい歴史の渕の
無名のやみに
すでに詮ない死者たちは眠る

遠く赫々と　埴土に滲む
一条の鮮血の斑《ふ》
いま此処かそこに渡る風は
戦争とひき明けの
和平を唄う

異郷、そしてそこに故郷

わたしらは語り逢う、親しい友と
同じ空、同じこの地にあって
彼方に甦るもう一つの歌を
短い国の残照の歌を。

春はリラ、アカシア
夏の雨の流す灼熱も
冷たい靄に消えた馬車《マーチョ》も
想い出は遠い夕陽の中で
鉄の火ほどにも赤くなる

かつて、遼東の山河に
父のいのちの織りなす轍
いま明滅する火《ほ》むらのかげから
港が、鉄路が、黄海が、
つきない歌を謳っているようだ

ああ、それは私らの揺籃のうた
深々と往古に根ざした
悠揚の丘
眩い褐色の地平、
そして広漠の雲と風よ

故郷、そして異郷
わたしは忘れない
いつもはるかな地に
潜み、燃えて高鳴る
かの大連《ダルニー》の鼓動を
一つの讃歌を。

母は生前、小学校の同窓会仲間と中国大連を訪れている。母たちが住んでいた大きな家がそのまま残っていたと喜んでいた。ふるさとへの執着というか愛着、勇雄にはピンと来なかったが、母の幼少期はよほど幸せだったのだろう。

令和五年の五月は母の十三回忌に当たっていた。勇雄は妻とやっと他家に嫁いだ一人娘の由貴と、いまだ独身の弟の隆雄の四人だけで十三回忌法要をした。妹の時子の三人の子は外国住まいなので参列出来なかった。他の親戚は皆無である。勇雄はそういう寂しい法要を嘆いてはいなかった。心の底から生前の母を偲ぶことが出来たことにある種の満足感を覚えていた。

子供にとって最初に見る大人は親、それから勇雄の場合、多くの血族、親戚であった。そんなわけで両親の生い立ちや親戚の大人たちの事にも思いを巡らしてみたのである。

二十六

テレビが勇雄の家に入って来たのはいつ頃からであろう。勇雄が小学五年生になる少し前の頃のように思う。テレビがない時は、テレビのある家に何人かで時々お邪魔して、見たい番組だけを見せてもらっていた。記憶にある番組の代表格は、『ローンレンジャー』、『チロリン村とくるみの木』、『ジェスチャー』、『お笑い三人組』、『私の秘密』、『ホームラン教室』、『とんま天狗』、『月光仮面』、『ボナンザ』などである。とりわけ『ローンレンジャー』の「ハイヨー、シルバー」、「インディアン嘘つかない」「キモサベ」などの言葉は、近所の子供たちと遊んだ際につい口に出ていたのであった。

安保反対という学生デモ隊の映像もテレビに映し出されていた。安保反対、安保反対という言葉は、勇雄ら当時の子供たちの間にはその意味もよく分からぬままはやっていたのだった。池田勇人首相のだみ声による所得倍増計画というものもテレビでよく聞かされ、日本が何となくこれから豊かになっていくような感じを勇雄のような子供たちにも与えていた。

勇雄が小学校の五年生の秋頃、社会党の党首の浅沼稲次郎が暗殺された。その時の映像は何故か見ていて大きな衝撃を受けた。人が刃物で刺され殺される。もう浅沼という人は死んでしまった。信じられないほどであった。父や母は何か政治の話をしていたが勇雄にはよく分からなかった。

二十七

小学五年生になった時クラス替えがあり、担任は桜田先生という女の先生になった。まだ若いが威厳のようなものを持っていた。そう勇雄には感じられていた。

不思議なことに沖舘小学校の写真はこの5年3組の遠足の目的地で撮ったらしいスナップ写真が一枚残っているだけである。世の中それだけ貧しかったといえるだろう。

勇雄の教室での座席は廊下側の一番後ろ、独りだけという時のものが今も鮮明に記憶に残っている。前の席は髪がショートカットで浅黒い顔色の目のパッチリした松下さんという女の子であった。松下さんは頼みもしないのに勇雄の四、五本の鉛筆をいつも綺麗に削ってくれるのであった。それに勇雄の黒色の下敷きを貸してと言い、貸すと、手に持ってその下敷きにキスや頬擦りをするのである。勇雄はオイオイと思うが好き勝手にさせていた。この松下さんの隣の席がよく喋る岡本くんという小柄で丸刈り頭の男の子で、松下さんを「チュウ助」と呼んでいた。勇雄は松下さんを好きでも嫌いでもなかった。鉛筆の削り方があまり上手くない勇雄は松下さんの好意をむしろありがたく思っていた。が、下敷きの方は勇雄を奇妙な気分にさせていた。松下さんは幼児性を多分に残していたものか。大人のようなキスとは違うように思えた。

桜田先生は、算数が五時間目か六時間目のその日の最後にある時、算数の問題を十問くらい板書し、全部正解の者から帰すという事を三度くらいやった。いつも最初に帰るのは勇雄であった。これは勇雄の気分をよくさせた。

桜田先生のこのような教育方法は今から思えばどう評価されるのであろうか。テストの間違いだけをチェックし解き方の助言を与える。個人差があるので教卓で個別指導をしているようなものである。いい教育方法だと思われる。或る所で一斉授業に切り替える。居残りをさせる延長授業はしていなかっただろう。クラスにおそらく四十人ほどはいたと思うがたまにこういうのをやるだけで毎回ではない。早く帰れるよう頑張る子もいたのではなかろうか。

勇雄の朝の散歩では蟬の声は聞かれなくなりすっかり秋めいて来ていた。散歩のコースに大きな個別指導学習塾がある。先生1人に生徒2人まで、1科目+20点を宣伝コピーとしている。

小学1年から高校3年までを対象にしている。勇雄は子供には関心が強いので普段からこの塾の様子をチラチラ外から見ていた。小学生もかなり入塾しているようだ。土台、一斉授業は学力が中位の者に合わせるので学力のある者は退屈してしまう。下位の者は落ちこぼれたままである。この塾のように学力が接近した者2人を1人の教師が個別に指導する方が学力は伸びるだろう。桜田先生はその先駆けのようなものをもう六十年以上も前にやっていたのではないのか。ただ小学1年生からというのはどうかと思う。受験戦争はどんどん低年齢化している。親の年収の高いほど教育に投資出来るのでそういう子が東大などの難関大学に入る確率が高いというのが現状だ。親が子供らしい遊びもさせるというのであればそれもいいだろう。ガリ勉だけでは将来を歪める。勇雄の朝の犬の散歩は漫然としてやっているわけではないのである。

小学校に陰湿ないじめや不登校が多いとはかなり以前からマスコミなどで言われて来た。勇雄ら団塊の世代の小学生時代にもいじめや不登校はあったかも知れないが、今ほど深刻なものではなかったはずである。とはいえ、小学生気質のようなものが大きく変化したとは思えない。今の勇雄は今時の小学生の実態を知らないが、子供は子供らしく無邪気であれ、仲間を作って子供らしい遊びを大いにやれと切望してやまない。

二十八

沖舘小学校の5年3組の或る授業の時、前の席の方に座っていた竹山くんという小柄だが活発な子が近くの座席の在日朝鮮人の金さんという女の子を金玉と呼んだ事があった。そうしたら桜田先生は烈火のごとく怒った。竹山くんに「謝りなさい。謝るまで授業はしません」と言ったのである。教室中に緊張と沈黙が流れた。そして竹山くんはあまり大きな声ではないが金さんの方を向いて「ごめんなさい」と言ったのである。桜田先生の迫力にクラスの者たちは圧倒されてしまった。当時の勇雄は在日朝鮮人問題など何も分からないに等しかった。勇雄は、白取さんという在日の女の子と隣り合わせの座席の時が学年の最初の方であって、普通に白取さんとは接していた。沖舘は思いのほか在日朝鮮人の子供たちが多くいた。竹山くんの場合は、特別なケースで、大抵の子供たちは在日問題などに拘泥してはいなかったというのが実情だったと思う。

学級会というものがある。いつも道徳的なテーマが話し合われたように思う。勇雄は内向的で一度も挙手し発言した事はなかった。江藤くんという頭が矢鱈に大きく坊っちゃん刈りをした背の高い男の子と佐藤くんという割に目鼻立ちの整った坊っちゃん刈りをした男の子の二人は目立って発言が多かった。女の子たちは何故か皆おとなしく発言する人は殆どいなかった。

勇雄は、言いたい事は口の先まで出かかっていたが、挙手し発言には至らなかった。江藤くんや佐藤くんの意見で十分ということもあった。バスに乗って老人が立つような事のないように座席を譲る、公共の施設は大切に使う、ごみは散らかさないようにする、等々、皆当たり前の事を江藤くんや佐藤くんは澱みなく喋るので二番煎じのような事はさすがに言えなかっただけである。

今時の小学生の学級会がどんなものかは知らない。ただ、昔とさして変わってはいないように思われる。道徳心や美徳はたやすく廃れはしないと信じている。

二十九

先に5年3組の遠足の時の写真だけが一枚残っていると書いた。勇雄はそれをまじまじと見始めたのである。写真の右側に大きな身体をした勇雄が立っている。聡明そうに見える。その左後ろには背伸びをしている岡本くんがいる。勇雄の近くには中背で丸刈り頭のおとなしい感じの勉強も出来る関塚くんの姿がある。勇雄との関係は悪くはなかったのでそういう位置取りになったのだろう。女の子では石野さんという切れ長の目をした賢そうな子が勇雄の右後ろに立っている。家は勇雄と同じ中通りで近く、令和元年の夏の終わりに中通りを歩いた際も石野という表札の大きな家は残されていた。勇雄は、石野さんは遠い昔にどこかに嫁いで今はこの家にいるはずはないと決めつけ通り過ぎたものであった。関塚くんと勇雄の間の後ろにはこれまた賢そうで目と目が離れていて可愛らしく背の高い福士さんという女の子が立っている。前列で石段に座っている五人の男の子の中に浅利くんという生意気そうで尖った顔をしているのがいる。勇雄とは気が合いよくお喋りをしたものである。中央部には勇雄と同じくらいの背丈で頭の大きな江藤くんが目立って写っている。その傍に足が速かったが金さんを金玉と言って桜田先生に叱責された竹山くんが気だるそうに立っている。写真の左側には桜田先生が立っている。落ち着いた感じでおそらく二十代後半の年齢に見える。その傍には金さんが立っている。桜田先生の後ろにはチュウ助こと松下さんが立っている。桜田先生を除き、男の子十九人、女の子十九人、合計三十八人だったと数えられる。顔と姓が一致して今も覚えている子は十人ほどに過ぎない。勇雄はそういう自分に少々呆れた。小学五年生ともなればもっと同級生の事を覚えていてもよかったのではないかと思ったからである。それともこのような写真をいまだに持っていて、満七十三歳になる年にまじまじと見る機会があった場合、四分の一程度しか覚えがないというのが当たり前なのか。

場所は石垣が背景だが、どうしてもどこなのか思い出せない。郷土の事は存外知らないものだ。皆、それぞれの人生を歩んでいるだろう。もう他界した者もいるだろう。ただ、桜田先生はまだ存命中のような気がしてならない。何かしら強さを感じただけにそう思うのである。

三十

勇雄は母が取っておいてくれたせいもあって賞状の類いをいまだに持っていて、机の中にしまい込んでいる。これまでの賞状で一番大きなものは、小学五年生の三学期に牛乳週間の作文コンクールで優秀賞をもらった時のものである。何度も言うが当時は青森県では小学校に給食制度は導入されていなかった。が、牛乳給食だけはやっていた。それにちなんだ作文コンクールだったのだろう。今の勇雄はどういう内容のものを書いたのか、すっかり忘れている。ただ、桜田先生に添削指導をされたのを覚えている。桜田先生はお腹が大きくやがて産休に入ったのであるが、勇雄は添削指導を受けている最中に何故か桜田先生のお腹の方を気にかけチラチラ見ていた記憶が今も残っている。作文の内容は牛乳給食のよさを言ったに相違ない。実は勇雄は白い牛乳よりもコーヒー牛乳というものを好んでいた。子供のくせにコーヒーの香りと味に魅かれていた。作文ではそんな事は書けない。ひたすら牛乳の栄養価は高いとか骨が強くなるとか、とにかく牛乳のよさを書いたに決まっている。この作文は青森放送でも放送されたはずである。勇雄は青森放送局に出掛け作文の朗読の録音をした記憶がある。賞状は二枚もらっている。今、一枚目の大きな賞状を見ると、青森県知事山崎岩男という名が大きく書かれ、公印が朱で押されている。県知事賞だった。もう一枚はその半分の大きさだが、主催青森県牛乳消費普及運動本部、青森県、青森県教育委員会とあり、それぞれ公印が押され、後援東奥日報社とある。確か、東奥日報社からは副賞として銀のメダルをもらったはずである。勇雄はそのメダルを大変気に入っていた。鎖が付いていてずっしりと重みのあるメダルであった。五年生で勇雄はランドセルはやめて普通の鞄を持って登校していた。他に見せびらかそうと鞄にそのメダルを括り付けていた。それだけ有頂天になっていた。が、そのメダルをどこかに落とし、どこに落としたのかも見当がつかず、紛失してしまったのである。もう春先の三月のことだったろう。大失態であった。

三十一

勇雄の幼少期はまことに穏やかなものであった。沖舘には、たおやかな風が吹いていた、というべきである。牛乳週間の作文コンクールでの大きな受賞、学力がクラス、いや学年でもトップにあったであろうという漠然とした自覚、今から思えば、早くも人生のピーク期であったものか、とさえ顧みられる。

こうして勇雄は昭和三十六年の春に父の転勤に伴いむつ市田名部へと転校して行った。

釜臥のふきおろす風

一

左手に穏やかな海が開け、右手に人家や野原が断続的に見える単線列車の中に親子五人の家族が乗っていた。

「父さんの見送りの人は多かったなあ」

彼はつい一時間ほど前の青森駅のプラットフォームの光景を思い浮かべて呟いた。

傍にいる母は彼の弟であるまだ赤子を膝の上に抱きながら、

「義清ちゃんが見送りに来ていたじゃないの」と彼を慰めるように言った。

義清ちゃんというのは彼と同い年の幼馴染ともいえる家の近所の子であった。それはいいとしても、彼は小学校の同じクラス、5年3組の中から誰も彼を見送りに来てくれなかった事が不満だったのである。

「お父さんは転勤、それも栄転、同僚の人たちが多く見送りに来てくれるのは当たり前でしょう」

母はさらに彼を宥めるように言った。

彼とボックスの斜め向かいに腰かけている眼鏡を掛けた父は、目をつぶったまま、これからの新生活を夢想しているかのようであった。

父の隣に腰かけている彼の妹は彼より二級下、おとなしく列車の左手側の車窓から流れゆく海辺の景色に見入っていた。

この妹の見送り人は同じクラスの順子ちゃんと近所の幼馴染で同い年の和江ちゃんの二人であった。和江ちゃんの母は彼らの母の親しいお喋り友達で、その良人は父の同僚でもあった。

「今度行く所はどんな所かなあ」

彼は独り言のように呟いた。

二両編成のディーゼル列車は目的地のむつ市田名部に向かいひたすら走り続けていた。

昭和三十六年の春、三月末の事である。

二

今や人生の玄冬期に入っている白髪頭の彼は、古びた一枚の写真を眺めていた。彼は小学校六年生としての一年間を転校生として過ごしたことになるが、あまりに古い時代のせいか、卒業アルバムはなかった。体育館で撮影したらしいクラスの集合写真がたった一枚残されているだけであった。

そのモノクロ写真には、昭和36年度卒業写真、と白ぬき文字で右下に横書きされている。前列の中央部は校長先生と6年4組の担任の木村先生で、それを囲むようにして六年生の担任ら四人が左右に座っている。あとは向かって右側に男子児童二十六人、左側に女子児童三十人が列を成して並び、その左右の脇と後方には教職員ら二十六人が立っているというものである。

彼は戦後ベビーブームの時代に生まれたので、五十六人という今からは信じられない多人数のクラスだったという事に改めて驚きを禁じ得なかった。見覚えのある同級生は思いのほか多く半数近くで、あとは覚えが曖昧になっている。もう六十年以上も前のものだから無理もない。彼は坊っちゃん刈りの頭で前列二番目の中央部にいた。が、坊っちゃん刈りの男子は彼を含め七人だけであとは丸刈り頭であった。これも古い時代のせいにしても今から見れば異様とも感じられたのである。

三

彼の通う第二田名部小学校はむつ市の中心部の小高い丘の上にあった。彼の住まいはS町通りのはずれにあった。S町通りをかなりの時間をかけて北に向かい直進し、田名部川に架かる橋を渡るとやがて第二田名部小学校への登り口に到達するのである。

通学の際は晴れた日には釜臥山《かまぶせやま》がくっきりと眺められた。釜臥山とはお釜を臥せたような形をしているのでそう命名されたのだろう。周りに大きな山がないので、釜臥山はむつ市の今風に言うシンボルタワーになっていた。

小学校の校舎に上る道には階段のように設えられている所もあったが、ただ緩やかな登り坂になっている所もあった。時間にして五、六分で比較的緩やかな坂を上り切ると、すぐ二階建ての校舎が見えた。　6年4組の教室は、そこからすぐ見える校舎の二階の角部屋に当たってい た。日当たりのよい教室で、周囲は森閑としていた。静かさを好む少年であった彼にとってはこの上ない良い環境と思えたのである。

「高杉の勇雄が死んでも、泣くのは、小滝のみどりだけ。デデレコデン。デデレコデン」

織田徹也くんというがっしりした体型で、いかつい顔をした丸刈り頭の同級生を中心にした三、四人の群れが彼を囃子立てた。彼が一つしかない教室の出入り口で、小滝みどりさんという小柄で少し小太りの可愛い感じの女の子とすれ違いざま、少し接触しそうになったあとのことであった。彼は少しムッと来たが、ただ織田くんらを睨みつけていた。小滝さんは「いやだぁ〜」と言って自分の座席の方に小走りに駆けて行った。

彼は転校生だから日頃授業でハキハキした発言をする織田くんのようなお勉強も出来るらしいガキ大将とその子分らに揶揄われるのかと思った。それにこのクラスは五年生からの持ち上がりだと聞かされていた。人間関係がしっかりと出来上がっているのであろう。彼は我慢するしかないと諦めた。

だが、それから四、五日し、彼は同じような場面で織田くんらにより同じような目に遭わされたのである。

「高杉の勇雄が死んでも、泣くのは、田辺の涼子だけ。デデレコデン。デデレコデン」

田辺涼子さんという目が大きく髪を長くした中背の可愛らしい女の子は気恥ずかしそうにしながら黙って自分の座席に小走りに戻って行った。

今度は、彼は織田くんの目をじっと見つめながら、

「やめろよ、コラァ〜」と多分に怒気を含んだ大きな声で叱った。

そうしたら織田くんは少しニヤァと笑い、子分らを従え退散した。それはあっけないものであった。身体は彼が織田くんよりも遥かに大きかった。彼は、肉付きはあまりよくないが背丈はこのクラスで一番高いはずであった。また普段は温和な顔をしているが、この時ばかりは迫力のある怖い顔つきをしていたに相違ない。それでこれ以降、彼はデデレコデンに遭う事はなくなったのである。

春の比較的早い時期に全国共通テストというものをやらされた。国語と算数の二科目で巻紙みたいな問題用紙に解答を直接書き込み提出するのである。暫く経って担任の木村先生が、「この前、全国共通テストをしたな。この中に凄く飛び抜けて出来るのが一人いる。他の人たちは追いつくようにがんばってほしい」と言った。

彼はその凄く優秀な子を自分だと思った。彼には青森市の沖舘小学校の5年3組で、いや学

年全体でも一番お勉強が出来たという自負があった。それにあのテストは二科目とも満点に近い点数を取ったという手応えを感じていた。クラスの者たちが誰を想定したかは分からないが、彼は心秘かに有頂天になっていたのである。

四

或る日、座席替えを木村先生は勝手に決めた。彼は一番後ろの席で、隣が荒川譲くんという丸刈りで小柄な混血児となった。アメリカの進駐軍の兵士とパンパンの間に出来た子に相違ないと思った。パンパンについては、彼は青森市にいる時、母から何かの折に聞かされて知っていた。ハイヒールを履いた売春婦か何かがアメリカ兵の気を引くためにハイヒールでパン、パンと音を立てる事からそう言うのだと教えられていた。譲くんは授業でも殆ど勉強をしない不良少年のように見受けられていた。彼は何故木村先生が自分を譲くんと隣の席にし、しかも二人だけを特別に最も後ろの席に隔離したようにしたのかが訝しかった。それで彼は木村先生を少し恨んだのであった。

或る授業の間の休み時間の折、

「『ヨーロッパの夜』という映画を観たよ」と譲くんはニヤニヤしながら隣席の彼に話しかけ

て来た。

彼はその映画はおそらく成人向けだと思っていた。

「独りで観に行ったのか。……面白かったか」

彼は好奇心からよりも何か反応を示さないといけないと思い、譲くんに尋ねた。

「うん。独りで行ったさ。よかったなぁ。面白かった」

譲くんは満足そうに言ったものである。

彼は映画館の人が譲くんのような子供の入場を何故許可したのか、それが不思議でならなかった。それよりも、譲くんがよかったという『ヨーロッパの夜』という映画の内容を少し知りたく思ったが、さすがにそれを尋ねる事は憚られた。題名から、とても子供が観るべきではない文字通りのヨーロッパの夜、盛り場などの様子を描いたものくらいの想像力は働いていた。

授業中は、譲くんはいつもその青い目を爛々とさせ漫画雑誌を読んでいて時々ニヤついていた。木村先生は譲くんを注意する事は一度もなかった。彼は、木村先生は譲くんが授業妨害さえしなければよいとしているのだと思った。それはよいとしても、譲くんがズボンのチャックを開けて白いパンツの生地が見える事にはヒヤヒヤしていた。いつチンポコを出すのかとハラハラものだった。が、譲くんはチンポコを剥き出すような事はしなかった。

譲くんと隣り合わせの座席は一カ月ほどで済み、また席替えとなり、譲くんと離れた彼はやっとホッとした気持ちになれたのである。

五

彼は日毎に6年4組の皆と打ち解けるようになった。そして修学旅行という行事が行なわれた。北海道の函館に行くのである。二泊三日だが、列車や青函連絡船に乗っている時間が矢鱈と長く感じられた。彼は青函連絡船に初めて乗った。海の広さと意外にも船のスピードが速いのを体感した。とはいえ、青森から函館までは四時間もかかるのである。

彼は神経質な子供で枕が変わるとなかなか寝付かれなかった。男の子が大勢、一つの大きな部屋で寝床に就いていたが、彼は目が覚めていた。木村先生がその暗い大きな部屋に入って来て、一人一人の様子を見ていた。彼は布団を肩まで掛けていなかったが、木村先生は彼の上の布団を素早く少し引き上げて、その隣の子を見に行った。空寝の彼は木村先生の子供思いの熱心さというか優しさに触れたように感じ、木村先生を好きになって行った。

五稜郭や女子修道院などを見学した。彼はとりわけ女子修道院のあの静寂さを好んだ。どういう女の人たちがここに入る事になったのか、その動機に彼の関心は向かっていた。といってそれが分かるわけではない。キリスト教の事も何も分からない。ただ哀れさのようなものを感じた。修道女のお人形さんが売られていたので、一つ買い求めた。男の子で修道女のお人形さんを買ったのは彼だけだったろう。彼は少し風変わりな少年だったのかも知れない。

六

或る日の社会科の授業が終えてすぐの事であった。彼はその授業での自分の家族の一日の行動表の作成という課題をやり終え、一息ついていた。すると、彼の座席のすぐ前の席に座っている、目が細く、いつも済ましたような口元をしている星典子さんが彼に向かって、

「高杉くん、課題をちょっと見せて」と言って来た。

彼は、「あんまり見せたくないなあ」と正直に反応した。

そうしたら、星さんは、

「めんこいから、ちょっと見せてよ」と今度は彼に少し身体を近寄らせて言って来たのである。

彼はめんこいと言われ、全身が熱くなるのを感じながら、

「仕方ないなあ、あまり上手く書けなかったけど……」と言って、ノートを逆さにして星さんに見えるようにした。

星さんは彼のノートを取り上げ、しげしげと見始めた。

やがて星さんは、

「高杉くん、おかしくない、妹さんと入浴の時間帯が同じなのは。一緒なわけでないでしょ」

と言ったのである。

彼は、家の風呂に入る時間帯が自分と妹が日によって先であったり後であったりするのを面倒なので同じ時間帯にしていたのである。

「高杉くんはいやらしいわね。妹さんと一緒にお風呂に入っている事になるよ。本当なの」と、そのいつも爽やかな顔を一層近づけて来て言ったのである。

「いやあ〜、そんな事はないが……」と彼は言葉を詰まらせてしまった。

普段、男の子と女の子はこのように親しげに会話を交わすという事はなかった。彼は周囲の目を気にかけ気恥ずかしくなっていた。

すると、斜め横の席に座っている小滝みどりさんが、

「星さんは高杉くんと仲がいいのねえ〜」と二人の傍に近寄って来てそう囁いた。

星さんはそれに対し、

「私たちに構わないでよ」と語気鋭く言い放った。

「私たち、だって、いやらしいわぁ〜」

小滝さんはそう言い、自分の席に戻って行ったのである。

星さんは少しその顔を赤くし、

「ノート、ありがとう」と言うと、その身体を元に戻したのであった。

星さんは、学級会ではいつもよく活発に発言する女の子であった。

学級会で女の子では堀合陽子さんという切れ長の目をした身体の大きい活発な女の子が一番

発言の回数が多かった。星さんはそれに次ぐと言ってよかった。男の子では新学期早々彼をからかった織田くんと、中背で少しハンサムな坊っちゃん刈りをした石坂憲一くんが発言の回数が多かった。志摩雄一くんという大柄で田舎っぽい顔をしている男の子は奇妙な発言ばかりするので、堀合さんに批判されクラスの誰からも支持を得られていないようであった。彼はその内向的な性格から学級会での発言は一度もなかった。志摩くんにも一目を置くというか、ある種の羨望の念を抱いていたのである。まだ小学生とはいえ、自分の意見を澱みなく話せる事は凄い事ではないか。その一人の星さんから親しく話しかけられ、多少気まずい内容の会話になったものの、めんこいと言われたのも嬉しく思ったのである。

七

或る日の昼休みの事であった。6年4組の教室は騒然としていた。

「ぶっ殺してやる。この野郎」

譲くんがクラスで一番仲良くしている魚屋の息子だという金村昭夫くんを教室の隅で組み敷いていた。金村くんの身体は大きい。が、身体の小さい譲くんの剣幕というか気迫に凄まじいものがあった。金村くんは教室の板の床に横倒しにされたままである。身動き一つしない。譲くんの右腕で首を巻かれ、譲くんの左手は金村くんの腰の辺りをしっかりと押さえ付けていた。金村くんは声も発せられないまま横たわっていた。

「畜生。殺してやる」

譲くんの声は少し小さくなっていたが、怒りは収まりそうになかった。

クラスの半分近くの者はこの光景の周辺に集まり、ただ見入っていた。

「先生を誰か呼んで来て」と小滝さんが叫んだ。

譲くんが金村くんを組み敷いてから暫し沈黙の時間が流れていた。

やがて木村先生が大急ぎで駆けつけて来た。木村先生は譲くんの耳元で何か囁いていた。暫し何かを説得するような時間が経過した。やがて譲くんは素直に金村くんから両手を離し、立ち上がり、

「ざまあ、見ろ。二度とふざけた事を言うな」と言い放ち、教室からゆっくりと出て行ったのである。

この喧嘩騒動でクラスの者たちは譲くんの恐さを思い知った。

彼も野次馬の一人であったが、彼が金村くんの立場でも譲くんには敵わなかったろう、とホッとため息を漏らしたのであった。

これも或る日の昼休みの時間帯の事である。彼は体育館で遊んでいた。彼は別のクラスの、その謂われは知らないが、アルファと綽名を付けられていた背が高くて坊っちゃん刈りで肉付

きのよい大きな田中和一郎くんと二人でバスケットボールに興じていた。アルファは彼より五センチほども背が高く、その唇は分厚く、怖い感じを与えていた。バスケットのボールをやや遠くから籠に向けシュートするだけの遊びである。周りには同級生たちは疎らであった。この遊びでは彼よりアルファの方が若干上手いようであった。もう彼はアルファの子分になったように感じてしまっていた。やがて二人は疲れ果て、体育館の床に寝そべってしまった。

そこにこれまた彼とは別のクラスでおそらくはアルファと同じクラスの、校内で一番可愛いという評判を持つ八重樫たか子さんがやって来、二人を見下ろしていた。ニコニコと笑っていた。アルファは咄嗟に片手をズボンの中に入れ、その手で股間のモノをモミモミする真似の行為に及んだ。

「ああ、気持ちいいなあ、気持ちいい」とアルファは小さな声を発したのである。

彼は咄嗟に自分もアルファと同じ行為をすべきだと思った。彼も片手をズボンの中に入れ、その手でモミモミする真似をしてしまった。その意味するものは半ば以上分かっていなかったが、ただアルファの真似をしなければいけないと思ったのである。

八重樫さんは、満足そうな顔つきをし、サッと背を向け立ち去って行った。

八

晴れた日の学級活動の時間には校庭でクラスの者たちはてんでに遊んだものである。ドッジボールをする事が多かった。或る時、男女が分かれ、どちらが勝つか対抗戦をする事になった。男の子が十人、女の子が十人、選ばれた。彼も男組の一人に選ばれていた。ドッジボールをぶつけられ、キャッチ出来なかった者は退場する決まりになっていた。

女の子の中では堀合さんがいて、独り目立っていた。その投げるボールはスピードがあり、男の子は誰もキャッチ出来ないくらいなのである。彼も上手く逃げ回る事しか出来なかった。男組は一人一人、堀合さんのスピードボールに当てられ退場して行った。幸い、彼は痛い目に遭わされる事はなく、男組の最後の一人になった。そして堀合さんの投げるボールをキャッチする事が出来た。が、彼にはわざと堀合さんが特別に手加減してくれたように感じられた。女組は三人残っていた。彼は堀合さんではなく、田辺さんを狙いボールを投げた。田辺さんはキャッチする事が出来なかった。田辺さんは退場となるが、ボールを堀合さんに渡した。そして彼は堀合さんのスピードボールを受けた。が、今度はキャッチ出来なかった。男組の負けである。彼は田辺さんでなく堀合さんを狙わなかった事が敗因のように思えたのである。

堀合さんは、男の子の一部から、や〜い、男おんな、と陰で揶揄されていた。そんな女の子がいる一方で、校庭の隅っこで独り遊んでいる女の子がいた。井出幸代さんという色黒で小太りな女の子である。

井出さんは校庭の隅にある木の柱にその唇でキスを何度も繰り返していた。周りの目は全く気にしていない。木の柱を異性に見立てているようでもあり、ペットの熊の縫い包みか何かを見立てているようでもあった。ひたすら同じ行為を続けている。ただ不思議な事にこの光景を目撃しているのは彼だけのようであった。他の男の子は井出さんの存在を無視しているのか、見て見ぬふりをしているのか、まるで眼中にないのである。とはいえ、彼が井出さんに性的な興奮を覚えるという事はなかった。

昼休みなどで男の子だけが校庭で遊ぶといえば相撲を取ることだった。やはり身体の大きい者たちが集まった。彼は幼い時から相撲には自信があって大抵の相手には勝つ。が、イヤな相手が一人いた。七戸太郎くんという丸刈り頭の畳屋の子で、いつも口元に微笑を浮かべているような男の子である。何故イヤかといえば四つに組み合うと彼をもろ差しにさせ、上から被せるようにしてさば折りを仕掛けて来るからである。

「へへぃ、これでも喰らえぃ」と七戸くんは声を出すのである。

「痛い。痛いよ、やめてくれ、痛い」

彼はそう言うのだが、七戸くんはやめる事はなかった。

さば折りは大相撲では禁じ手になっているのを知るのはもっとのちの事であった。彼の背骨は折れそうになり痛かった。が、彼は差し手を深くして潜航艇岩風という力士よろしく七戸くんの身体を起こして潜り込んだ。そして琴ヶ濱という力士よろしく内掛けで七戸くんを倒す事が出来たのである。

だが、彼が七戸くんと相撲を取る時はいつも同じような展開になった。さば折りを仕掛けられる事が彼はイヤだった。勝つには勝つ事が出来るが大変手間取った。やがて彼の方から相撲遊びの時は七戸くんを避けるようになった。苦手というものはどうしようもないと思ったものである。

九

彼はいつしか石坂くんと親しくなっていた。石坂くんのお父さんは高校の社会科の教師だそうでその影響か石坂くんは政治に関心が強かった。或る時、石坂くんは、

「社会党がいいなあ。高杉はどの政党がいいと思う」と尋ねて来たのであった。

彼は政治には関心があまりなかったが、

「浅沼委員長が刺されて死ぬのを去年テレビで見たよ。あれは凄かったなあ。社会党はそれで大丈夫か」と返答したのである。

暫くして石坂くんは、

「なあに、大丈夫さ。社会党は伸びて行くと思うよ」と自信たっぷりに言ったのである。

或る時、その石坂くんが彼に、

「校庭の隅に防空壕があると言うのだよ。一緒に行ってみないか」

と誘った。

二学期が始まってすぐの或る日の放課後の事、彼は石坂くんの後を付いて防空壕に入ってみた。石坂くんは大きめの懐中電燈を鞄の中から取り出していた。その明かりで防空壕の中の空間が予想していたよりも狭い事に少し驚いた。この小学校が空襲にあったかどうかは知らない。いや、この小学校がいつこの小高い丘に建てられたのかも知らない。

「この小学校は戦争の時からここにあったのか」と彼は尋ねた。

「いや、母の話だと兵隊関係のものが建っていたらしい」

石坂くんはそう教えてくれた。

「それで防空壕を作ったのか」

「おそらくそうだろう。でも母の話だと防空壕の跡はあちこちにあったらしい。今は殆ど見かけないけど」

彼も石坂くんも同級生たちもむろん戦争は知らない。空襲とはどんなものかも知らない。ただ、終戦から十六年も経つ昭和三十六年になっても戦争の爪痕ともいえる防空壕がこの小学校の片隅に残っている事に驚きと鳥肌の立つような怖さを感じたのである。

それだけ防空壕の中はひんやりとしていたのだった。

秋の或る日の放課後、沼野真治くんという背が高く坊っちゃん刈りをした同級生が彼を自分の家に遊びに来るよう誘って来た。彼には断る理由はなく、「ああ、いいよ」と言って、初めて同級生の自宅訪問をする事になった。

沼野くんの家は大きく、沼野くんは自分だけの部屋を持っていた。暫く雑談した後、沼野くんは机の中から一枚のブロマイド写真を取り出し、彼に見せた。

「美人でしょう。ああ、いいなあ、高杉はどう思う」

沼野くんは少し息をはずませて彼に話しかけて来た。

彼はその写真の女性が『コーヒールンバ』を歌う歌手の西田佐知子だと知っていた。

「確かに美人だなあ。でも大人過ぎて」と答えた。

「高杉はまだ子供だなあ。もっと成長すると分かって来るよ」

沼野くんは、大人びた言い方をして、そのブロマイド写真を彼から取り上げ、また机の中に丁寧にしまったのである。

普段、沼野くんは教室ではとりわけ目立った存在ではなかった。が、この日のそのませた態度に接し、かえって彼は本当に成長が遅いのかな、と訝ったのである。

十

彼は学校が終えるといつしか彼を入れた三人組で自宅までの帰途につく事が多くなっていた。あとの二人が帰る方向が同じだったからである。三人ともS町通りを南下して鉄道の高架線を通り、その向こうに自宅があった。折戸健くんは小柄で丸刈りだった。折戸くんは彼と同じクラスで、お勉強は出来る方ではなかったが、口は達者であった。もう一人は、別のクラスの小野寺広嗣くんという片足が不自由な身体障害者で眼鏡をかけた中背の坊っちゃん刈りの子であった。眼鏡をかけている少年は珍しかった。頭がいいという評判も聞いていた。

小野寺くんへの配慮もあり、ゆっくりと歩いた。道々に大きな管から地下水がふんだんに流れている水飲み場のような所があった。

「ああ、甘いなあ。水道の水よりずっと美味しい」と彼はいつもそう口にしていた。

折戸くんと小野寺くんはあの小学校に通い慣れていて彼がこの土地の水を褒める事に驚きでもあり満足げでもあるような顔つきをしていた。

また、帰り道には古びた寺があって、三人は時々その境内に入り、暫し雑談に興じたのである。

「人間は誰でもいつかは死ぬ。死後の世界はあるのかなあ」

或る時、小野寺くんが独り言のように呟いた。

「死後の世界なんかないさ。ただ骨になるだけだよ。地獄に堕ちたら苦しまないといけない。そんなのイヤだな。うちのじいちゃんはこの世にこそ天国も地獄もある、と言っていたよ」と折戸くんが反応を示した。

「それだったら、仏教にしろ、キリスト教にしろ、何故この世に宗教が存在するのかね。なんとなく、なんとなく、だよ、死後の世界というのはあるように思うのだよ」

小野寺くんは大人びた口調で切り返した。

彼には折戸くんの意見にも小野寺くんの意見にも賛成や反対する意見を持ち合わせていなかった。小学六年生にしては割に高尚な事を言う二人に大人びたものを感じ、ここでもかえって彼の幼さを自覚させられたのである。

冬の田名部は青森市ほど寒くはなかった。6年4組の教室は、木村先生のアイデアで、大きなストーブを囲むように座席が教卓を前にして凹の形に配置されていた。彼はこのクラスにすっかり解け込み、平穏に6年生を修了したのであった。

十一

今や白髪頭になっている彼は、また例の貴重な一枚の写真に目を凝らしていた。が、机上のパソコンに向かい何かを調べ始めた。すると突然、「紫匂う樹々《きぎ》の丘」という歌い出しで彼が僅か一年間だけ通学した第二田名部小学校の校歌が流れて来た。彼はその校歌が偶然にも六十年もの星霜を経て鮮やかに甦って来た事に感激に近いものを覚えたのであった。

彼は再び例の写真に見入っていた。そうして今度は男の子たちの服装に着目してみた。彼は詰襟の黒い学生服を着ているではないか。てっきり小学生は私服と思い込んでいたが、写真のなかの大抵の男の子は彼と同じように黒の学生服姿であった。これはいったいどういうことであろう。記憶とは恐ろしいもので彼は小学五年生から学生服を着ていた事に気がついた。成長盛りではある。黒色は汚れが目立たない。私服の方がかえって面倒である。だから大抵の男の子は黒の学生服だったと合点が行ったのである。

彼の勤務していた大学でも昔になればなるほど体育会系の部の学生は黒の学生服を着ていた。が、近年では体育会系の学生も授業では私服であったと気づく。時代は移ろう。昔は小学五、六年生ともなれば、詰襟の学生服を着用するのが主流だったのである。買い替えが必要となるが、それでも大人めく事への拘りがあったのであろう。一方、女の子は全員私服である。中学生になってセーラー服などの制服を着用する。中学生で女の子は大人の階梯を登り始める。それが服装に表れていたと理解すればいいだろう。

十二

むつ市における彼の家は公務員官舎であった。官舎といっても塀で囲われているわけではない。父の職場に隣接して八軒ほどの家が乱雑に立ち並ぶなかの片隅にある割と大きな家であった。平屋建て、玄関から六畳ほどの居間があり、その脇に台所、その奥に風呂場、居間に続き三畳ほどの小さい部屋があり、その右手にまた六畳ほどの部屋があって、父と母と赤ん坊の弟隆雄の部屋になっていた。三畳の部屋を左手に出ると廊下があり、勝手口もあったが、廊下に即しいわば離れの八畳間があって、廊下の突き当たりが便所となっていた。彼は離れの八畳間に妹の時子と一緒に学習机を並べ、寝起きをしていた。

青森市在住時代の彼は近所に同年配の子供が多く、戸外でありとあらゆる子供らしい遊びをしたものであった。が、むつ市では何故か同年配のとりわけ男の子はいなかった。

勢い、居間でテレビを観る時間が増えた。この昭和三十六年の春からＮＨＫでは子供向けの『みんなの歌』という五分番組、黒柳徹子の『魔法のじゅうたん』、大人向けの『夢であいましょう』、民放ではザ・ピーナッツ、ハナ肇とクレイジーキャッツが中心の『シャボン玉ホリデー』が始まり、それ以前から観ていた番組も加え、楽しくテレビ漬けになっていたのである。また、離れの八畳間で独り遊びをする事が多くなっていた。独り遊びというのは、母が作ってくれた動物の縫い包みやデパート、玩具店で買ってもらった犬の縫い包みたちで相撲、あるいは寸劇を即興でやっては遊んでいたのである。

　縫い包みにはすべて名前が付けてあった。彼は声色を使うのが得意で、縫い包みたちには個性が与えられていた。母手作りのみみずくの縫い包みは彼の幼少の頃からあったものであるが、あまりに相撲を取らせるのでボロボロになり、二代目のみみずくになっていた。その発する言葉は抑揚をことさら付けた奇妙なものにした。これも母手作りの青色の生地の象の縫い包みは単純に象さんという名で甘い声を出すようにしていた。青森市のデパートの玩具売り場から買った黒という犬の縫い包みは低音の声だが、その「あまちゃん、ガオ〜」という意味不明の奇声を時々発するのである。同じく青森市で買った、むく犬という名の縫い包みは犬のお座り姿からおとなしくて賢く素直な性格とし、その声も落ちついた咽の奥から発せられるような声にしていた。これも青森市からの背の高い熊の縫い包みはころすけという名前を付けていて、その声は裏声の高い声を使っていた。縫い包みだけでなく青森市にいる時に買ってもらって、今や電池では動かず壊れているロボットの玩具は、怖い顔付きをしている事から、寸劇の時はいつも悪役にしていた。その声は、熊のころすけとは異なる裏声を使った。その他に母手作りの狸の縫い包み、バンビの縫い包み、青森市で買った犬ころという名の縫い包みや、ちび黒がいて、田名部に来てからボブ、新犬、野知犬、黄井公、赤犬などと名付けられた新顔の犬の縫い包みが加わっていた。妹の時子にも数は少ないが縫い包みはあって、寸劇の時は、白やチャーリーという名の犬、西洋人形のリリー、カールなどは女の役にしていた。函館への修学旅行で買った修道女のお人形さんには、しゅうこ（宗児）と名付け、相撲には参加させないが、寸劇の時は何故か女の悪役にしていた。

むろん彼はこのような独り遊びを学校の誰にも内緒にしていた。そうして、この秘密の独り遊びが一層嵩じるのは彼が中学生になってからで、小学六年生の時は、沖舘から続くほんの序曲に過ぎなかったのである。

十三

彼は、昭和三十七年四月、田名部中学校に通い始めていた。

白いカラーを付けた詰襟の黒い学生服を着、校章を付けた学生帽を被り、手提げの新調の鞄を持って、もう小学生ではない、少し大人になったようなウキウキした気持ちになっていた。

田名部中学校への経路は、家を出発して、周囲が畑の多いかなり細い道を二度曲がり、国鉄の線路添いのやや幅広の道に出て歩みを進め、田名部中学校に隣接する田名部高校前という無人駅を通過するとすぐであった。

見晴らしのよい通学路で、人通りも殆どなく、釜臥山がいつも視界に聳え立っていた。

中学校の校舎はむろん木造、正面玄関からの廊下を直進すると体育館に通じていた。正面玄関を中心にしてその左右に翼を延ばしたように教室などの建物があった。正面玄関とは別にその左右に生徒用の玄関があり、正面の二階建て校舎の二階部分は二年生、一階部分は三年生の教室となっていた。一年生の教室は、奥まった平屋建ての校舎にこれまた翼を左右に広げたような所にあった。一年生の場合、正面から右側は1組から4組までの教室、正面から左側は5組から8組までの教室となっていた。

釜臥山からはこのような田名部中学校の校舎は飛行機の形に似たものに見えていただろう。そしてこの釜臥山は彼のこれからの中学生時代のすべてを見ていたのである。釜臥からはどのような風が彼に吹きかかったのであろうか。

十四

「起立」

「礼」
「着席」
彼は1年1組に入っていた。そして入学早々、学級委員長に選出されていた。教科ごとに先生が変わる事に新鮮さを覚えたが、授業の始めと終わりに号令を掛けるのは彼の役目の一つであった。内向的な性格の彼は学級委員長に推薦された事で、やはり気分は高揚していたのだった。

中学では先生たち皆は、授業中は勿論の事、それ以外の時でも生徒たちを呼び捨てにしていた。男子は学生服の左側にある胸ポケットに横広の楕円形をした名札を下げ、姓が書かれていた。女子はセーラー服の左側に同じように名札を付けていた。彼は小学生とはこのようなところにも違いがあると思ったが、先生に呼び捨てにされる事はイヤではなかった。また、この名札のおかげで、同級生たちの名前とその顔を一致させやすかった。

この中学校には、四クラスあった第二田名部小学校の六年生の大半がそのまま進学し、あとは第一田名部小学校、第三田名部小学校の一部が進学していると聞いていた。6年4組の仲間では小滝さんと井出さんと男子二人ほどは別の中学校に行く事になった。学区というもののせいらしい。小学六年生で転校して来た彼は、大方の同級生の出身小学校を知らなかったが、それで構わないと思っていた。

第二田名部小学校の六年生で親しかった男子で同じクラスになれたのは小野寺と折戸であっ

た。あとは初顔が多かったが、何人かとは自然に親しくなれた。それにしても学級委員長になれたのは第二田名部小学校で所謂お勉強の出来る子という評判が広がっていたせいだと彼は勝手に思い込んでいたのである。

十五

「少し前に中間テストが終わりましたね。ご苦労様でした。それでもうじき正面玄関から体育館に向かうところの廊下の上に成績優秀者が掲示されます。関心のある人は見ておいてください」

クラス担任は女子の体育を担当する花田という小柄で顔立ちが整っている若い女の先生であったが、或る朝のホームルームの時間でそのように皆に話したのであった。

彼は中学生ともなれば、テストの結果を成績優秀者だけとはいえ公表する事にもう小学生とはやはり違うのだなと自覚させられた。が、それとともに、その掲示に期待と不安を感じたのである。

彼の中間テストの結果は、英語が百点、国語が九十八点、数学が九十五点、理科が九十三点、社会科が八十七点であった。社会科は問題が多少難しかったが、九十点以上ではなかった事が悔やまれた。

体育館に入る正面廊下の左右の上の板の部分に長い模造紙に手書きされた科目ごとの成績優秀者の氏名が順位づけられて掲示されていた。意外に多くの生徒が目を上げて見ていた。彼は、五科目とも成績優秀者になっている事に安堵した。が、他の者が気にかかる。五科目とも名前が書かれていたのは彼のほかに、5組の八重樫たか子、7組の浜田邦夫という名の者だけであった。1組では小野寺が三科目で名前が書かれていた。小野寺とは今後1年1組でのライバルになるだろうと思った。英語は百点が十一人もいて、1組では彼だけだがその十一人のクラスと氏名が書かれているだけであった。彼は、これは嬉しい百点ではないぞ、と感じたものだった。

十六

それから暫くしての或る朝のこと、校舎の一番右奥にある1年1組の教室の廊下にうんこがあった。彼はその発見者と思われる別のクラスの女子二人と対応する事になった。

「犬が入り込んだかな、でも犬のものとも違う感じがするなあ」

彼はそう感じたままに口にした。

「私じゃないわよ」

二人のうちアメリカ人と日本人の混血児と思われる、背が高く、かなり怖い顔つきをした渡辺という女子生徒がそう言った。彼は何も人間のものとしたつもりはなかったが、その初めて見る混血の女子生徒が同じ中学校にいる事にむしろ驚いていた。荒川譲くんだけではなかった事に吃驚していたのである。

「やはり犬のものじゃないの。そんな気がする」

もう一人の一戸という女子生徒がそう言って、彼を見つめていた。一戸美子という氏名で、一年生の男子の間ではこの中学の一年生で一番の美人だという評判であった。彼は一戸さんが先の中間テストの成績優秀者発表で英語が百点であった事を知っていた。髪が長く、目鼻立ちが整い、唇は両端にキュッと吊り上がっていて、確かにこの学年では一番の美人だろうと思えた。八重樫たか子さんも美人だが、ふっくら美人タイプ、一方の一戸さんの方が美人のようだ、比較してはいけないと思いつつも、彼は目の前の一戸さんに関心を抱いていた。

「まあ、何でも構わない。片づけてもらわないと。これから用務員室に行って来るわ」

彼はそう言って、用務員室に向かったのである。

それにしても、なぜ一戸さんがその友達らしい混血の渡辺という子と1組の廊下に来ていたのか不思議でならなかった。一戸さんは8組のはず、その教室は校舎の一番左奥にあったからである。

体育館に彼と一戸美子さんしかいない。二人ともタイツ姿をしている。彼は彼のお臍の辺りに一戸さんを両手で抱え、ぐるぐる廻り始めた。一戸さんの股間と彼のお腹はぴったりと密着している。扇風機のように廻っている。彼は、腕力は強い方だが一戸さんを両腕だけで抱えてぐるぐる廻す事には無理がある。ただ、背筋力が強い事には自信があった。それでなおも廻り続け、一戸さんは気持ちよさそうに微笑んでいた。が、二人とも言葉を発する事はなかった。

この人間扇風機ともいえるものは、彼があのうんこ騒動のあった日から数日後に見た夢であった。とはいえ、性的な興奮は全くなかった。ただ、奇妙な夢だと思った。一戸さんを意識し始めている事は確かだと思った。同じクラスになっていたらどんなにかよかったか、そう思ったのも束の間の事で、それ以降は、一戸さんは彼の視界から暫し消えて行ったのである。

十七

「昨日、このクラスで盗難がありました。或る女子生徒の財布がなくなっていました。このクラスに盗んだ者がいるはずです。今日の放課後、教卓の上に戻して置いてください。盗みはよくないです。戻してくれたら許してあげます」

或る朝のホームルームで花田先生は皆にそう話した。彼はこの盗難事件の犯人は見つからないだろうと直覚していた。何故なら、放課後にわざわざ教卓に戻すという事を犯人はするはずがないと思ったからである。

「高杉、今日の放課後、付き合ってくれないか。花田先生は財布が盗まれた事を言っていたろう。わいの方を見ながら言っていた。わいを疑っている。わいじゃない。こうなったらわいが犯人を捕まえてやる。教室の教卓が見える外で、二人で見張っていようや。付き合ってくれ」

二本柳という丸刈りで目がくりくりし比較的がっしりした身体をした同級生から彼はその日の昼休みに内密の頼み事があると言われていたのである。彼は学級委員長だからこの二本柳の申し出を断ってはいけないと思った。

「ああ、いいよ、だけど犯人は教室には来ないと思うな」

「来なくてもいい。わいは自分が疑われている事が悔しい。でも、来るかも知れないではないか」

「来るかも知れない。そうあって欲しいなあ」

彼と二本柳は放課後、丁度二人が教室から見えない戸外の物陰があって、そこに隠れて見張りをした。

物陰に隠れて一時間ほど経って、同じクラスの加藤という坊っちゃん刈りで背のすらりとした男子が体操着姿で教室に入って行った。

二本柳は小声で、

「あいつだよ、真面目そうに見えて、そういうのが、怪しい。盗みをするのだよ。踏み込もうぜ」と彼に言った。

「まあ、待てよ。あとで財布が教卓に置かれているのを確かめてからでいいじゃないか。もし間違えたら大変だ。忘れ物を取りに教室に戻っただけかも知れない」

彼は二本柳を押さえながら言った。

「分かったよ、それでいい」

二本柳は意外にも素直に彼の言う事を聞いた。

加藤が体操着を着ているのはバスケ部に入っているためであるのを彼は知っていた。何か忘れ物をしてそれを取りに教室に戻っただけかもしれないのである。

加藤は暫くして教室を出て行った。それから彼と二本柳は教室に入って行った。が、教卓にはやはり財布はなかった。

「畜生、わいたちが見張っているのに気づいたのではないか」

二本柳は悔しがった。

「いや、忘れ物をし、それを取りに来たのではないかな」

彼は、加藤が盗みの犯人だとはとても思えなかったのである。

「いや、あいつが犯人だよ。高杉が止めなければよかったのに。踏み込んでとっちめてやればよかった」

二本柳の興奮は収まらなかった。

「いや、たとえ加藤が犯人だとしても、加藤が俺たちに気づいたとしても、財布を戻そうとした事で十分ではないかなあ。良心が咎めた、それでいいと思う。もしも勘違いして喧嘩になったなら俺たちが悪者になってしまうではないか」

彼は二本柳を説得するのに必死だった。

二本柳は、

「そうだなあ、加藤が犯人としても戻そうとしたのはいい事だと思う。それより高杉が言うように加藤が犯人でなく、踏み込んで喧嘩になったら、大変な事になるところだったよ。付き合ってくれてよかった」と言い、その興奮状態は次第に収まって行った。

彼には二本柳の家が裕福か貧乏か分からなかったが、多分後者だろうと思った。ただ、花田先生が二本柳を疑っていたとしたら、そちらの方がいけないと思えた。

また、彼は、加藤に対し日頃人付き合いを極端に避けている態度が見られたのであまりいい印象は持っていなかったが、バスケ部に入って熱心に練習しているらしいのを知っていたので、盗みをするような人間にはどうしても思えなかったのである。

とにかく、この盗難事件は彼には不快であった。彼はどちらかといえば恵まれた家庭にある。が、現実には中学一年生でお金に困って盗みをするのがいた。盗み自体よくないが、何かしらモヤモヤしたものが残ったのである。

十八

彼は部活動として、郷土研究部に入っていた。或る時、顧問の葛西先生が彼を名指しで、むつ市の武家の家系の菊地という家に同行した。葛西先生は菊地老人と彼にとっては難しい話をしていた。何のために葛西先生は自分一人だけを同行させたか不審に思っていた。

「高杉、君は身体が大きいから、ここにある鎧、兜を付けてみないか。いい経験になる。そのために今日は誘ったのだよ」

葛西先生はそう言い、やがて彼は用意された鎧、兜を纏ってみることになった。

「重い。かなりの力がないと立っているのさえ辛いなあ」

「そうでしょう。こういう恰好で昔の武士は戦場で闘ったのだよ」

確かに、鎧も兜も重かった。でもこれが郷土研究とどう結びついているかがよく分からなかった。が、葛西先生と菊地老人の話を聞いていると、聞き慣れない斗南藩というのがこの地にあった事を知った。その後、斗南藩の事を葛西先生に尋ね、詳しく教えてもらった。彼はむつ市に住んでまだ一年と少しである。が、この地に少し興味が湧いて来ていた。鎧と兜を装着した体験は貴重なものであったし、由緒ある家柄の家もむつ市にはある事に田舎とはバカに出来ないものを感じたのであった。

彼の期末テストの結果も上出来であった。音楽、美術、技術家庭科、保健体育も加えた九科目でテストは行なわれた。彼は社会科で九十八点もとって、中間テストの油断からの失敗を挽回した。音楽などの新たなものでも高得点であった。

数学の佐久本先生は、予習をよくしなさいと日頃から言っていた。虎の巻、教科書ガイドといっているが、それを彼はむつ市にある書店から買っていた。英語と数学だけである。予習は家に帰り、毎日一時間から二時間はやっていた。勉強は楽しいものと思った。が、これは競争の勝者になっているせいだと薄々感じていた。

一学期の彼の通信簿は、体育は器械運動の実技が足を引っぱったか4で、あとの教科はすべて5であった。

普段の予習を終えると、例の縫い包みたちとの独り遊びに興じていた。堪らなく楽しかった。相撲遊びを一番よくやっていた。夏休みになった頃には縫い包みの数も増えて、十六人の縫い包みで総当たり戦、十五日間の星取り表も作る事にした。また、みみずくは耳頭久、むくいぬは報犬、黒は黒山、ころすけは小路助、ロボットは路墓都、ぞうさんは象ノ山改め象参、狸は狸錦、犬ころは犬頃、ちび黒は千尾黒、小6で買った新犬、菩分、野知犬、黄井公が加わり、中1からの新入りとしては矢鱒と顔が大きい犬の大型の縫い包みは梵太、毛が薄茶色で大型の犬の縫い包みは茶部、小型のライオンの縫い包みは雷音、と国語辞典や漢和辞典を参考にして当て字を使ってすべて漢字表記にした。横綱は耳頭久と小路助、大関は報犬と黒山、番付まで勝手に決めたのだった。

「どうせ、みみずくが勝つ」

それを見ていた妹の時子がそう言った。彼がみみずくをことさら贔屓にしているのを知っていたからである。

「そんな事はないよ。手の動きで真剣に闘わせているから」

「そうかな、みみずくが勝つよ」

やはり妹が言うように耳頭久の優勝となった。成績は一三勝二敗という結果になったが、やはり優勝である。贔屓というものはどうしようもない、そう彼は思ったものだった。

十九

二学期になるとクラス委員の改選があった。彼は学級委員長に再び選ばれた。こんな事でも気に掛けていたので、再任に満足感を覚えたのである。

「起立」

「礼」

「着席」

彼は号令係を続けられる事が何より嬉しかった。

花田先生は席替えを定期試験後ごとにすると言っていた。二学期前半の彼は廊下側の一番隅の列の席の前から三番目で、すぐ後ろには能登まりこさんが座っていた。髪をおかっぱ頭にし、顔の色は白く、目はぱっちりしていた。その能登さんが彼によく話し掛けて来たのである。迷惑ではなく、むしろ気分のいいものであった。その能登さんの提案で学級新聞を作ってみようという事になった。そして一回だけだが、学級新聞は刊行されたのである。

「能登さん、ここの人口をどこで調べた」

「市役所に行って、聞いて来たのよ」

「4万人もいるのだねえ」

「そう、ついこの前に田名部と大湊が合併して市になったから」

「なんとか学級新聞が出来たのは能登さんの力が大きかったなあ」

「いや、高杉くんこそ斗南藩の事、書いて、勉強になったし、鎧を着て兜を被った体験の記事は大変面白かったわよ。よかったと思うわ」

「でもまあ、一回だけで終わりだな」

「私もそう思う。加藤くんはバスケばかりやってあまり協力しなかったし、小野寺くんも折戸くんもあまり放課後残ってくれなかったし、他の女の子三人もあまり協力的ではなかったわ。高杉くんと私が学級新聞を作ったようなものよ。でも出来てよかったわ」

彼は能登さんとは大変話しやすかった。

クラスの男子たちにデデレコデンをされる事もなかった。

だが、二学期の中間テストが終わると、花田先生は席替えをした。彼と能登さんの席は遠くなり、自然に親しくする事もなくなって行った。

二十

彼の提案で、『謎の大陸アトランティス』という映画を小野寺、折戸の三人で見に行く事になった。むつ市には映画館は一軒しかなかった。国鉄の田名部駅の近くにあって、洋画も邦画も上映していた。譲くんが『ヨーロッパの夜』を見に行ったのはこの映画館である。彼がここに来て初めて行くその心細さから小野寺と折戸を誘ったのであった。

映画館は第二田名部小学校の東側にあって近かったので、三人はその帰路を共にする事になった。

「アトランティス大陸、というのは、本当にあったのかなあ」

折戸が先程見た映画の話を始めた。

「あったか、なかったか、それこそ謎、なんだよ。あったともいえるからあんな映画が作られたと思う」

小野寺がそう折戸に話した。

「神の怒りで、大陸が大地震で沈む、そんなのないだろう」

折戸がその映画の結末部の事に触れ、小野寺に切り返した。

「いや、神は、存在するかもしれない。神は存在する。あれでいいと思う。悪者が支配している国だった。水晶かな、大きな水晶玉だよ、それを使った兵器で多くの善良な人たちを溶かし殺していたではないか。残酷過ぎる。が、神が怒ったからアトランティス大陸は海底に沈んだ。大昔の話として、面白かったなあ」

小野寺は折戸に負けまいと自分の考えを主張した。

「何度も繰り返すが、神なんていないよ。高杉はどう思う」

折戸は彼の映画の感想を聞いて来た。

「神がいるか、いないか、それは分からないと思うよ。それよりあの映画の主演の男は恰好よかったなあ。王女の女優さんも綺麗だった。そしてこの二人と何人かは生き延びて、アトランティスの進んだ文明をヨーロッパとか南アメリカに伝えた事にしている。嘘っぽいようだが本当と思わせるものがあった。それで構わないと思うなあ。映画は面白ければいいじゃないか。神がいるかいないかなんてどうでもいいと思ったなあ」

彼は思いつくままに喋った。小6時代から彼は少しでも成長している事を示したかった。

折戸も小野寺もそのあと何も言わず、暫くして小野寺が先に行なわれた知能テストの事、中間テストの事についての話題に切り替えていた。

彼は中間テストでもクラス一位、いや学年一位ともいえる成績で、当分は誰にも負けないだろうという気がしていたのであった。知能テストの結果は本人たちには知らせないと花田先生は話していた。これには彼はそうあるべきと思い、納得していたのである。

二十一

或る時、彼は大きな生徒用便所で小便をしていた。周りに誰もいないはずだったが、後ろから彼を引っ張る者がいる事に気づいた。

「おい、誰だ、やめろよ」と彼は注意した。

後ろから彼の学生服の端を引っ張るのは別の小学校から来たと思われる楢山という生徒だった。楢山は1組ではないが、彼とはお互いにその存在を認識していた。楢山は、丸刈りが多いなか、彼同様に坊っちゃん刈りをし、目立っていたからである。

「お前のカモが見たい」

楢山は彼の注意も聞かず、なお引っ張って来るのであった。

「ズルいぞ。後ろからは」

彼は必死に身体を踏ん張って声を大きくしていた。小便は止まっていて、彼はズボンのチャックを素早く閉めて身体を振り向け、楢山を睨みつけた。

「見えなかった。惜しかったなあ」

身体のあまり大きくない楢山はそう言って、早い足取りで便所から走り出て行った。

彼は楢山が見かけとは違い、イヤな奴だと思った。悪戯にしては性質が悪過ぎる。やはり青森市とは違ってむつ市は田舎だと思ったのであった。

二十二

文化祭が近づいて来た。

「文化祭では一年生ながらも劇をやる事になりました。それで、各クラスから一人ずつ、劇に出る人を選ぶ事になりました」と花田先生が朝のホームルームで言った。

ついで、一時間目の道徳の時間でその人選がされたが、むろん立候補をする者などはいなかった。推薦となって、なんと彼が劇に出る事になったのである。内向的な彼は、小学生時代に学芸会で劇に出た事は一度もなかった。ただ見ている方が気楽であった。が、選ばれたとなっては、半ば以上気恥ずかしいのだが、そういう体験をしておくのも悪くないなあ、と思うようになったのである。

「主役の、村の知恵者の老人の役は、小学生時代からよく劇に出ているという3組の竹島にしようと思っている。が、念のため、竹島を含めた男子六人にその役の台本の一部を読んでもらう事にした。いいかな」と演劇担当の少し髪をボサボサにした中年男の大槻先生が今回の劇に出る顔合わせの場で言われた。

台本は予め渡されていて彼は一通り目を通していた。脇役が気楽でいいと思っていた。思い掛けない事になったが、いざ彼の番になると、普段縫い包みたちと遊んでいて寸劇もやっていたので、声色を使うのには慣れていた。思い切って、ここは黒という犬の縫い包みの少し片岡千恵蔵に似た声色で、オーバーな言い回しをするのもいいかなと咄嗟に決めてやってみる事にした。

彼は自分でも劇の中の村の知恵者たる古老、盗賊たち三人から平穏な村を守る役割をする立場の者になって、無我夢中で台本の一部を読んで行ったのである。

六人目として彼は台本読みを終えた。すると、国語の担当という大槻先生と英語の担当という眼鏡をかけ少し痩せている若い女性の楠美先生の二人がニコニコ顔をしているのが目に入った。いずれも彼の1組の教科担当ではなかったが、二人の先生の表情から彼は上手く出来たと思った。

「高杉、上手かったなあ、大変よかった、感心したよ」

大槻先生はそう言って、楠美先生と顔を見合わせながら褒めてくれたのであった。

竹島という初めて見る比較的小柄な生徒たちなど他の七人も驚いたような顔付きで先生方の言葉に相槌を打っていた。

「高杉には村人1を振ろうと思っていた。明日、もう一度、高杉にはこの台本の村の古老の別の場面のセリフをやってもらおう。それから配役を決めたい。竹島もそれでいいかな。竹島の今日の出来も上出来だったけど、いいかな」

大槻先生は主に竹島を見ながら、皆に向かって話し続けたのである。

彼はこの日の夜はいつになく寝つきが悪くなっていた。

主役は目立つなあ、やってみたい気はちょっぴりあるが、やはり恥ずかしいなあ、多くの人前で目立つ事はイヤだよ、村人1でいいさ、と独り思い悩んだ末にそういう結論に達し、明日はわざと台本を棒読みしようと決め、眠りに就いたのだった。

二十三

彼は、正月に奇妙な年賀状を受け取った。彼にとっての彼宛ての初めての年賀状である。それは4組の佐々木明美と中野芳子という女子生徒の連名によるもので、裏には賀正と大きく印刷され、うさぎの絵があり、昭和三十八年正月と書かれた隅に、「吉井さんは高杉君の事が好きだそうです。吉井さんをよろしく」、とペン書きされたものであった。彼は吉井悦子さんを知っていた。文化祭の演劇で彼が村人1、吉井さんが村人2の役を務めたのである。髪をショートカットにし、知的なキリリとした顔をし、内向的な落ち着きのある女子生徒と見ていた。それに、吉井さんの家は田名部駅付近の理髪店で、彼は普段はこの理髪店には行かないが、文化祭を終えて駅前に母から頼まれた用があった時、偶然にも初めてこの理髪店に入り、ここでは鸚鵡を飼っている事が強烈な印象を残していたのである。

「コンニチハ、オゲンキ、デスカ、ケンコウ、ダイイチ、デス」

そういう言葉を籠の中の鸚鵡は繰り返していた。

彼はその頃縫い包みの動物では飽き足らなくなっていて、母に「犬が欲しいなあ、飼いたいけどダメか」とよく口にしていた。が、母は「うちは生き物を飼わない。金糸雀でイヤになっているから。絶対ダメ」と言われていたのである。そんな折に、人間の言葉を真似るという鸚鵡を初めてこの理髪店で見て、そういう家庭が好ましく思えていたのだった。

彼が勘定を済ませての理髪店の帰り際になんと吉井さんが店の奥から出て来た。彼は、吃驚しながらも彼女を見つめながら、

「やあ、ここは吉井さんのおうちだったのか、知らなかった」とモジモジしながら言い、綺麗

になった頭を少し下げて挨拶をした。

「高杉くん、文化祭の劇は楽しかった」と言って、吉井さんも頭を少し下げて挨拶を返したのであった。

吉井さんのお父さんはただ微笑みを浮かべ二人を見つめていた。

年賀状の差出人である佐々木と中野には見覚えがあった。とりわけ佐々木は世話焼きタイプというか、いつも大きな声で話し、吉井さんにべったりしていた。中野も吉井さんの傍にいつもくっついていた。どうやらこの三人は第一田名部小学校からの仲好し三人組と見受けられた。むろん吉井さんが一番整った顔をしていた。お勉強も出来るということもそれとなく知っていた。それは二学期の期末テストの成績優秀者の掲示で二科目ほどは名前が書かれていたのを見た覚えがあったからである。

彼はこの一枚の年賀状で有頂天になってしまった。が、「吉井さんをよろしく」とはどういう事かは分からなかった。二年生になって同じクラスにでもならないと親しくはなれないと思った。鸚鵡を飼っている理髪店にまた赴く事もなぜかしてはいけないように思えた。

どのような行動を起こすべきか。何もしないでおこうと決め、小野寺や折戸にも秘密にしておこうと思った。

二十四

「『ベン・ハー』という映画を見に行かないか」と彼は小野寺と折戸を誘った。

「俺も見たいと思っていた。行こう」と小野寺は乗って来たが、折戸は気乗りしないと言い、結局彼と小野寺だけで映画館に赴く事になった。

　冬の寒い日であったが、あの長い映画は衝撃的な感動を二人に与えていた。雪の中を二人は帰途についていた。

「高杉、『ベン・ハー』のどこがよかった?」と小野寺が尋ねて来た。

「そうだなあ、やはりあの戦車戦は迫力があったなあ。ベン・ハーは死ぬかと思ったよ。次に奴隷船のところ、あれもハラハラしたなあ」

「高杉は通俗的だ。あの二つのシーンは誰でも見入ってしまう。ただそれだけだよ。それよりイエス・キリストが何度も出て来たろう。そこがあの映画のいいところだと思ったよ。その辺はどうだ」

「確かにイエスは重要だよ。ラストで奇跡が起こる。でも、ベン・ハーのお母さんと妹のああいう病が治る、実際にそんな事あるのかなあと思ったよ」

「いや、そこがいいではないか。神は存在すると俺は思ったよ」

「小野寺は去年からそう言っていたなあ。でも、それは決めつけられないだろう。神を信じる、神に救いを求める、そういうのはあっていいとは思うけど。……でもなあ、あの戦車戦のようなのはアメリカか、アメリカでないと作れないよ。戦車戦と奴隷船か、この二つの場面は一生忘れないさ。さっき通俗と言ったな。通俗のどこがいけない」

「もういい。俺は高杉とは合わないようだ。映画の話はもうやめよう。三学期の期末テストは楽しみだ。俺が高杉に勝ってみせるからな」

こんな会話をして二人は黙し勝ちになってしまった。

彼は折戸から小野寺が幼い頃、何故か汽車に轢かれて右足の膝から下を失ってしまったと聞いていた。右足は義足である。歩くのに辛そうだ。可哀想にと思った。また、彼も折戸も幼稚園には行かなかったが、小野寺はキリスト教の幼稚園に通っていたと聞いていた。とはいえ、小野寺のうちはクリスチャンではない。ただ、田名部にはキリスト教の幼稚園が田名部川沿いの所にあった。それに町のあちこちに「死後、裁きにあう」とか書かれた小さな看板のようなものが見かけられた。この町はキリスト教がかなり盛んなのかとも思われた。

三学期の期末テストの結果について、彼は小野寺と答案を見せ合い、総合点で九点、たったの九点差で彼が勝ち、一応の満足感を得たのだった。彼はこの調子だと小野寺に抜かれるかもしれない、だから二年生になったらもっと勉強をしないといけないと思った。

二十五

彼はクラス替えを知らされて、2年6組となり、正面から向かって左側の二階にある教室に入った。知っているのは、小学生時代の6年4組の時の星さん一人ぐらいのものであった。こんなクラスで上手くやって行けるのか不安であったが、クラス委員決めでまたも学級委員長に選出されたのである。これで彼の気分は多少晴れやかなものとなった。

担任は、ぽっちゃりした体型で色の白い対馬という女性の音楽の先生であった。合唱が好きで、新学期早々に、『こきりこ節』の歌を何度も歌わされた。「こきりこの竹は、七寸五分じゃ、長いは袖のかなかいじゃ。窓のサンサもデデレコデン、晴れのサンサもデデレコデン」と皆が歌う。その歌詞の意味を対馬先生は教える事はなかった。時々、対馬先生は、「はい、シンコペーション」と口を挟むのであった。

デデレコデン、デデレコデン、と言えば、彼が転校生としてやって来た最初に織田たちが彼を囃子立てたものであった。その時もそれが何の意味を表しているのかも分からなかったが、小学生の時からこの歌をこの地方の子供たちは学校で歌わされていたのではないかと思った。

この音楽が専門のはずの対馬先生は何故か社会科も教えていた。

一生懸命に板書し、説明は何か教師用の虎の巻らしい分厚い書物を繰って只管喋るだけであった。彼はこの授業に物足りなさを感じたが、中間テストの社会科はよく出来、それならば、まあいいか、になっていた。

中間テストは五科目とも高得点であった。また正面玄関から体育館に通じる廊下の上に科目ごとに成績優秀者が掲示された。が、彼は五科目とも掲示され、慣れっこになり、またさしてその成績優秀者のメンバーに変化がないので、こんな事をいつまで続けるのか、何の意味があるのかとさえ思ったのである。

二十六

中間テストが終わったあとから、理科担当の有田先生の授業がつまらなくなって来た。有田先生は背広にネクタイ、紳士然としていて当初は好感が持てていた。

「先日、植物採集に行ったんだ。すると、ベコの糞をいつの間にか、両手に付けている。これがまた臭いんだよ。で、足元を見たら、靴にもベコの糞がいっぱい付いていた。参ったよ」

これを聞いたクラスの大半の連中は大笑いをした。有田先生はその顔を紅潮させながらも満足げであった。

このベコの糞を身体中に付けてしまった失敗談はその後、二度、三度に渡って有田先生から話された。そしてクラスの大半からその度に大受けされたのであった。

彼はこの話は何も面白くなかった。理科の授業がよく分からなくなっている事にも気づいていた。が、どうしようもなかった。

「高杉くん、高杉くんは最近の理科の授業が分かる？」

或る時、星さんが彼に近づいて来てそう言った。

「正直言えば、よく分からない。有田先生は自信なさそうに見える。星さんはどうだ」

「私もよく分からない。お姉さんに聞いてみたら、やはり有田先生の評判は悪かった。高杉くん、一緒に職員室に行ってくれない。教頭先生か佐久本先生かに理科の先生を代えてくれるように言ってくれない。学級委員長でしょう。そうしてくれない」

彼は星さんの申し出を聞いて困惑してしまった。星さんのお姉さんは三年生で生徒会長をしていた。それはよいとしても、こんな大それた事が叶うはずはないと思ったのである。

「副委員長の工藤と山下さんに相談したか」

「いいや、相談なんかしていない。あの二人は職員室に行ってこんな申し出なんか出来っこないわ。高杉くんなら出来ると思ったの。私も一緒に行くから、私のお願いを聞いてよ」

星さんは何故か副委員長に選出されていなかった。副委員長は男女一人ずつとなっていた。工藤は野球部で、有田先生のベコの糞の話を面白がっていた。山下さんはおとなしい性格の生徒で落ち着きがあり、とりわけ男子から人気があった。が、そのおとなしい性格から、このような申し出に乗るとはとても思えなかった。

「仕方ないなあ。数学の佐久本先生は学年主任でもあるという。佐久本先生に話しに行ってみようか。いつがいい」

「今日の昼休みでもいいわ。早い方がいいわよ」

「分かった。弁当を食い終わったら、声を掛けてくれよ」

職員室で、彼は佐久本先生の席に行き、

「有田先生を、別の理科の先生に、代えて欲しいのですが……授業が、分からないから……」

彼はそうオドオドしながらも単刀直入に話した。

星さんは傍で合槌を打っているだけでなく、

「高杉くんの言う通りです。そういう事は出来ないものでしょうか」と言ってくれたのである。

佐久本先生は暫くして、

「う〜ん、難しいなあ。我慢してくれないか。理科の教科書を何度も繰り返し読む。それがいいよ。高杉は数学が出来るから大丈夫だ。星も数学は出来る方だろう。なんならお姉さんに理科の勉強を手伝ってもらったらどうだ。教科担当というものは一旦決めると変えられない。それが学校というものだ。分かってくれ」と話した。

彼は思った通りの返答だと思った。星さんもこれで納得したと思った。が、二人の取った行動が職員室の先生方の気持ちを害するものとは思わなかった。

その後、有田先生はベコの糞を踏んづけた話は一切しないようになった。それだけでも抗議は効果があったと思ったが、その授業は相変わらず分かりづらかった。彼は佐久本先生が言ったように理科の教科書を何度も繰り返し読むようにしたが、しっくりしなかった。理科は難しいもの、いい先生に教えてもらわないと学力は伸びない、そう諦めてしまったのである。

保健体育の先生は一年次に続き、田畑先生であった。体育の先生にしては眼鏡を掛けているのが気になっていたが、生徒たちには優しい先生であった。その頃、田畑先生はバレーボールをやらせる事に夢中であった。彼自身はバスケや陸上よりもバレーが性に合っているように思うようになっていた。

「高杉、バレーの筋がいいなあ。バレー部に入ってくれないか」

或る時の体育の授業中に特別に呼ばれ、そう言われたのだった。

東京オリンピックを来年に控えている。運動部が強くなるよう運動部の顧問は二年生の勧誘にやっきになっているのだと思えた。

「考えてみますが……入部しなくても構いませんか……」と彼はボソボソと答えた。

「強制はしない。うちのバレー部を強くしたいだけだよ」と田畑先生は言われた。

彼はこの事について次の体育の時間まで考えた。運動部のクラブ活動は放課後かなり遅くまでやる部もあると聞いていた。彼はテレビの夕方六時からやっている『チロリン村とくるみの木』を毎日欠かさずに見ていた。これが見られなくなるかも知れない。ただそれだけの理由でバレー部に入らない事にしたのであった。

期末テストも彼はいい成績であった。通信簿は、保健体育も5が付いていた。が、音楽のみ4であった。なかなかオール5が取れない事に少しイラついた。音楽のどこがいけなかったのだろう。『ローレライ』を一人一人歌わされる実技テストがあった。彼は縫い包みの熊のころすけの声で歌ってしまった。裏声である。『ローレライ』なら単純に高い声で歌ってみたかったからである。対馬先生は彼が裏声で歌い出した時に驚いた顔をしてピアノを弾いていた。これがいけなかったのだと思った。ふざけたわけではないがふざけているように受け止められたのだろう。

二十七

夏休みになった。宿題の課題帳が渡される。一年生の時も夏休みの前半に課題帳を片付け、あとは遊んだ。

二年生の数学の課題帳の連立方程式の問題は彼の得意とするところで楽しく勉強した。正解を出せたという自信、これがないと数学は面白いはずはないと思った。

国語の課題帳にただの読物として、横光利一という作家の『蠅』という作品が載っていた。

一気に読んだ。何が何だか訳の分からないようなものだったが、何故か感動を覚えた。蜘蛛の巣の網から逃れてヨタヨタしていた一匹の蠅が馬車の車体に乗り移る。馬車の乗客たちが六人ほど村の広場に集まって来るが、馭者の気まぐれでなかなか馬車は出発しない。出発して間もなくなんと馬車は谷底深く転落して行く。馭者の居眠りのせいである。蠅だけが生き延びる。そういう筋のものであった。その際、彼は「放埓な馬の腹」が見えたという文章表現が一番気に入った。蠅は空高く飛んで行く。一方で身体の大きい馬が「放埓な馬の腹」という表現にイメージが喚起されるものがあり、唸ってしまったのである。先に学校で学習した太宰治という作家の『走れメロス』もよかったが別の意味で面白味を感じたのであった。

『走れメロス』では国語の水口先生が友情の大切さを切々と説いていた。が、彼には友情とか親友というのがピンと来なかった。彼は幼い時から独り遊びが好きで、親友と呼べるものを持っていなかったせいもある。『走れメロス』では、冒頭の「メロスは激怒した」という簡潔な一文での書き出し、ついで「必ず、かの邪智暴虐の王を除かねばならぬと決意した」という聞き慣れない四字熟語を使って文にある種のリズムのようなものを付けている事、さらに「王の奸佞《かんねい》邪智を打ち破る為に走るのだ」とまた同じような聞き慣れない四字熟語を使っている事、そしてメロスが故郷の村にいったん戻り妹に結婚させ寝過ごして目覚めた時、「しまった、寝過ごしたか」で十分なのに「南無三《なむさん》、寝過ごしたか」とギリシャ辺りのお話なのに仏教用語を使っている事、つい先頃授業で勉強した記憶も確かなので、その表現の仕方に彼は凄いと思っていただけに、横光利一という作家の『蝿』にも彼は度肝を抜かれたように感じたのである。といって、彼はうちにある少年少女文学全集を積極的に読む事はなかった。単純な独り遊びに興じる事の方を好んだのである。

動物の縫い包み遊びは続けていたが、相撲から野球に関心が移っていた。野球には二チームが必要で投手のリリーフや代打も必要で縫い包みたちだけでは人数が足りなかった。そこで小さいカメラの玩具や相撲の軍配の玩具も人として扱い、野球のグローブをグロー海、剣玉の剣の部分を特攻隊と名付けたりして参加させる事にした。耳頭久チームと小路助チームに分け、それぞれ打順、守備を決め、それを紙に書いておいて、彼が投手、投手の報犬や小路助、バンビなどに成り代わり、サイコロを二個手に握って、八畳間の隅に立てた座布団を目がけて投げる。サイコロの目で1と1、6と6ならホームラン、1と6、3と4などならストライク、2と6、4と5などならボール、1と2ならショートゴロ、1と3ならサードゴロ、1と4などならヒット、1と5なら二塁打など二十一通りのものを別の紙に一覧表として書いておき、彼はテレビの実況中継のアナウンサーよろしく「耳頭久チーム二回表、四番キャッチャー梵太、打ちました、大きい、大きい、ホームランです、ワアワア、ピッチャーは小路助、大きいのを打たれてしまいました、解説の小西得郎さんどうでしたか」、「何と申しましょうか、真ん中にボールが入ってしまいましたねえ」、こんな具合で彼が一人何役もやるのである。この試合、5対3で耳頭久チームの勝ち、耳頭久チームの1番耳頭久は5打数2安打、打点0、2番黒は

5打数1安打、打点0、3番新犬は4打数2安打、打点1、4番梵太は4打数2安打、打点2、5番茶部は4打数1安打、打点1、6番雷音は4打数0安打、打点0などと記録しておき、試合数が二十回になったところで個人成績を出してみた。打者部門では打率の順位やホームラン数の順位を出してみる。投手部門では防御率や三振を取った数の順位を出してみる。贔屓の耳頭久は打者と投手を兼ねたがさすがにいい成績とはならなかった。が、もう面白くて、面白くて、堪らなかった。彼はランニングシャツに短パン、汗はさしてかかない、こんな独り野球遊びに興じる事で夢中になっていたのだった。

二十八

そういう彼もむつ市にある唯一の海水浴場にたまに泳ぎに行った。その道のりの途中に戦争で爆弾を落とされ鉄筋だけになっている大きな建物があった。何か無気味さを感じたが、それをいつも見ながらその小さい海水浴場に行った。

或る時、帰りがけの沼野くんに久しぶりで偶然にも出会った。

「やあ、高杉、元気にしているか」

「まあ、元気にしている。沼野も元気そうだな。何か変わった事はないか」

「譲が少年院だか少年鑑別所に入れられたそうだよ」
「どうしてまた」
「金村の話では、なんでも、まだ小さい小学生の男の子と女の子に、バラの木か何かで脅して
へっぺをやらせようとしたらしい。あとはよく分からんが、譲はどうしようもねえスケベだか
らなあ」
「なんとなく分かるような気がする、でも譲は優しい奴だよ」
「うん、俺もそう思う。早く戻れるといいんだがなあ」
沼野は、またうちに遊びに来てくれ、明日の午後ならうちにいるからと言って、海水浴場を
後にして行った。
彼はＮＨＫテレビの人形劇『チロリン村とくるみの木』に出て来たカブラのシロキチという
風来坊のようなのがマンドリンを弾いていた事から、マンドリンが無性に欲しくなっていた。
母にマンドリンを買ってくれるようにねだった。が、マンドリンなどこのむつ市の楽器店には
置いていないだろうと言われ諦めかけていた。そんな折、沼野の大きい家に折角なので遊びに
行ったのである。
個室を持っている沼野は、ギターを持っていた。
「やっと『禁じられた遊び』を弾けるようになったよ」と言って、ギターを弾いてみせた。そ
して、

「高杉はギターを弾けるか」と尋ねて来た。

「いや弾けない、ギターも持っていないから。それにしても、今の、うまかったなあ、感心したよ。楽器なら『チロリン村とくるみの木』に出ているカブラのシロキチというのを知っているか。マンドリンを弾くのだよ。マンドリンを弾いてみたいなあと思っているところだった。でもここでは売っていないらしい」

「あれは人形劇だろう。高杉は本当にまだ子供だなあ。でもマンドリンが出ていたか。珍しい事だなあ。その人形劇をあまり見ていないから分からないけど。そういえばうちの父が大学時代にマンドリンクラブに入っていた、と聞いたことがある。ひょっとしてもう要らなくなっているかもしれない。もしそうなら、高杉にあげてもいいぜ」

「もしもらえるものならありがたいけど」

「ところで高杉はレコードを聴くかね」

「レコードプレイヤーはうちにある。ちょっと前に妹が舟木一夫の『高校三年生』のレコードを買って来て聴いていて、それを聴いたくらいだけど」

「そうか。でもあんなもの、あまりいいと思わないなあ。アメリカのポップスがずっといい。少し聴いて行けよ」

こうして沼野は、『悲しき雨音』、『ボーイハント』、『ロコモーション』などのレコードを立て続けにかけてくれた。彼には日本人の歌手が歌っている曲もあり聞き覚えのあるのもあったが、さすがに本場物は違う、いいなあ、沼野の趣味はしゃれている、二年経って沼野は小6時代から打って変わって大きく成長しているように感じられたのである。

なお、暫くして彼は沼野のお父さんからという古びたマンドリンをもらい受ける事が出来た。が、マンドリンで何かの曲を弾けたわけではない。マンドリンを勝手に爪弾いていただけであった。すぐ飽きてしまった。やがてそのマンドリンは母によって取り上げられ、元々の持ち主である沼野のお父さんの所に戻されたのである。彼には楽器を弾ける事、それはかなり難しい事と思い知らされた経験であった。

二十九

二学期が始まる直前の事であった。彼の父は職場の人を大勢呼んで、麻雀をやる、土曜日で徹夜になるかもしれないと母に話した。母は、父を含めて十六人のうちの八人は玄関を入ってのすぐの居間で麻雀をやり、残りの八人は奥の八畳間に入ってもらう事にした、と言った。母はもてなしをしないといけない。それはいいにしても、便所は奥の八畳間の廊下を通らねばならない。居間のお客さんたちにはいったん外に出てもらい、八畳間の廊下の角にある勝手口から入って廊下を通り便所に行ってもらうのだという。それで彼と妹の八畳間を空けないといけなくなった。妹と弟は六畳間で寝てもらい、彼は居間に続く三畳間で寝てもらう、そう言い出した。彼はそれに従うだけであった。

夜の七時頃から麻雀大会が始まった。居間との仕切りになっている襖の間から覗いてみると、酒臭いのと煙草の煙がモウモウとしていて、時々大きな声が見知らぬ人から出て、これはとても今夜は眠れそうにないと彼は思った。それでも布団に潜っていれば、眠れるだろうと思った。寝返りを何度も打ちながらも眠れるように努めた。やがて彼の手は大きくなったチンポコをモミモミし始めた。気持ちがいいではないか。なお続けた。パンツを汚したと感じた。が、そのまま眠ってしまった。

こういうのを覚えると習慣となる。いつものように八畳間に戻って寝るようになると、妹の寝込んだのを察してから、モミモミをした。いつしか、一戸さんや八重樫さんの顔などを頭に浮かべるようになっていた。頭のなかは柔らかい綿でいっぱいになったように感じられた。何度も便所から持ってきたゴワゴワした紙に白い液体をこぼし、便所にその包みを捨てに行ったのである。

八重樫さんのうちはガソリンスタンド店だが、なぜか一升瓶を持っていた。他にも部屋の棚に小さな瓶が沢山置いてあって、白い液体の瓶詰めになっていた。そして今その一升瓶に白い液体を少量ずつ入れて行くという事をしていた。一升瓶にはまだ半分も白い液体は入っていなかった。が、八重樫さんはこのようなコレクションをして楽しそうであった。

彼はこんな奇妙な夢を見たのである。

学校で選ばれた男女各十人ずつが衝立のような大きな板の十枚の前に好きな所に立つように、と見たこともない先生らしい人が指示を出した。何をさせるというのであろう。十人のなかに選ばれていた彼は或る板の前に立った。すると、その板には顔の辺りと臍の下辺りの二カ所に丸い穴が空いていた。ははん、学校で特別にへッぺ大会をさせてくれるのだと思った。問題は相手が誰かという事である。彼は恐る恐る上の窓のような穴から覗いて見た。するとなんとそこには一戸さんがいるではないか。一戸さんは彼を見て微笑んでいる。が、下の穴の部分が塞がってしまった。他の板の方を見たら、石坂や沼野らがいるが、皆、下の穴が塞がってしまった事にがっかりしていた。

こんな変てこな夢も見たのである。

三十

二学期はすでに始まっていた。学級委員長は、津山という丸刈り頭の矢鱈に大きいのが選ばれた。彼は協議会委員というさして忙しくない役になった。一年次と二年次の前半、彼は学級委員長と協議会委員を兼務していた。協議会委員は生徒会に属し生徒総会がある前に年に一回か二回集まりがあるだけであった。

津山は、学級活動、略して学活の時、しっかりとした発言、意見を述べていた。有田先生のベコの糞の話も皆と一緒に大きな声を出して笑って聞いていた。

彼は星さんと職員室に有田先生を代えて欲しいと談判に行った事がいけないのかと思った。それに学活の時間では彼は意見を述べる事はなかった。でも学活で意見を述べる事のなかった工藤と山下さんは副委員長の留任であった。

彼には学級委員長は津山が適任と思えた。でも彼は彼が留任とならなかった事に大きなショックを受けたのは隠せない事実であった。

中間テストの結果はいつも通りよかった。数学と英語の予習をよくしておけば大丈夫だと思った。あとの教科はテスト直前の勉強で十分だった。

中間テストの成績優秀者の掲示も終わって間もなくして、別の組になっている織田が彼を教室の外の廊下に呼び出した。

「どうやって勉強したらいいのか教えてくれないか」

織田はもう小学生時代とは打って変わっていて、大人びて見えた。

「そうだなあ。数学と英語はうちで予習している。授業の二、三回先まで予習しておいてある。国語や社会や理科、最近理科がよくないが、授業でノートを取り、あとはテストが近づいた一週間前辺りから復習をするようにしているよ」

彼は正直にそう答えた。織田は熱心に聞いていた。織田は勉強に本腰を入れるつもりなのだろうと思った。

文化祭の演劇の出し物は、織田と竹島の二人主人公といえるものであった。二人とも上手い。とりわけ織田にそういう才能がある事に驚いたのである。

秋も深まった頃、アメリカのケネディ大統領が暗殺されるというニュースが入って来た。彼は世界情勢がどうなっているのか、関心もなければ、何も知らなかった。ただケネディ大統領の暗殺事件は遠いアメリカの事とはいえ、ショックであった。

が、その頃の彼は性欲の強い圧迫を受けていた。或る夜、通りに出て、若い女が来たら、せめてキスをさせてもらいたいと思った。実際に通りに出てみたが、若い女どころか女は一人も通らなかった。ふと、我に帰り、なんという助平だろうと反省した。

中学校では、彼の後ろにいつも或る女生徒がいる事に気づき始めたのもその頃である。山口栄子さんといい、同じ6組だがその存在に気づいたのはその頃で遅いものであった。おしゃれという評判であった。なるほど長い髪を上に上げてポニーテールにしていた。やや顔が面長だが目鼻立ちは整っていた。

或る時、放課後に体育館に行く用があったが、山口さんは体操部なのか、タイツ姿で平均台の上を上手く回転しているのを見掛けた事があった。運動神経がいいのだと思った。また、文化祭では合唱部に所属し、合唱曲を歌っている姿を目撃していた。が、彼は山口さんには性的な関心は何故か抱かなかった。或る時、山口さんの上の歯におにぎりの海苔がくっついているのを見た。これは可愛らしいと思ったものである。

或る時、野辺地中学校との野球の交流試合があり、応援に駆り出されたことがあった。6組の副委員長の工藤は三番バッターでヒットを二本も打つ活躍をしていた。試合は田名部中学校が負けたが、ユニフォーム姿の工藤たちは恰好よかった。彼はサイコロ投げの子供染みたピッチャーの真似しかしていない。で、この独り遊びからようやく遠ざかって行ったのである。

或る時、二年生の男子だけマラソンをさせられた。マラソンといっても四キロほどの距離のものである。彼は短距離走には自信があったが、長距離走は走っている間に何も考え事をしない、その時間を持て余すというか、そういうのがイヤで、マラソンは大嫌いであった。男子だけ二百人近くが一斉にスタートした。彼は順位なら百番より少し後だったろう。一位はアルファこと田中、二位はあの楢山だと後で聞かされた。彼はマラソンが速かったこの二人には羨望の眼差しを向けるようになっていた。

彼のモミモミは毎夜の日課のようになっていた。

或る朝、隣に寝ている妹の時子にキスをしてみたくなった。キスの味とはどんなものかという好奇心からである。が、時子が眼を覚まし気づいたら恐ろしかった。時子は小学六年生である。でも井出のようなのもいた。いや、今はキスだ。兄が妹にキスをする。道徳というかそんなものに反すると思った。やめようと思った。が、時子はスヤスヤとまだ寝ているようである。

その唇に触れるだけである。そう思うと、布団からそっと身体を起こし、時子の顔に近づいて行った。その唇を合わせた。五秒は経ったか、いや十秒は経っていただろう。そうしてまた自分の寝床に戻った。時子が気づいていたかどうかはハッキリしなかった。眠っているようでもあり、空寝をしているようにも思われたのである。

この事は夢であって欲しいと思った。が、現実である。彼は自分を恥じた。どうしてこんな助平になってしまったのだろう。全ては大人に成長した自分のカモのせいでそれを恨んだ。

三十一

美術は彼の得意科目の一つであった。一学期には市が主催する交通安全週間のポスターを描いて、佳作入選していた。また、席の隣り合った人の上半身をデッサンする課題では、彼の隣になっていた真手さんという小柄な女生徒をまるで生き写しのように描き、美術担当の小笠原先生に絶賛されていた。

が、静物の絵の水彩画の課題を出された時、それに費やす時間が不足していて、期限までにその宿題が出来なかったのである。小笠原先生に叱責されるだろうと思った。

「宿題をやって来なかった者が多いようだ。黒板の方に立て」

そう小笠原先生が言った。

彼が宿題を忘れたのは初めてだが、悪い事をしたのは事実、席を立って、黒板の方に向かって歩き、立った。

「なんだ、多いじゃないか。十三人もいる。しかも男だけだ。こんなクラスは他にない。ビンタを喰らわしてやる」

小笠原先生の怒りは頂点に達しているように見えた。そして生まれて初めてのビンタを覚悟した。

小笠原先生は右端の生徒の頬をバシ〜ンと平手打ちした。彼は十二番目、さぞ痛いだろうと思いながら立っていた。宿題をやって来た連中も皆沈黙していた。小笠原先生は二番目の生徒の頬を殴った。

「こんなの、続けたら、こっちの手が痛くなるや。やめた。もうやめにする。二度と宿題を忘れるな。席に戻れ」

意外な、中途半端な幕切れとなった。彼は残りの彼を含めた十一人全員にビンタをすべきだと思った。暴力は悪い。が、あのくらいのビンタに耐えられないわけではないとも思った。小笠原先生のこの中途半端な制裁はかえって彼の気分を害した。

2年6組には足立勇という生徒がいた。勇という字を持つ二人はなんとなく親しくなっていた。足立は上半身が厚い胸板で力が強かった。ベコ足立という綽名が付けられていた。いつも彼と教室の奥のスペースで相撲を取って遊んでいた。四つ相撲で互いにズボンのバンドを引き付け合っていた。彼は足立には上半身ではやや敵わないと感じていた。引き付け合いの相撲ごっこであるが、こんな強い相手に会ったのは初めてであった。

校庭で相撲を取る事はなかった。足立に勝つには校庭に土俵のように円い線を描き、彼の強い粘り腰からの上手や下手からの投げ、内掛けという足技で勝つ事は出来るのではないかと思った。中学生ともなれば、小学生のように無邪気に相撲遊びをする者も極端に少なくなっていたのである。

期末テストの成績も上々であった。彼は成績優秀者の常連になっていた。この常連には八重樫さん、浜田もそれを維持していた。新たに漆畑日出夫という名の男子生徒、それに別のクラスとなった小野寺、石坂らが加わっていた。

お勉強が出来てもこれらの者は運動部には所属していなかった。彼は郷土研究部に入っていたが、割に熱心なのは一年次だけであって、二年次になるとサボり勝ちになっていた。文化祭で恐山のイタコの事を数名で調べ、模造紙にその資料を丸写しのようにして掲示した仕事をしただけであった。

バレーボール部に入っていたら、身体が疲れて早く眠れるので、モミモミを毎日のようにする事もなかったろうと思われた。勉強は何の為にするのか。競争に勝つためではないだろうと時々は思ったものの、やはり順位は気になっていた。

彼が漫画を読まなくなったのはむつ市に来てからである。が、テレビは大好きでよく見ていた。また、動物の縫い包みでの独り遊びは続けていた。普段のうちでの勉強時間は一、二時間程度のものだった。それで成績優秀者になれるのは、やはりむつ市は青森市よりレベルが低いのではないかと訝ってもいたのである。

三十二

年の改まった冬の或る日、彼は廊下を一人で歩いていると、向こうから吉井さんが独りでやって来ていた。クラス替えがあって、前年のように佐々木さんと中野さんとは一緒という事はなかった。彼と吉井さんの目は合ってしまった。周りには不思議な事に誰もいなかった。彼は、ここは無視出来まい、何か声を掛けねばならないと思った。

「今日は。お元気ですか」とそう言ってしまった。あの理髪店の鸚鵡と同じ言葉を発してしまったのである。

「元気は元気ですが、この頃は学校を休み勝ちにしています」

彼は吉井さんからそのような返答が来るとは思ってもみなかった。そして何故学校を休み勝ちにしているのかを尋ねる事が憚られた。

「高杉くん、勉強、これからもがんばってくださいね」

吉井さんはそう言って、廊下を小走りに去って行った。

彼は呆然としていた。「吉井さんをよろしく」という昨年正月の佐々木さんと中野さんの連名の年賀状の事が思い返された。クラスは違ってもこちらが積極的に出るべきであったか。いや、それは出来ない。二年生で親しい男女交際をしているのはいなかった。では自宅からは遠いが吉井理髪店にせっせと通うべきであったか。これも不自然な行為に思え、なかなか出来なかった。

彼は吉井さんに性的な関心を抱いた事は一度もなかった。が、こうして一年以上も経ち、ちょっとした言葉を交わしてみると、妙に気になる存在となったのである。

三十三

今や白髪の老人となっている彼は、1年1組の集合写真、2年6組の集合写真が一枚もない事に気づいた。慣例化されていなかったのであろう。いや、それだけ日本はまだ貧しかったといえるだろう。が、不思議な事に体育祭での仮装のスナップ写真だけは一枚ずつ残っていた。

一年の時は、めいめいが好きな仮装をしたようで、彼は紫色の風呂敷で頭の上に棒を載せて被り、目の部分だけを出した紫頭巾、白い浴衣を着流し、腰には刀としての木の棒をぶら下げていた。写っている何人かも彼同様の安易な仮装をしていた。中学生になって間もないおそらく六月頃の事であり微笑ましくも感じられた。

二年の時は、集団結婚式と書かれた大きなプラカードを二人の生徒が持ち、彼は神主の恰好をして先頭にいる。ついで山口さんが巫女の恰好で彼の後ろにいる。それからは男が女装したり女が男装したりして二組ずつ並んで歩いている。ウエディング姿や角隠し姿がまちまちなのもいい。一年次からは確実に成長している。が、彼の神主の衣裳はどこから調達して来たのであろう。これはどうしても分からない。彼自らでない事は確かだ。ひょっとすると山口さんが調達してくれたのかなと思った。彼はそれだけ堂々とした神主に見え、山口さんの巫女姿も中々いいものに写っていたのである。

三十四

昭和三十九年の四月、彼は始業式の日、通学路にしている畑道を三年生としてどんなクラスに入るか、期待と不安を胸に歩いていた。なお、三月末に父の官舎は職場のすぐ近くに建てられた新築の家に引っ越していた。彼は三畳間ほどの洋間に個室を当てがわれ、これからの新生活に胸を膨らませていたのである。

クラス替えが発表になり、彼は3年6組に入った。正面の右側の二階建て校舎の一階部分、一番奥は5組、その隣が6組で、その教室は他の教室とは異なり、異様なほど小さかった。

担任は近藤先生という保健体育の若い先生であった。彼とは初顔合わせである。またも主要科目の担任でない事に一抹の不安を感じたのであった。

同じクラスになれたのは、小学六年生時代では田辺さんただ一人、1年1組時代では能登さん、背が彼の次に高く丸刈りで眼鏡をかけ副委員長をしていた大原保治、目玉がキョロキョロ動き丸刈りで中背の工藤武の三人、2年6組からは山口さんただ一人であった。五人も顔見知りがいるのは心強い事であった。あとは殆ど知らない生徒ばかりである。改めてこの中学校は大人数だと思い知らされた。

学級委員決めでは彼が学級委員長に選出された。近藤先生が挙手で決めたが、彼を除いて皆が手を挙げていた。これは彼を有頂天にさせた。一年次も二年次もこういうものでなかったからである。が、学級委員長としての責任をどれだけ果たせるかは別問題であった。修学旅行もあるし、何か事件でも起こったら大変だと思った。

三十五

新学年がスタートして暫くしてからの事であった。彼の座席は窓際の一番前で、授業の休憩時間に黒板の方に横向きで立ち、窓の方をぼんやりと眺めていた。窓までは一メートルほどの距離があった。すると彼の眼前に一人の女生徒がさっと現れた。彼の正面を見つめニコッと笑顔を見せ、それだけで立ち去って行った。時間にすれば十秒ほどのものであったろう。

高宮玲子という小柄で髪を長くし後ろで束ね両端を三つ編みにしている女生徒である。

この笑顔に彼は悩殺されてしまった。一目惚れというのはこういうのを言うのだと思った。初恋、それだと感じた。

彼は帰宅するとすぐ画用紙を出し、高宮さんの似顔絵を描き始めた。その脳裡に焼き付いている高宮さんの顔を夢中で描いた。一年次も二年次も高宮さんを見掛けた記憶はない。それが不思議な事のように思えた。完成した似顔絵は机の引き出しに丁寧にしまい、時々見る事にしようと決めた。

彼は夜のモミモミでは、高宮玲子さんを頭から努めて消し去っていた。清純な人として崇めるようになっていたのである。むろん内向的な彼は高宮さんに積極的に声を掛けて話をするという勇気は持ち合わせていなかった。

席替えがあり、彼が当初座っていた窓際の一番前の席には偶然にも高宮さんが座る事になった。彼の席はその席に近い窓際からの二列目の四番目の席となっていた。

或る時のこれも授業の休憩時間の事、高宮さんは鼻をかんでそのまるめた紙を右手に持って、高宮さんを見つめていた彼の方に向かい、投げるような仕草をした。授業開始の時間が迫っていたが、高宮さんと彼の間にはまだ座席に着かない生徒たちの机と椅子が障壁のようになっていた。彼はそれをキャッチしてくれの意に解したが、キャッチしてどうしてほしいのか訳が分からなかった。高宮さんから丸めた紙が投げられ、彼の足元に落ちた。次の授業の始業のベルが鳴り、高宮さんも彼も座席から離れていた周囲の生徒たちも自分たちの席に着いた。やがて社会科の若い男性の乳井先生が教室に入って来られた。彼は「起立、礼、着席」と号令を掛け、自分の席に着いた。

高宮さんの方にふと目を向けると、座席に突っ伏し泣いている。乳井先生もそれに気づいているが注意する事はなく、国家権力の三権分立の話を熱心に話しているだけであった。彼は先程の彼の行為、あの鼻紙をキャッチしなかった事が原因で高宮さんを泣かせてしまったのではないかと思った。高宮さんはその授業の間ずっと顔を机に突っ伏したままであった。

授業が終わって、クラスの一部は高宮さんの事に気づいていた。

目玉キョロキョロの工藤が、

「なに、高宮はよく泣くんだじゃ、三小の時からそうだった」と周りの者たちに言っているのが聞こえた。

ただの泣き虫か、いや、彼の対応の悪さが原因だと思い込んでいたのである。

この小さな不可思議な事件があってから、彼は夜、高宮さんの顔が頭から離れず、ついにモミモミの対象相手にしてしまった。それはその後ほぼ毎晩続いた。

毎日の登校の通学路にはかなり広い畑があって、その一角に菜の花畑があった。或る晴れた日、彼はそこからの鼻をつんざくような強烈な臭気にむせかえるようであった。

菜の花は菜種油が採れるというので匂いが強いとは聞いていたが、こんなのは昨年も一昨年も体験していなかったのである。

彼の頭の中は高宮さんの事でいっぱいであった。

釜臥山の中腹には白い雲がかかっていて、風でその雲はゆらゆらと動いていた。

三十六

彼の右隣の席は高本和男という丸刈りの不良だと言われている男子生徒であった。その顔は両目が吊り上がっていて、口先が尖っているように見える。周りでウッドペッカーと言っている者もいた。彼はそのウッドペッカーなるものを知らなかったが、高本がそれに似ているところからのものだと思う事で十分であった。

高本と帰る道が途中まで同じで、或る時、二人だけで一緒に帰宅する事になった。国鉄の単線列車が通るレール添いの道を歩くのだが、高本は、

「高杉、レールの上を歩いた事、あるか。レールの上を歩こうぜ」と言って、小高くなっている線路上に出た。柵などはないのである。

「危ないのではないか」と彼は下から声を掛けた。

「危なくない。列車が来たのが見えたら下へ下りればいい」

「じゃ、そっちに行くよ」と彼も小高い線路上に出た。

暫し、二人はレールの片方ずつの上を、バランスを取りながら歩いて行った。

釜臥山は背後にある。ふと彼は後ろを振り向いた。列車が遠くから走って来るのが見えた。

「高本、後ろから列車が来たぞ」

「そうだな、じゃ、下りようぜ」と後ろを振り向いて言った。

二人は下から列車が通り過ぎるのを待った。列車は音を響かせ走り去って行った。

「また、上に行こうぜ。急いで、急ごう」と高本が言い、彼はそれに従った。高本は、

「レールに耳を付けてみろ、列車の音がカタン、カタンと聞こえるから」と言い、身体を屈めてレールの片方に耳を付けた。

彼も同じ行為をしてみた。カタン、カタン、カタンと音がした。

「面白いだろう。また下に下りよう」

二人は、ひと気のない野原の小さな空き地に座っていた。

「高杉、聞いてくれよ。梨本という金持ちのうちを知っているか。わいのうちはその近くにある。去年の冬、その梨本のうちの柿の木から熟した柿が何個も盗まれたというんだ。それで、盗んだのはわいだと言い張るんだ。頭に来たよ。絶対、盗んでいないぜ」

「ひどいものだな。誰が盗んだか分からんにしろ、ちゃんとした証拠もないのに疑うのはよくないよ」

「そうだろ、うちのおやじが大工なんでバカにしているんだ」

「梨本というのはあの呉服屋か」

「そうだよ、金持ちというぜ」

「だったら、柿の何個か、盗まれたって、どうという事ないだろ」

「そうでなく、あそこのオヤジが、お前が盗んだ、と決めつけて言ったのが、イヤなんだよ」

「わかった、わかった、高本の事を信じる」

一年次の二本柳の事を少し思い出したが、その表情から高本は嘘をついていないと確信が出来たのである。

「分かってくれてよかった」と高本は満足げであった。

次の日も彼は高本と一緒に帰宅の途に就いた。レールに耳を付けるのは列車がすでに走り去ったあとでそれは出来なかったが、線路上を歩いた。そして前日と同じ場所でひと休みした。

高本は、鞄の中からタバコとマッチ箱を出して、

「高杉、お前も吸ってみろよ」と言った。

高本の出したタバコは青い包みのハイライトであった。

「タバコって、にがいのだろ、あまり気が進まないなあ」

「いや、さしてにがくない、気持ちがよくなる」

高本はタバコを一本取り出し、マッチを擦って吸い始めた。

「いい味だよ、お前も吸ってみろよ」

「じゃ、ちょっと吸ってみるか」と彼は好奇心からそう言ってしまった。

初めて吸うタバコの味、にがい、想像していたようににがい、よくこんなものを大人たちは吸うなあと思った。が、頭が少しクラクラして気持ちがよくなってきた。

「うまく吸えるじゃないか、でも今日だけにしておこう」

高本は一本吸い終わり吸い殻を揉み消した。それに遅れて彼も同じ行為をした。が、調子に乗り二人は二本目のタバコを吸ったのである。

この高本という生徒はやはりタバコも吸う不良なのだろう。が、彼を何故か惹きつけるものがあった。高本は綺麗な字を書く。外見と違って真面目、いいものを持っていると彼は勝手に決めつけていたのである。

三十七

3年6組には工藤一雄という札付きの不良と言われている丸刈りの生徒がいた。いつも授業の休み時間には、小型のナイフを二メートルほど離れた所から板の壁に向かって投げつけていた。これが見事に刺さる。ナイフを持っている中学生など初めて見た。そのナイフ投げの工藤は身体ががっしりしていて、目が時々険しくなるので皆から恐れられていた。

或る時、ナイフの工藤は、

「中田、藤原、高杉、こっちに集まれ。面白い話をしてやる」

そう言って、彼も指名されたのである。丸刈りの中田真一という生徒はこれまた体ががっしりしていて、目玉が大きかった。その笑い顔に優しさが感じられた。藤原晃は、中田と違い坊っちゃん刈りの勉強も出来そうな、そして中背だが制服の中は強い筋肉をしていると思わせるところがあった。

ナイフの工藤が三人を指名した意図は分からない。ただ、逆らって、ナイフで刺されるのが怖かったので、教室の一番後ろに行った。

「集まったなあ。カモの話からする。こうなったのをむくれガモという。こうなったのをしんちょうガモという。分かるな」と手のひらの動きで説明した。三人は合槌を打って少し笑っていた。

「これからが面白い。こういうのを宝船という。こういうのを仏壇返しという」

これまたジェスチャーでどうやらセックスの体位を説明していた。三人はこれまた合槌を打ちながら少し笑って聞いていた。

ナイフの工藤は本当のところは所謂軟派か、と思った。

それからは、彼は不良仲間のようにクラスやクラス以外の一部から見られるようになってしまった。

3年6組には田沢健次という背が低いが運動神経がよく、よく喋る生徒がいた。運動神経がよいというのは体育館で近藤先生の補助を受けながらも後ろ宙返りの練習をしていたからである。どうやら田沢は近藤先生の贔屓の生徒に思われた。

或る時、田沢は弁当を食べている彼の所に近づいてきた。

「それカモみたいだな。美味いか」

彼の弁当には母手作りのおにぎりにウインナーソーセージがいつも添えてあった。

「あまり見るなよ。あっちに行ってくれ」と彼は言った。

「いい弁当を食べていると思って。羨ましいなあ」

そう田沢は言って、彼の傍から離れて行った。

彼は或る時、大原と一緒に帰った。途中まで帰り道が一緒だからである。

「今日はバスケの練習がないんだ」

「大原はバスケ部に入っていたのか。いつ入った」

「二年生になってからだ」

「加藤はまだバスケ部にいるか」

「いや、やめたよ」

「なんでまた」

「練習がきついわけではない。なぜやめたか分からないよ。そんな事より、高杉は将来何になりたいんだ」

「何になりたいなんて考えた事もないよ。大原は何になりたいのだ。何か目標があるのか」

「うん。防衛庁長官になりたい」

「随分大きく出たな。でも、目標があることはいい事だよ」

「高杉は学者になればいいと思う。幕末維新の事の研究なんか面白そうではないか」

「いやあ、学者か、勉強は本当のところあまり好きでないのだ」

「意外だなあ。高杉は勉強が出来るので有名だ。……ところで池田大作という名前を知っているか」

「ああ、聞いた事がある。宗教だろう」

「そうさ、池田大作はいい、そうは思わないか」

ここで二人の会話は途切れてしまった。彼には大原が大きな将来の目標を決めていた事に驚いた。それにしても防衛庁長官は無理だと思った。加藤とは一年次同じクラスで、あの盗難事件を思い起こさせた。なんでまたバスケ部をやめたのか。体育でバスケをやり、彼よりうまいのは小6の時のアルファ田中、そして加藤、この二人に彼は敵わないと思い、バスケ部に入部する事をしなかったのである。大原も背が高く運動神経がいい。二年生になってバスケ部か。勉強も出来る方である。勉強とスポーツの両立というのは多くの先生方が言っていた事である。彼は勉強一筋、ガリ勉と思われているのが不満だったが、仕方ない。創価学会は将来的に伸びるだろうと母が言っていた。高杉家とは宗派が違うようなので、特別な関心は持たなかった。といって、高杉家本家の五代目と言われている割には浄土宗にも関心はなかった。

三十八

五月中旬、修学旅行となった。北海道に行くのである。

行きの青函連絡船には四時間も乗っている。が、退屈どころではなかった。

中学三年生ともなれば男女のアベックが出来る。連絡船のデッキで二人仲良さそうにしている。二組のアベックが出来ていたが、それは誰の目にも明らかだった。

一組目は、八重樫さんと楢山だ。楢山はマラソン大会で二位、性格が悪そうだが、八重樫さんからすれば惹きつけられるものを持っていたのだろう。目ざとい田沢は、彼や大原に、

「八重樫と楢山は船の便所で立ちへっぺをしたんだね」と言った。

まさかそんな事はないと思ったが、それだけ注目の的になっていた。

二組目は、生徒会長になっている丸刈り頭の浜田と一戸さんである。一戸さんは、どういうわけか今は長い髪ではなく、ショートカットになっていた。もう美少女と言えない感じであったが、少し大人びた感じを持っていた。勉強が出来る浜田、しかも生徒会長である。一戸さんが浜田と親しくなるのは納得が行った。

６組の藤原は、修学旅行で留萌に帰るという或る女生徒に一目惚れをしていた。

「名前と住所を聞いておけよ。文通すればいい」

彼は藤原にそう言った。

「それはそうだな。でもドキドキして口に出せそうもないなあ」

「そうしないともうチャンスはないよ」

「じゃあ、やってみるか」

藤原はその女子生徒に夢中だった。他人の事になると一丁前の助言も出来る彼であったが、高宮さんとは口を利けないでいた。

デッキは騒然となっていた。

田名部中学の不良二人と隣県の秋田からの中学校の不良二人が睨み合いをしていた。彼はそれを見る野次馬の群れの一人となっていた。

「俺の肩にわざと触れたろう」

「お前らこそわざとぶつかって来たんでないか」

「さっきから謝れと言っているだろ」

「謝るのはお前らの方だ」

「ええ、海に投げてやるか、海に」

「こっちこそ」

「やるか、海に投げ込むのは簡単だぜ、死んでしまうぞ」

田名部中学の制服を着た生徒に見覚えはなかったが、二人とも隣県の中学からという二人とは身体も小さく、まずい事にならなければいいと思っていた。すでに田名部中学の或る女子生徒が船室にいる先生方を呼びに行っていた。が、先生の誰も駆けつけては来なかった。

そこに田名部中学の安井という生徒が小走りにやって来て、喧嘩の仲裁に入った。安井の説得の内容は小声で聞き取れなかったが、ものの五分も経っていなかったろう、田名部中学の二人も隣県の中学の二人も安井に頭を下げ、別々の方向に立ち去って行ったのである。

彼は安井という生徒と同じクラスになった事はなかったが、見覚えはあった。安井の方も彼を覚えていて、廊下ですれ違う時はいつも挨拶をしていた。安井は普段目立つ生徒ではない。

不良というのでもない。坊っちゃん刈りをしていて、背は高い方だが、何より愛想がよかった。彼には、安井が恰好よく見えた。安井に比べ、6組のナイフの工藤などチンピラに過ぎない、と思った。安井は喧嘩の仲裁を終えるとまたどこかに立ち去って行った。

がっかりした事には田名部中学の先生も隣県の中学の先生らしき人も誰一人としてデッキに駆けつけて来なかったのである。

修学旅行では、札幌市、苫小牧市の製紙工場、登別温泉、室蘭市の製鉄工場、白老のアイヌ部落、函館市、また青函連絡船、そして鉄路で帰り着いた。彼には貸切りバスに乗っている事が多く退屈で、見学でも印象に残っているのは少なかった。

三十九

修学旅行を終えた或る日、高本がまたまた一緒に帰るのを誘った。タバコを吸わされ、もう一緒に帰るのをやめようと思っていたが、なぜか高本とは気が合う所があるのでつい付き合ってしまった。

例によって線路上を一緒に歩き、列車の走り去ったあと、レールに耳をくっつけ、カタン、カタン、カタンの音を暫し聞いた。が、あの野原の空き地でのお喋りは彼の一大失策を招く事となった。

「女の子で好きなのが出来てしまった」

「へえ、誰だよ」

「誰にも内緒にしている事なのだ」

「高杉なら誰だって大丈夫だろうに」

「誰にも言うなよ。高宮玲子だ」

「いいじゃないか、そういえば、高の字が付くのはクラスで三人だけだ」

「そういう因縁みたいなものも感じていたので、話したのだよ」

「応援してやろう。わいに任せておきな」

次の日、席が隣の高本は英語の授業で机を彼の机にくっ付けて来た。英語の担当は若い女性の楠美先生で、抑えが利かず、あちこちで私語をしていた。高本は前の方の席にいる高宮さんをチラチラ見ながら彼に囁くのである。彼は英語の教科書を見る一方で、楠美先生の方を見たりしていた。ざわつく教室でも真面目に授業は聴いていたのである。

「高宮がお前を見たぜ。……また元に戻った。……今、またお前を見た。鼻を手で掻いている。鼻糞をほじくるかな。鼻が悪いのかな……お前を気にしている、まだお前を見ているぜ」

こう彼に向かって囁いたのであった。

それからは、彼はうちの個室での勉強にあまり身が入らず、先の似顔絵を机の引き出しから出してはじっと眺めて、そっとその絵の唇に彼の唇をくっつけたりした。就寝前は玲子のあの小麦色をした笑顔を思い浮かべては、玲子がフフフ、フフフ、と笑っているのを想像し、モミモミをしていたのであった。

彼の中間テストの成績は散々なものであった。が、幸いな事に、これからは成績優秀者の掲示はしない事になったという。業者テストというのを年間に三度やるので、三年生は掲示はやめにしている、と近藤先生が言った。中間テストではとりわけ、数学がダメになった。一、二年次と佐久本先生であって、八十七点以下を取った事がなかった。八十七点が最低で、あとは中間期末の九回がすべて九十点以上を取っていた。が、須郷先生になったら、その教え方が佐久本先生とあまりにも異なっていた事もあってか、中間テストは七十八点であった。これは屈辱的な点数であった。それでも6組では一番だった。が、それは慰めにはならない。成績優秀者の掲示をやめたのを今度は恨んだ。小野寺とは暫く疎遠になっていた。が、隣の5組にいて佐久本先生が数学の担当だという。それを羨ましく思い、全組共通の問題だから小野寺の点数を知りたく思ったが、恥ずかしさが先に立って、接触を避けたのである。

成績低下を先生のせいにするのは男らしくない。彼はそう思い直した。自分の勉強不足を反省しなければいけない。が、それにしても須郷先生は、自身が国立のH大学の農学部を出た事を鼻に掛けていた。この中学校は中卒で終わるのは半数ほどと聞いていた。なかには成績がよくても家の事情で就職する者もいた。現に一級上に成績上位の常連者の男子の一人が寿司屋に就職したと聞いていた。最終学年の勉強は大事だろう。二年の時の有田先生のようでは困るのである。

彼の父は大学を出ていない。旧制の或る高等農林学校を苦学して卒業したと聞いていた。仕事一筋で来て、今、むつ営林署の管理官、つまり次長になっている。署長は東大農学部卒の父よりずっと年下の人だと聞いている。やはり学歴は将来に大きく関わるだろう。が、須郷先生は彼らをバカにしているようで好ましくない、と思っていたのである。

或る時、田沢が数学の時間にお喋りをしていて須郷先生に「お前、教室から出て行け」と叱られた。

それを田沢は近藤先生に話したようだ。そして近藤先生は帰りのホームルームで、

「明日の数学の時間、田沢がわざとお喋りをする、須郷さんが出て行け、と言うだろう。そうしたら皆、教室から出て行け」と言った。

彼は、これは行き過ぎのように思えた。集団授業ボイコットになる。学級委員長とは名ばかり、前年に授業担当者の変更は難しいと佐久本先生が言っていた。ではどうすればいいのか。彼には思いつかなかった。それに近藤先生には逆らえない恐さがあった。

「いいな、俺は須郷さんを普段からイヤだった。困らせてやれ」

誰も異論を唱える者はいなかった。

翌日の数学の授業は、いつものようにシーンとしていた。昨日は例外だったのである。が、

暫くして、田沢は昨日同様、隣の席の中田に話しかけた。

「こら、田沢、お前、うるさい、教室から出て行け」

須郷先生は昨日と同じように田沢を叱った。

すると、教室に椅子を引っ込めるガタ、ガタ、ガタという音があちこちからして多くが教室から出て行った。

須郷先生はその眼鏡の奥の両眼を左右に忙しく動かし、その顔を幾分紅潮させ、うろたえ、驚いていた。

やがて、須郷先生も教室を出て行ってしまった。職員室に戻るのだろう。

彼はすぐには教室を出なかった。全員が出て行くかを見届けようと思った。高本は出て行かなかった。

「わいは、教室に残るわ。就職するんで、書類で悪く書かれても困る」

そう高本は言った。

男女合わせて五人が教室に残っていた。

そのなかに能登さんがいた。

「高杉くんは出て行っていいのよ。皆の所へ一緒に行くべきでしょう。須郷先生が悪いから」

この能登さんの言葉に彼は返す言葉を持たなかった。

一階にある教室を出て、すぐ出入り口があり、中庭から出てグラウンドまではすぐであった。

グラウンドでは男子はソフトボールでキャッチボールをしていた。女子はバレーボールで遊んでいた。

彼は大原にグローブやバレーボールなどを用意していたのは誰かと聞いてみた。が、これは愚問であった。

大原は「近藤先生に決まっているではないか」と答えたのである。

男子は二組に分けてソフトの試合をしようにも人数が足りなかった。守りに九人がつき、残りの四人は順番を決め一人ずつ打席につく事にして遊んだ。彼の守備はファーストである。野球部の西田がいるのでそういう取り決め事はスムーズに行った。女子は七人ずつ二組に分かれ、副委員長のスポーツ万能と見られる背の高い山木さんが審判役をしてバレーの試合をしていた。

彼は内心こんな事をしても少しも楽しくなかった。ただ空しい時間が過ぎて行った。

次の数学の時間が注目された。須郷先生は冒頭、

「前の授業で私は済まない事をした。あとで聞いたら教室に五人残っていたそうではないか。その五人を相手に授業を続けるべきであった。私も、教室を出て行った事には深く反省している。……では、今日の授業を始めよう」と言った。

その後、一度、彼は佐久本先生に昼休みに職員室に呼ばれた。

「授業ボイコットとは、凄い事をやらかしたな。でも高杉、お前の数学の成績をずっと調べてみた。須郷さんになって落ちたなあ。中間テストがあんな点数とは信じられない。……須郷さ

んはもう6組の担当を外れたいと言っている。それはしないでほしいと私から言っているのだが、どうなるか分からない。が、私は授業を沢山持っていて6組には行けない」

「あの授業ボイコットは止められなかった、です」

「ああ、大体の事情は聞いている。ほんとに困ったものだ」

そういう会話があって数日して、数学の授業がまた来た。須郷先生ではなく、なんと近藤先生が教室に入って来たのである。

「これからは俺が数学の授業をする事にした」

近藤先生は大きな三角定規を左手にぶら下げながら、そう話した。

彼は、ええ、と驚いた。近藤先生は保健体育の先生ではないか。近藤先生と須郷先生との間にどういう事があったのか、学年主任の佐久本先生はどうしたらいいと考えていたのか、大関校長は、兼平教頭はどうしようとしていたのか、全ては分からぬまま、6組の数学担当は担任の近藤先生に代わってしまったのである。

四十

体育祭となった。競技もやるが、クラスからの出し物、仮装もいつものように評価の対象とするという企画で行なわれた。

彼は百メートル競走のクラス代表に選ばれていた。その競技がいよいよ始まる。クラス代表の八人によるものである。彼は出来ればトップになりたかった。悪くても三位入賞は出来ると思っていた。彼はスタートラインについた。よーい、ドン。そのドンの前に僅かに彼は走り出していた。フライングだと一瞬思った。が、その合図はなかった。その僅かな躊躇がスピードを鈍らせた。遅れを取っている事は明らかだった。カーブの所でインコースに割り込もうとした。大きな集団になっていたが、インコースに入り損ねた。足が縺れる。と、その瞬間、彼はすってんころりん、気づくと尻もちをついていた。目を向けると、近藤先生が静かに笑っている。偶然にも6組の応援席の前にいたのだ。急ぐともなくゴールまで走ったが、むろんビリであった。

この醜態を釜臥山も見ていた。彼は小学校一年次から短距離走が得意でビリになった事など一度もない。トップか悪くても三位以内だった。彼の得意とするものの一つはこれで永遠に失われたと思った。ドジ、自分がイヤになった。

クラスの出し物としては、少人数のクラスという事もあってか、纏まりがあった。山口さんと能登さんの提案で阿波踊りを皆同じ恰好でやろうという事になった。踊り方は山口さんと能登さんが教えたが、両手をぶらぶらさせて足の運びに工夫をするだけでよしとした。笠を皆被っているので本番は恥ずかしさがなかった。阿呆のようになって皆で練り歩いた。本物の阿波踊りは誰も実際に見た事はない。そんなのはどうでもよく、少人数学級、数学の授業ボイコット事件をやらかした問題クラスにしては上出来であった。

6組は、競技部門の方で彼以外の者が頑張って、また仮装もよかったようで三年生での準優勝となり、表彰されたのであった。

生徒総会が行なわれる事になった。協議会委員会では、男子の生徒全員は丸刈りになる、坊っちゃん刈りの生徒は夏休みが終わるまでに丸刈り頭になるようにする、というのが生徒会行政機関の提案議題だと言うのである。彼はこれがイヤで反対意見を言おうかと思った。が、生徒会の副会長をしている小野寺が近寄って来て、

「これは先生方、いや校長先生から出たもので、従うしかないぜ」と彼に囁いてくれたので、反対意見は断念した。

そして、当日の生徒総会の議長は立候補者がいないだろうから予め決めておく必要があるという事で、なんと彼がやる羽目になったのである。

坊っちゃん刈りに別れる事に抵抗があった。彼の頭の形はてっぺんの真ん中が凹んでいてハート型をしている。それが丸刈り頭だと皆に何を言われるか、それがイヤだった。校長が決めたのなら、何も生徒総会で決めた事にする必要はないではないか。校長が全校集会で言えばいい。数学で須郷先生の授業ボイコットをしたのは悪いだろうが、須郷先生に代えて体育教師の近藤先生が数学を教えるのはおかしい。中3で大事な時、数学教師を手配出来なかった校長

を恨んだ。が、議長は避けられない感じになっていたので渋々了承したのであった。

全校集会の当日となった。予想通り彼が議長に推薦されて壇上に登った。彼は妹の時子が一年生になっているので、この体育館のどこかにいると思ったが、もう恥ずかしいとは思わなかった。彼は生徒会会長の浜田に議題趣旨を話させ、

「今の提案に異議のある人は発言してください」と喋った。

予測通り、誰からも異議はなく、生徒会提案は承認された。

何が生徒会の自主性か、と思った。先生方の言いなりでしかない。学校という所はそういうものかと彼は感じたのであった。

妹の時子は生徒総会が終わった直後、うちの茶の間で母が留守にしている時、

「うちのクラスにませた女がいる。全校でいい男の名簿みたいなものを作って、私にも見せた」と言った。

「そんな女がいるとはなあ。で、三年生ではどうなのだ」

「お兄ちゃんの名前もあった。あとは忘れたが二人いて、三年生は確か三人書かれてあった。それに気に食わない三年生の女の名前も書いてあった」

「へえ〜。益々変な女だな。三年の女で気に食わないのは誰だ」

「これも三人、覚えがあるのは、山口という名前があった。おしゃれですかしているとあった。私も見た事がある。いつも中央廊下にある大きな鏡を見ている」

「山口、下の名前は何て言うの」

「えいことかいった」

「ふ～ん。そんな変な女と仲良くするのはやめろよな」

彼はそんな会話をして、一年生のくせにとんでもない女がいる事に驚いたが、自分がいい男に見られている事に満足感を覚えていた。それとは別に山口さんは下級生からそういう女に見られている事に不満を覚えた。同じクラスだから肩を持つのではないが、仮装の準備はよくやっていたし、合唱部と体操部に入っていると聞いているし、しっかりしていると彼は見ていたのである。

四十一

席替えがあって、彼は廊下に近い後ろの方になった。が、彼より三人ほど前の方で設楽麻子さんというショートカットでガラガラ声だが、可愛い顔をした女生徒が急に気になり出した。それは、設楽さんの隣近所の席にいる目玉キョロキョロの工藤とラッキョウのような頭で丸刈りの沼田進二と休み時間に仲良くしていたからである。

「エッチ、そんな事言って、エッチ」

設楽さんはエッチという言葉を連発していた。工藤と沼田がどんな事を話しているかは聞こえなかった。助平な話をしていたのだろう。「エッチ、エッチ、そんな事言って」と言う設楽さんは子供っぽく愛らしく見え、彼は工藤と沼田に軽い嫉妬を感じると共に、自分の異性に対する気の多さに半ば呆れていた。高宮さんを好いているが親しく話はした事がない。だんだん恋心は薄れていたのである。

彼の座席に近い所に中田がいた。或る時、中田はニヤニヤしながら彼に近づいて来て、

「高杉、山口がおめえの事を好きだってさ。へっぺ、してやったら」

と言った。

彼は妙な気分になって来た。

「何でそう言えるのだよ」と中田の大きな目を見ながら言った。

「山口のノートを盗み見したら、高杉くん、大好き、大好き、と何回もいっぱい書いていたからさ」

そう中田はまだニヤニヤしながら答えた。

彼は山口さんとは二年生の時から同じクラスだが、性欲を感じていなかった。が、この中田の言葉は衝撃的でもあり、多情な彼の心を動かすものが十分にあったのである。

期末テストが終わった。中間テストがよくなかったので直前にはよく勉強し、九科目、かなり挽回したつもりになっていた。が、一、二年次の勢いはなかった。以前より高宮さんの事は

考えないようになっていたが、頭にへばり付いたふわふわした綿の塊のようなものが消える事はなかったのである。

午前中授業となった或る日の事、弁当は持って来ておらず、高本と大原で中学校の前の駄菓子屋でパンを二個買い、外でパンにぱくついていた。すると、山口さんが別のクラスの女子と五人で来ていて、パンやお菓子を食べ終わったらしく、そのあとのお喋りをしていた。こちらの三人には全く気が付いていないようである。

「私、高杉くんが好きなの。でも高杉くんは高宮を好きだから。高宮のどこがいいの」

そう山口さんが見知らぬ或る女生徒に言っていた。

彼は、パンを食べるのをひと休みして、そちらに視線を向けていた。すると山口さんは彼がいる事にやっと気づき、視線が合ってしまった。山口さんは、ハッとしてその口に手を置いて彼の視線から逃れて行ったのである。

彼は彼が高宮さんを好いているのが広く知られている事に愕然とした。まさか高本は言いふらしたりはしない。彼の日頃の態度にそれが出ていたのだろうか。と同時に、今の山口さんの言葉は衝撃的であった。おしゃれというが、均整のとれた顔と身体をしている。色は浅黒いが健康的である。あの失言とも思える言葉を彼が耳にした時の口を手で押さえた仕草が堪らなく愛らしく感じられた。

彼は高宮か設楽か山口か、一番好きなのは誰か分からなくなって来た。それにしても6組に可愛い女の子が三人もいる事に幸運を感じたのである。

四十二

中間テストが終わって暫くして第一回の業者テストがあった。その結果が担任の近藤先生から渡された。

業者テストに試験範囲はない。中間や期末とは違う。実力テストといえる。五科目のそれぞれの得点、そして総合点が印字され、校内三年生三百六十人ほどの何番かも印字されている細長い成績票が渡された。彼は何番かが気になっていた。5番であった。上に四人もいる。その四人が気になってしまった。隣の5組の小野寺の所に行き、業者テストはどうだったかを聞いた。

「俺は3番だった。上に二人もいる。次は1番を取ってやるよ。高杉は何番だった」

「5番だった。負けたな。どれどれ数学は何点だった」

「九十三点だった。もっと取れたのに。高杉の数学は」

「七十四点しか取れなかった。二十点も差がある。小野寺の総合点は、教えろよ」

小野寺の成績票を見たら総合点で彼と七点差しかなかった。彼の成績は数学が足を引っ張っている。やはり恐れていたことが起こってしまったと思った。

「小野寺、数学は、こっちは近藤先生だろ、隣の教室だからこれから数学で質問にちょこちょこ来るがいいか」

「ああ、いいさ」

小野寺との仲は勉強でのみ繋がっているが大事にしたいと思った。

次の日、6組に石坂が顔を見せ、彼を廊下に呼び寄せた。

「久しぶりだが、業者テスト、高杉は何番だった」

「本当に久しぶりだ。5番だったよ」

「1番ではないのか。こっちは9番だった。2番は漆畑だった」

「では1番は誰かな。やはり浜田か八重樫かな」

「そんなところだろう。高杉が1番だと思っていたよ。どうした」

「三年になったら急に勉強に身が入らなくなったのさ」

「数学の授業ボイコット事件は校内でも有名で、そのせいか」

「それもあるかもしれないが、別の理由もあるよ」

「何だね」

「それは言えないさ。でも9番は凄いではないか」

「うちの父に言ったら、もっと上を目指せ、と言っていた」

「そうだろう。お父さんは高校の先生だから」

「次のテストの結果も聞きに来るがいいか」

「ああ、いいよ」

こんな会話をして石坂は立ち去って行った。ふと、彼は何故、順番を気にするのだろう、と思った。勉強がそんなに大事なのか。彼は父や母に学校の成績の事は殆ど話さなかった。田名部高校に進学する。舟木一夫の歌う高校生の世界があるのではないかと思った。楽しくやれればいい。大学に行くというのはまだピンと来ていなかった。設楽さんは西郷輝彦が好きだと工藤や沼田に言っていた。西郷輝彦の『君だけを』か。今の彼は気が多いのであの歌の歌詞の気持ちには程遠いが、ああいうのが女の子にはいいのかなあと思った。

四十三

彼は一学期の終業式に近い或る日の事、一人で帰途につく事にした。もう夏の日差しになっていた。学校を出て田名部高校前の駅に向かうところを後ろ姿だが高宮さんと田名部高校の男子生徒らしきアベックが彼の前を歩いているのに気づいた。高宮さんはテニス部に入っているはずで、今日は練習がないものなのかと思った。また高宮さんは汽車通学をしていた。男の方は中学時代のテニス部の先輩でこれまた汽車通学をしているように思われた。ショックである。二人は何か親しそうに話しながら田名部高校前の駅の構内に入って行った。高宮さんは後ろの彼に気づいていないようだった。彼の勝手な決めつけか。それにしても二人は親しげにしていた。

彼はそのまま線路添いの道を歩いた。すると急に腹が痛み出した。猛烈に痛み出した。大便をしたくなったのである。急ぎ足で歩いた。畑道に入ったところで、我慢が出来なくなった。周りに人はいない。野原で急いでズボンを下げ、大便をした。

こんな経験は初めてである。が、彼はちり紙を鞄に入れていなかった。鞄から数学のノートのまだ何も書いていない部分を何枚か切り取って、柔らかくしごき、尻を拭いた。

釜臥山だけがこれを見ていた。釜臥山からふきおろす風はひんやりとしていた。

彼は帰宅するとすぐに机の引き出しから高宮の似顔絵を出し、両手で何回も千切りに千切った。彼の初恋は片思いだったと思った。それにしても、初めて高宮さんが彼の前に姿を現した時、ニコッと微笑んだあの笑顔はいったい何だったのかと思った。女は分からない。怖いと思った。少し涙を流しているのを感じたのだった。

四十四

夏休みとなった。彼の動物の縫い包み遊びは続いていた。テレビもよく見ていた。町の玩具屋で買った割に大きい犬の縫い包みが三つ、新入りで入っていた。『名犬ロンドン物語』という外国のテレビドラマを見ていて賢い犬に憧れていた。毛が少し黒い大型のその犬の縫い包みには単純にロンドン、当て字は論呑と表記した。少し茶色い大型の犬の縫い包みには製作会社名かも知れないがＳＡＮＡＩとあったのでそのまま三愛と命名した。もう一つの白くて柔らかい感じの大型の犬の縫い包みにはシロスケ、当て字表記で志路助と命名した。これらとは別に、修学旅行で買って来た木彫りの熊には白老熊と命名していた。

一人野球遊びは部屋が狭いのでやめた。相撲大会は凝りもせずにやっていた。横綱は小路助、耳頭久、茶部、論呑の四人、大関は梵太、三愛、黒山、報犬の四人になっていた。こんなに横綱大関が多くては十五日間で負け越しの者が二人ほどは出て来る。でも三場所連続負け越しでの大関陥落の者は出なかった。優勝は十二勝三敗がいいところで、優勝決定戦をよくやったが、混戦、接戦になるのは面白かった。

あまりによく遊ぶので黒の首の所は擦れてグラグラしていた。小路助の腕や足はよくもげてしまうので、裁縫道具を茶の間から持って来ては繕っていた。

即興の寸劇も時々やっていた。何故か、黒の恋人はチャーリーで時々いやらしいものとしてではなくてキスをする、小路助の妻は白でキスなどせず落ち着いていた。

これらの縫い包みたちは大きな段ボール箱に仕舞われていた。三箱になっていた。彼にとっての宝物、秘密の独り遊び道具、とても中学三年生のする事ではないと思いつつも、やめられないでいたのである。

彼は或る日、高本と海水浴場に行った。通り道にある大きな鉄筋だけを残した戦争の遺物のような建物はまだ解体もされずにあった。彼は高本に、

「あれは何だ、戦争の空襲でそのまま残ったものかね。ここを通るたびに気になる」と尋ねたら、

「よく知らないが、そうだろう。大きくて気持ちの悪い建物だよな」としか返答しなかった。

海水浴場に行き彼はすぐ海水パンツ姿になっていた。が、高本は皆の泳いでいるのを見に来ただけだと言い、普段着の半袖姿のままだった。そして高本の知り合いがいた。彼らより年上で、田名部高校の生徒とも思われ、普段着の姿で海を見ていた。

「誰だ、高本の友達か」

「高杉という。勉強が出来るんだぞ」

「そうかあ、じゃあ、この字は何て読むか答えてみろ」と言って、砂に自慰と指先で書いた。

彼はまともに答えるのもバカらしいと思った。まともに答えたら、お前はやっているかと聞

いて来るに決まっている。そこで彼は砂にmasturbationと、指先を素早く動かし筆記体で書いてみせた。

「おかしな奴だな。英語を書いて。漢字の読みを聞いているんだ」

「その漢字の読みは言えない。英語で答えたからいいだろう」

「ふん、生意気な奴だ。あまり頭はよくないんじゃないか」

高本の知り合いの先輩にはその英語の意味は分からないようであった。彼はそんなのではぐらかし、スタスタと海の中に泳ぎに行ったのであった。

夏休みも終わりが近づいて来た。或る曇った日に彼は独りで海水浴場に出掛けた。海水パンツ姿になり、海の方に向かって歩き出した。すると海から山口さんが薄黒い色の海水着姿でこちらに向かって来た。山口さんも独りで泳ぎに来ていたのだ。

この偶然を面白く感じた。彼は声を掛けようかと思った。が、その瞬間、山口さんは横の方へさあ〜と歩き逃げるように小走りになってその姿を消してしまったのである。

山口さんは女子の脱衣場の方に急いで逃げたのだ。挨拶もなかったが、彼が来た事に気づいていたはずである。恥ずかしかったのであろう。それでいい、と彼は思った。

その日の夜は寝る前に彼は或る想像を巡らしていた。

「山口さん、まだ泳げる、一緒に泳がないか」

「いやだあ、でも少しならいいわ。私、泳ぎはまだまだなので」

「こっちこそ、泳ぎは上手くない」

「準備体操もしないで大丈夫なの」

「なに、大丈夫さ。バタフライは出来るか」

「出来ない、難しいでしょう」

「じゃあ、バタフライで泳ぐのを見せてやる」

「上手いじゃないの。どこで覚えたの」

「従兄に教えてもらった。その従兄が或る大学の水泳部なのだ」

ここで、海の中の二人に沈黙が訪れる。

彼は山口さんを急に抱き寄せ、キスを迫った。が、山口さんはイヤイヤをした。海水を掻き分け岸に戻り、走り去ったのである。

キスだけ、これは下劣な事か。でも山口さんが純情なのを夢想しただけだったのである。

いよいよ理髪店に行かねばならなくなった。坊主頭になるのである。臍曲がりの彼は、いっそのこと、田名部駅に近い吉井理髪店に二度目で行ってみようかと思った。近くの理髪店は二軒ある。が、一軒は同級生で坊っちゃん刈りの瀬戸の所でもう瀬戸も坊主頭にしただろうが、それをあまり見たくなく行きたくもなかった。もう一軒は店のオヤジが何かと話しかけて来て顔見知りになっているが、こういう場合あまり行きたくなかった。吉井さんに久しぶりで会ってみたい気がしたのである。吉井さんのお父さんにバリカンで坊主頭にしてもらうのもいいと思ったのである。

歩いて自宅からかなり遠方になるが、彼は吉井理髪店に入った。

「中学生は皆、坊主頭にせよ、これは酷いんでないか」

「そう思いますよ。本当は、校長の命令らしいですよ」

「それじゃ仕方ないかなあ。では坊主頭にさせていただきます」

そんな会話を吉井さんのお父さんとしてから、坊主頭になるまで彼は目を閉じて黙っていた。

「はい、出来上がりました。鏡を見てください」

彼はつぶっていた目を開け、鏡の中の自分の坊主頭をした顔を見つめた。そんなに酷くないと思った。頭の天辺のハート型もあまり目立つようでもないと思われた。吉井さんのお父さんの腕がよいと思ったのである。

勘定を済ませる時、ひょっとしたら吉井さんが姿を見せるかと思ったが、今度は見せる事はなかった。鸚鵡が、

「コンニチハ、オゲンキ、ケンコウ、ダイイチ」

と喋っていた。

四十五

八月下旬に二学期が始まった。開始早々業者による第二回目の実力テストが実施された。彼は試験範囲がない事に直前の勉強は不要と決め、勉強はしなかった。彼は自分でも出来たという手応えがなかったのでおそらく今度は順位が下がるだろうと思った。

同じクラスに一年生の時に「吉井さんをよろしく」と書いた年賀状を佐々木さんと連名で送って来た中野さんがいた。が、もう吉井さんとは親しくしていなかった。あの三人組はクラス替えと共に解消されたのだと思った。この四月から中野さんは彼にバツが悪いようでもなかった。そういう中野さんが或る日の休み時間に彼の席の傍に近寄って来て、

「高杉くん、いさく　いさく　ぺんだの　こめよ、と平仮名でノートに書いてみてよ」、と言って来た。

彼は言われるままにノートに書いた。

「それを逆さに読んでみて」

そう中野さんは言って、遠くの自分の席に立ち去って行った。

彼は逆さに読んでみた。酷い、下劣と思った。〈だんぺ〉とはこの地方で女性器を意味するのを彼は知っていたからである。中野さんのような普段はあまり目立たないが助平女もいるの

だ、と腹が立った。

彼は男子からでなく女子からこんなのを仕掛けられたのが無性にイヤだった。中野さんはどんなつもりでこんないやらしい事を彼にして来たのか、訝しい思いであった。

彼は或る昼休みに小野寺のいる5組に遊びに立ち寄っていた。小野寺とのお喋りも終わり、この大きな教室の窓際に立ってぼんやりしていた。すると同じクラスになった事は一度もないが彼によく話しかけて来る成田という生徒がいつの間にか、彼の脇にいた。

そして、成田はいきなり、

「しろみず、じゃあ〜」

そう大声で言い、その顔は真面目で怒ったようになっていた。

彼は、成田のこの行為が不可解でならなかった。

後半のクラス委員を決める時が来た。彼は二年次のようになるのではないかと思っていた。

近藤先生は「学級委員長は誰がいいか。推薦してくれ」と言った。

田沢が「大原がいい」と発言した。

近藤先生は「他に推薦はないか」と言って教室中を見廻した。

誰からも発言はない。近藤先生が贔屓にしている田沢の発言力は大きかったのである。

近藤先生は「では、大原が学級委員長、それでいいな」と言った。

副委員長については、目玉キョロキョロの工藤が彼を推薦した。

そして協議会委員も彼が継続してやる事になった。女子の方の副委員長は山木さんの留任となった。

彼はこの結果に正直多少の不満があったが仕方ないと思った。数学の授業ボイコット事件では彼は何も出来なかった。体育祭では　転倒のビリという醜態、これに比べ大原はバスケ部で勉強もほどほどに出来る、スポーツと学業の両立をいうこの中学校の方針に適っていた。それに彼は大原の人柄を好きであったので、不満は残るが、納得したのであった。

中間テストが終えた。彼は試験範囲があるので、前ほどは勉強しなかったが、ほどほどには出来たと思った。ただ、数学はもっぱら教科書ガイドという参考書を頼りにし、小野寺には聞きに行くと言いながら行かず、その出来はよくなかったと思った。近藤先生の数学の教え方では到底満足の行くものではなかった。

近藤先生はその頃から、朝のホームルームの時間にさして連絡事がない時、石原裕次郎の『赤いハンカチ』を歌うようになっていた。気楽なものと思った。隣の5組では担任の理科の三浦先生が漢字の書き取り問題をやっていた。採点は三浦先生がやっていると丸刈り頭になった小野寺が言っていた。この熱心さに比べ近藤先生は何を考えているのか分からなかった。『赤いハンカチ』は二度、三度と歌われたのである。

或る時、近藤先生は、「お前らにも歌ってもらう」と言い出し、最初に彼がいきなり指名された。彼はボビー・ソロの『ほほにかかる涙』のレコード、梶光夫の『青春の城下町』のレコードの二枚だけを購入してよく聴いていた。さすがにイタリア語の『ほほにかかる涙』は歌えない。『青春の城下町』を歌おうか、久保浩の『霧の中の少女』も歌えるが、と思いつつ、やはり『青春の城下町』を歌った。なんとか上手く歌えたと思った。でも6組はまるで遊び呆けのクラスと思った。次に指名されたのは設楽さんであった。

中間テストが終えたところでまた席替えがあって、彼はあまり前とは変わらない席になっていたが、彼の後ろの後ろ、最後尾の席に設楽さんがいた。設楽さんは『線路はつづくよどこまでも』を歌った。ガラガラ声ではなかった。大変上手かった。近藤先生の『赤いハンカチ』、そして指名されて歌ったのは彼と設楽さんの二人だけ、何故この二人だけだったのか、彼にはてんで分からなかったが、その後は朝のホームルームで歌を歌う事はなくなった。

そんな或る日の晩、奇妙な夢を見た。

設楽さんが「エッチ、エッチ」と何と彼に向かって言っている。

彼はムッとして「エッチの意味を知っているのか」と設楽さんに言い返した。

設楽さんは知らないようなので沈黙している。彼は、

「知らないだろう。ローマ字で変態はhentaiと書く」と言って、

設楽さんのノートに素早く筆記体で書き込んだ。

「その頭文字のHから採った。だからエッチとは変態の事だ」

そう教えてやった。

設楽さんは、「だから高杉はエッチだ、高杉エッチ、エッチ」

そうまた繰り返している。いつまでも繰り返していた。

ただこれだけの夢であった。が、ひょっとしたら彼は設楽さんを恋し始めたのかと思った。子供っぽい、それが魅力的であった。

その直後、彼は一人で例の映画館に『愛と死をみつめて』という映画を見に行った。吉永小百合は人気者で彼も好感を持っていた。吉永小百合、浜田光夫のコンビによる実際にあった事の映画化で、前評判がよく彼は見ておきたいと思ったからである。難病の女主人公は死を迎える。清純な恋愛を通した男主人公も多情な彼とは違うが好感が持てた。ラストは女主人公の死、その音楽と相俟って、彼は胸が熱くなるものがあった。

映画が終わって、館内が明るくなると、女子の同級生たちが前の席の方に多く来ていることに気づいた。皆、しくしくとハンカチで目を拭きながら泣いていた。彼はその中に設楽さんがいるのを認めた。後ろ姿だけだがそのショートカット姿で間違いはなかった。

設楽さんは純情だと思った。それが嬉しかった。それにしてもあの夢はいったい何だったのか。彼は不可解な思いに陥ってしまった。

四十六

第二回目の実力テストの結果が出た。彼は、14番だった。前回が5番、ぐっと落ちた。九つも落ちた。ショックであったが、実力がない、こんなものと納得するものがあった。

小野寺の方から実力テストでの彼の順位を尋ねて来た。

「いや〜、今回は順位を言えない。ひどく悪いから」

「そうか、無理には聞かない。それにしても6組は朝から歌を歌っているからなあ。こっちは漢字の書き取りテスト、毎回だ、でも勉強になる」

「小野寺はどうだった」

「2番だった」とその眼鏡の奥の細い目を少し光らせて言った。

「いいじゃないか。で、1番は誰か分かるか」

「それが織田なのだ」

「ええ〜、意外だ」

「織田は家庭教師をつけているんだ」

「へえ〜、あそこのお父さんは教育熱心と聞いていたからなあ」

「でもまあ、俺は、次は1番を目指すぜ」とまた目を光らせて言ったのである。

それから時をあまり隔てないでこれまた丸刈りになった石坂が彼に実力テストの順位を尋ねて来た。

「ごめん、今回はダメ、順位を言えない」

「そうか、仕方ない、今回は聞かないよ」

「石坂はどうだった」

「7番だ、前回から二つ上がっただけだ」

「漆畑は3番だったという。ではいったい1番と2番は誰だろう。知っているか」

「1番は織田、2番は小野寺だそうだ」

「そうか、意外だなあ。ところで高杉は俺より上か、下か、それぐらいは教えろよ」

「下さ、ずっと下だ」

「そうか、大抵は高杉を超えろ、でやって来たんだ、残念だなあ、まあ、次、がんばってほしい」

こんなひそひそ会話をしたのであった。

うちでは或る夕食時に母がヒステリーを起こした。

「仕事ばかりして、勇雄の進路も考えない」

母は父に向かってそう言い、父の御飯茶碗に普通の三倍はある御飯を盛り、父の前に出した。

「何だ、この飯の盛り方は。来年の春の転勤は無理そうだじゃ。勇雄をどうしたらいいか分から、ねじゃ」

父はそう言い、黙っている。

「仕事、仕事、あとはメシ、メシ、と言って皆より先に食べる。私は飯炊き女か」

母はそう言って、台所から箒を持って来て、父の背後の三畳間との仕切りになっている襖を箒でバン、バンと二、三度叩いた。

「こら、何する、勇雄の事はもう少し考えさせてくれじゃ」

勇雄も時子も隆雄も母の剣幕が物凄いので食事も咽によく通らなかったのである。

勇雄の進路というのは、父にまた青森市に転勤の可能性があり、田名部高校では下宿はなかなか難しい、勇雄に半年でも一年でも先に青森市の高校に進学させ下宿してもらう、その方針は母が勝手に決めていたが、父が仕事ばかりしていて母との相談が不十分で、そこに母はヒステリーを爆発させてしまったといえるのであった。

暫くして勇雄を有名進学校の青森高校に進学させたいとなった。丁度その頃、中学校では父母面談があり、母は近藤先生に会って来たというのである。

「近藤先生には勇雄の成績が落ちていると言われた。思春期ですからと答えておいたよ。それで、先の実力テストの結果では青森高校はギリギリ、青森東高校なら絶対入れると言われた。青森高校は十番以内なら大丈夫というのよ。勇雄、どうなの」

彼はテストの結果など父にも母にも言ったことはなかった。

「分かった。これから勉強するよ。やっぱり青森高校がいいだろう」

彼はそう答えて、綿が詰まって脳味噌がよく働かなくなっているこの頃の生活態度を改めなければいけないと思った。

或る時、時子が茶の間で『橋のない川』という本を熱心に読んでいた。彼は、

「読書とは感心だなあ。どうしてその本を読んでいるのだ」と尋ねた。

「下川原さんが勧めてくれた」と時子は答えた。

「親友が出来たのか。その下川原さんという人と小学生の時からいつも一緒にいるのを見ていたよ。羨ましいなあ。それに読書をするのはいい事だ。こっちは、文学か、それは国語の授業でしか接していないからなあ。テレビばっかり見ている。それに受験勉強をしないといけない。受験勉強は楽しいものでないからなあ」

「でも青森高校を目指すでしょ。がんばるしかないよ。もう縫い包み遊びはやめたらいい。相変わらずみみずくを贔屓にしているの」

「贔屓はあまりしなくなった。縫い包み遊びはこれから控えるよ」

彼は中3になっても縫い包み遊びをまだ続けている事に呆れた。テレビも見過ぎている。折角の個室もあまり使っていない。が、受験勉強といってもどうやればいいのか見当もつかなかった。

或る日、国語の授業で、志賀直哉という作家の『暗夜行路』という長編小説の終わりの方だ

という一部分が教科書に載っていて、国語担当の水口先生が朗読していた。が、クラスの大半は私語をしている。喧しいのである。水口先生は教科書で口を塞ぎ、授業を中断してしまった。彼は教科書を黙読した。水口先生が朗読したうちで「六根清浄」という言葉が殊更耳に残っていたが、それはどういう意味かよく分からなかった。鞄の中から国語辞典を取り出して調べてみた。登山をする者が唱える言葉だとあった。この小説の主人公は何か悩みがあって大山に来ているらしい。それで何かを清めようとしているのだろうという事までは分かった。が、そのあとは大山の自然描写が中心となる。大体はイメージ出来たが、それだけの事であった。「女郎花、吾亦紅、萱草、松虫草」といってもどんな草花か見た事もない。これは難しいと思った。皆が私語をするのは当然と思えた。水口先生はベテランの女性教師、それでも抑えは利かない。惨めに思えた。

四十七

東京オリンピックが始まった。こんな片田舎、東京に住んでいる人たちが羨ましかった。テレビで日本の選手を応援するしかない。

近藤先生は数学の時間に「今日はテレビを見る。三宅が出るんだ」と言って、6組の皆をテレビが設置されている教室のような所に移動させた。三宅義信選手は見事、金メダルを獲得した。

女子バレーはソ連との決勝になり、テレビに齧りついて見た。ハラハラドキドキする試合だったが、日本が勝ち金メダル、喜んだ。

マラソンは、円谷選手がゴール近くなって、イギリスのヒートリーに抜かれる。ああ抜かれる、ヒートリーというのが憎たらしいと思ってもどうしようもない。でも銅メダルだから立派だと思った。

棒高跳びは、ハンセンとラインハルトの長時間に亘る一騎討ちとなった。日本人は決勝などに残れない。それにしてもあんな高い所まで棒で跳び越える、凄いものだとハラハラドキドキ、ハンセンの勝ち。二人金メダルというのはない。勝負は紙一重と思った。

こんな具合だから、受験勉強は手に付かなかった。オリンピックが終わり、町に一軒しかない本屋で高校入試の問題集を数冊買い、ああ、これからイヤだけど勉強するしかないと思った。

秋の遠足があった。遠足といっても班に分かれて自炊体験をするというものであった。高宮さんの班はカレーを作っていた。高宮さんがリーダーシップを取っていたのは意外であった。高宮山木さん、設楽さん、山口さん、田辺さん、能登さんらは別の班でこちらもカレーを作っていた。彼には女子は殊更グループを作るように見えた。高宮さんと設楽さんが話しているところは見た事がなかった。その点、男子は、グループは出来るが誰とでも話はしていた。そういう発見の方が彼には勉強になったのである。

遠足が終わって間もなく、近藤先生が学活の時間に、

「沼田、前に出て来い」と言った。

「遠足の時、隠れて酒を飲んだのがいる。沼田、そうだろ」

沼田はナイフの工藤や大目玉の中田、田沢らの班にいた。沼田は身体が弱々しい感じで隠れて酒を飲んだとしても工藤や中田に付き合っただけと思えた。

近藤先生は教壇に上がって来た沼田を脇にして、素早い動作で沼田の胃の辺りを殴りつけた。

沼田は「痛てぇ」と言って、屈み込んでしまった。

教室中はシーンとなった。

彼は目玉キョロキョロの工藤や大原、高本らと班を作っていた。で、中田や沼田らの班の行動は把握出来ていなかった。が、酒を少しは飲んだのだろうと思った。ただ、近藤先生が弱々しい沼田だけを見せしめに皆の前で殴った事が許しがたいように思えたのであった。

学活の時間は他のクラスは三年ともなればさしてやる事もなく大抵自習の時間としていたようだ。が、6組は違う。学活は毎週一回あるが近藤先生は体育館でフォークダンスをさせたのである。『マイム・マイム』と『オクラホマ・ミクサー』の二種類だけである。いずれもその踊り方の説明は近藤先生からあったが、すぐ皆は会得した。

『オクラホマ・ミクサー』の時は、彼ならずとも女子の相手が入れ替わりで変化して来る。彼

は高宮さんが思った以上に背が低くぎこちない踊りになると感じた。田辺さんは腕を大きく振ってリズミカルなので踊っていて気分が爽快になるのを感じた。山口さんの手は温かく田辺さんの次に爽快な気分になっていた。設楽さんは意外に背が高いのを感じさせた。クラスの男で一番背の高い彼とクラスの女子で一番背の高い山木さんの時は他から見れば一番調和が取れていると見えるだろうと思われた。

女子は皆落ち着いていたが、男子の一部、背が低くまだ幼い感じの野呂や坂下らは、フォークダンスが終わるといつも手を洗いに小走りに立ち去っていた。「ああ、気持ち悪かった」と言っていたのである。彼は、『オクラホマ・ミクサー』の音楽が耳について離れなかった。初めはかなりの抵抗感があったが、毎週のようにやるので、次第に楽しみになっていたのである。

四十八

十一月の末に第三回目の業者の実力テストが行なわれた。彼は二回目よりは順番を上げるのではないか、と多少の手応えを感じた。彼は青森高校が第一志望であること、田名部高校に進まないつもりである事を誰にも言っていなかった。いずれ知られる事になるだろうが、自然の成り行きに任せておけばいいと思った。中学時代もあと四カ月かと思うと皆との別れが惜しく感じられていた。

動物の縫い包み遊びは受験勉強で忙しいとはいえ、一週間に二、三度はしていた。大相撲大会はやめ、歌手の声色で流行歌などを歌うという歌謡大会をするようになっていた。

前年の『NHK紅白歌合戦』は大変面白く、ダークダックスのゾウさんになった気持ちで『カリンカ』を一部分だけ黒の声で歌い、立川澄人が歌った『運が良けりゃ』を一部分だけ報犬の声で歌い、坂本九が歌った『見上げてごらん夜の星を』をこれは歌詞を全部覚えているので小路助の声で歌い、三沢あけみが歌った『島のブルース』をこれは一部分だけ耳頭久の声で歌った。また、6組の大目玉の中田がよく歌っていた橋幸夫の『恋をするなら』の一部分を梵太に歌わせ、ナイフの工藤が歌っていた北島三郎の『なみだ船』の一部分を三愛に歌わせるなどという事をしていた。

内弁慶の彼だが、歌は上手いと多少は自惚れていたのだった。とはいっても、大きな段ボール箱三つに仕舞われる縫い包みたちとの別れは予感していた。彼が青森市の下宿に持って行けるわけもなく、きっと母が処分してしまうだろうと思っていたのである。

期末テストも終わった。試験範囲があるので、彼は以前のようにすべての科目でクラス一番であった。

テスト期間中のことであったが、設楽さんのお父さんが交通事故に遭い亡くなったという知らせが近藤先生からあった。このような片田舎では殆どない事なので驚きが先に来て悲しみが後から追って来た。設楽さんは神妙な顔つきになり自宅に戻ると皆に別れを告げ、暫し学校を休んだ。が、戻って来た時はいつもの設楽さんで明るくしていた。彼は設楽さんに同情した。聞けば設楽さんは長女で下に小さい小学生の弟と妹がいるという。設楽さんの今後の人生は苦労が多いのではないか、と心配、同情の念を禁じえなかった。

冬休みが近づいた或る日、吉井さんが亡くなったという悲しい知らせが彼の耳にも入った。腎臓が以前から悪かったというのである。彼はお葬式に行くべきだと思った。彼は少しイヤだったが、やはり中野さんに相談した。中野さんは自宅も近く実は佐々木さんも入れて三人は幼馴染だったという。二年次以降どんどん疎遠になったのは吉井さんが塞ぎ込むようになったからだとも言った。彼とは別のクラスで三年次に吉井さんと同じクラスになっているという折戸もお葬式に参列すると言ってくれた。

お葬式が終えて、吉井さんの両親は丁寧に接してくれた。「覚悟はしていたが、やはり辛いです」と吉井さんのお母さんは彼らに言ったのである。田名部中学からは担任の大槻先生を始め3組の十人ほど、それに彼と中野さんと佐々木さんがお葬式に来ていた。

彼はあの劇の事を思い出していた。村人1をしてかえってよかったと思った。村人2の吉井さんといつも一緒で、セリフも村の窮状を村の古老に訴えに行く場面、古老のいない所で盗賊たちからの迫害を嘆く場面、出番は少なかったが、二人の息もピッタリ合っていたと思い返されたからである。

彼は「吉井さんをよろしく」という年賀状の事を思い返していた。でも、彼は吉井さんに積極的に出てどうこうするという事はしなかった。不自然な行動を彼は慎んだだけであった。吉井さんのお父さんによれば、吉井さんの亡くなる三日前ほどにあの鸚鵡が亡くなったという。この小動物の死にも彼は冥福を祈りたい気持ちになっていた。

帰り道は折戸と一緒で、黙り勝ちに歩いた。雪がパラパラと舞い降りていて、遠くに釜臥山が泣いているように聳え立っていた。

こうして昭和三十九年、一九六四年は暮れて行った。

四十九

三学期が始まった。北国なので一月中旬の始まりである。四囲は雪に包まれて、田名部中学校も教室の前の方に置かれた大きな薪のストーブで暖を取るのであった。

三年生の約半数は就職、家事手伝い、約半数が高校進学である。

第三回目の実力テストの結果が出た。彼は7番であった。目標の10番以内になれたのでひと安心であった。小野寺は1番を目指すと言っていたので、気になり聞きに行った。

「それが、また2番だった。1番は誰だと思う。同じ5組の田中なんだ。驚いたなあ。前回は

20番と言っていたが凄いものだ。織田はどうかと聞きに行ったら、4番になっていた」

「へえ、田中とはアルファか。バスケ部の背の高い男だろう。驚きだね。こっちは相変わらずダメで、7番だった」

「7番ならいいじゃないか。こっちはこうなったら田名部高校に1番で入ってやる」

そんな会話を交わしたのである。

彼は小野寺の1番を目指す事に何か意味があるのかと思い、その執念というか拘りというか、そういうものに驚かされた。また、アルファ田中が20番からの大躍進、それは、この中学の上位二十人ほどは大差のないものだと思ったのであった。

時を置かず、石坂が彼の所に実力テストの事を話しに来た。

「今回は8番だった。前より一つ落としてしまった。漆畑はまた3番だったという。いったい1番と2番は誰なんだ。高杉はどうだった」

「こっちは7番だった。1番は誰だと思う。それが5組の田中だそうだ。相当勉強したのだ。2番も5組の小野寺、4番は織田だという。これが実力テストの最後だね。順番にあまり拘らなくてもいいと思うが、気にしてしまうのはどうしてなのだろう」

「競争しているからさ。1番がアルファとは驚きだな。漆畑は1番と2番は知らずにいるが、いろいろ知っていて、4番は織田、5番は佐久本先生の娘さん、6番は竹島、7番は知らなかったが高杉だと今、分かった、8番がわい、9番は3組の菊地亘、10番が7組の星さん、そうなるんだ。これでベストテンがハッキリした。あとで漆畑に話しておくよ」

「競争か。そういえば体育祭も競争、運動部も他校と競争、何でもかんでも競争、それが学校かね。なんかそういうのが最近イヤになって来ているのだよ」

そんな会話を交わしたのである。彼はベストテンに浜田と八重樫さんの名がなかったのが気にかかったが、それが順番への拘り、学校という所は競争の場というものかと思い知らされたのである。

五十

田名部中学校では、この地方にしては今年の冬は珍しく大雪になったので、クラス対抗相撲大会と札幌市の雪祭りを真似、クラスごとに雪の創作品を屋外に作るようにと全学年各クラスの担任から生徒たちに知らされた。

相撲大会は、各組五人ずつの選手を出す事、三学年とも八クラスずつなので準々決勝から始まる。先に三勝したクラスの勝ちとなる。準決勝は四クラスずつ残り、そして各学年の決勝となる、という決まりのようなものも伝えられた。雪の創作品は、校庭の隅や中庭に作るようにと伝えられた。

6組では、相撲の選手に彼、ナイフの工藤、大目玉の中田、藤原、ラグビーをやっているというフィフティーンと綽名されている奥山の五人が選ばれた。いずれも相撲を取らせたら強そうだとされたからである。一番手に中田、二番手に工藤、三番手に彼、四番手に奥山、五番手に藤原という出場順も決めた。女子全員と残りの男子は応援するだけ。雪祭りの出し物はエジプトのスフィンクスにした。放課後、皆で少し残って制作する事にした。

相撲大会は二月の上旬に行なわれた。

初戦の6組は2組と対戦した。第一戦で中田は勝った。第二戦で相手は足立、ナイフの工藤は熱戦の末に敗れた。足立は工藤とがっぷり四つに組みじわじわと寄り切って勝った。もし彼が足立と本気で対戦したらどうなっていたかと考えたが、次は彼の出番で負けられないと思った。彼は中川という小柄の男子と対戦した。中川を一気に押し出してやろうと思った。が、中川を押し込んだところで身をかわされ、危うく土俵から出るところだった。何とか踏ん張り残り、中川のズボンのバンドを両手で強くつかみ、吊り出しで勝った。彼は危うく体育祭でのドジのような事をするところだった。油断は禁物である。四番手の奥山は勝ち、6組は準決勝に進んだ。

次は4組と対戦した。第一戦で中田が勝ち、第二戦で工藤が勝ち、第三戦で彼は楢山と対戦することになった。相変わらずズルそうな目をしていた。がっぷり四つに組んだ。そして彼は上手投げを打ったら楢山は雪の上に転がった。ものの十秒もかからなかったろう。三連勝で6

組は決勝に進出する事になった。

決勝は5組と対戦した。第一戦で中田は野球部の工藤と対戦し寄り切られて負けた。野球部の工藤は力も強かったのである。第二戦はナイフの工藤が勝った。第三戦の彼の相手はアルファ田中である。お互いに身長も伸びていたが、彼よりアルファは背も高くバスケで鍛えているうえ相変わらず運動神経もいいと思われた。がっぷり四つに組んだ。暫し動かなくなった。ここで多情の彼の視界に相馬恵子さんという一度も同じクラスになった事はないが、今1組にいるはずの可愛子ちゃんの姿が入って来た。彼女はアルファを応援しているのだろうか。それとも彼か。が、視界にはないがこちらには高宮、山口、設楽の可愛子ちゃん三人も応援しているはずだと思われた。そして下手捻りを打ってみた。アルファの左膝は雪の上に脆くもついてしまったのである。勝った、あっけなく決めたのには驚きでもあった。あと一勝である。第四戦の奥山は柔道部という中村という生徒と対戦する事になった。これも熱戦になったが奥山は裾払いで負けてしまった。いよいよしんがりの藤原の番である。相手はあのさば折りの七戸であった。藤原の修学旅行での初恋は叶わなかったが、元々筋肉が強い。体操部に入ってもいいほどで近藤先生に二年次に勧誘されたが断ったと聞いていた。中背の藤原はあのさば折りの七戸の胸に頭をつけグイグイ寄りそのまま寄り切りで勝ったのである。これで6組の優勝となった。歓声が起こった。大原は眼鏡を掛けていて眼鏡を外しての相撲はどうかと懸念されたので五人の中に選ばれなかったが、「藤原でなく、わいなら負けていたろう、これでよかった」と言って喜んだのである。

スフィンクスの方は、相撲大会に出ない大原や目玉キョロキョロの工藤がリーダー格となって見事なものにしていた。

体育祭では5組に優勝されたが、この相撲大会と雪の創作品では6組は優勝であった。近藤先生も大喜びであった。

その直後の学活で近藤先生は、クラスだけの相撲大会をやると言い出した。そこで優勝した者と自分が対戦すると付け加えた。近藤先生は柔道二段だと聞いていた。誰も勝てそうにない。が、近藤先生には逆らえず、今度はクラス内対抗相撲大会をする事になってしまった。内申書を握られていると思えば担任には逆らえないところがあったのである。

彼は、初戦は田沢と当たり、グイと引き付け吊り出しで勝った。第二戦は大原で四つに組んで内掛けで勝った。第三戦は中田でやや時間がかかったが上手投げで中田を転がした。第四戦、決勝の相手はやはりナイフの工藤となったが、四つに組んで上手捻りで工藤を雪の土俵に這わせた。

こうして近藤先生との対戦となった。休憩時間をあまり取ってくれなかったが、彼には体力がまだ温存されていた。柔道二段の近藤先生に勝てるわけがないと思えば、気楽に本気で闘えた。熱戦になった。近藤先生はしきりに小股掬いや内掛けを仕掛けて来た。が、彼は腰が重いせいか残す事が出来た。彼はその長い両手で強く引き付け、近藤先生を寄って行った。土俵際の廻り込んでの突き落としなどに警戒し、寄り倒しで勝ったのである。クラスの連中が皆見ている中でのこの勝利、時間はどれくらいだったかは分からないが二分前後の長いものであったろう。近藤先生は負けて苦笑いをしていた。

五十一

或る寒い朝、彼は母とつまらぬ事で喧嘩をした。昼休みの弁当で母の握るおにぎりは横長の小さいもの、クラスの殆どは三角形の大きいもの、彼はその三角形の大きいものにして欲しいと駄々をこねたのである。母は満州大連の生まれ育ちで引揚者、おにぎりは横長に結んだものだと言い張ったのである。彼はそれが不快で登校の際、手袋を忘れてしまった。

それに気づいたのは、細い畑道を歩き始めてかなり経っていて、引き返すと遅刻するので、手袋なしのままでいいと思っていた。すると、彼は後ろから綺麗な顔をした田名部高校の女生徒に声を掛けられた。

「手袋、ないの、冷たいでしょう。私の手袋を貸してあげる」

「いや〜、こっちは平気です」

「私、鞄の中にもう一つ手袋を持っているからいいのよ」

こう言われると彼はその名も知らない田名部高校の女生徒に手袋を借りないわけにいかなくなった。女物ゆえ彼の手には小さかったが、ないよりはましだった。彼の後ろを彼女がついて来る。この畑道の通学路は彼以外には殆どいないはずだと思っていた。彼女は今日に限っていつもより十分も早くうちを出たと言うのである。彼女は彼を田名部中学校にいる時から知っていたと言った。高杉という名である事まで知っていた。これには彼は全身が熱で火照るように感じたのであった。

彼は二人並んで歩けるような線路添いの広い道に出た所で彼女の名前を聞いた。福井美佐子だとフルネームで漢字表記まで教えてくれた。彼女は彼より一級上であるという。福井さんは彼に田名部高校に進学するのかと聞いて来た。が、そうなるでしょうと嘘をつきつつ、曖昧な返答でお茶を濁した。彼女は田名部高校に来たら、その手袋を返しに来ればいいと言った。

話はテレビ番組の事に及んでいた。彼はよくテレビを見ているので話が弾んだ。『名犬ロンドン物語』は福井さんも毎週面白く見ていると言ったので嬉しくなった。福井さんのうちではシェパード犬を飼っているからだともいう。また、福井さんは彼が欠かさず見ている『ひょっこりひょうたん島』や大河ドラマの『赤穂浪士』も見ていた。それで彼は芥川也寸志の音楽はいいと言い、長谷川一夫や林与一のセリフの真似を少ししたら、福井さんはよく似ていると言って、笑っていたのである。

こうして十五分ほどの偶然のアベックは別れる事になった。楽しい時間を彼は過ごせて幸福感に浸っていた。それにしても、福井さんは美しい響きの声をし、顔も整っていて、彼好みの女性で、しっかりした姉がいたらよかったと常日頃から思っていただけに、これは一時的なものので残念に思いながらも満足であったのである。ただ、福井さんに借りた手袋は返す手立てが思いつかず、どうしたらいいかと考えていた。

冬は教室の前の方にある大きなストーブを囲んでの談笑が楽しみであった。牛乳給食しかなく、昼休みはストーブの上に置かれた大きな金属の盥の湯の中に並べられた牛乳瓶からの匂いで教室はむせかえっていた。談笑といっても、男同士、女同士が常日頃のものであったが、或る時、彼と目玉キョロキョロの工藤、山木さんと設楽さんの四人がストーブの周りを陣取っていた。

「私、社会が5点なの、百点満点のたったの5点、心配だ」

設楽さんが高杉の方を見ながらそう言った。

「ええ、5点、先の実力テストか。でも入試は総合点だと聞いているよ。大丈夫でしょう」と彼が言った。

「そう言ってくれると少し安心する」と設楽さんが言った。

「設楽は心配性なのよ。高校は内申書も見るというから大丈夫だと私からも言っているの。……でも私、決めた、高校に入ったら」

山木さんがゆっくりとした口調で話を変えて言い出した。

「何を決めたんだよ」と工藤が聞いた。

「それは言えない。今は秘密だから」とだけ山木さんは答えた。

「部活動か、それなら言ってもいいではないか」と彼が言った。

「部活動ではないの。もっとロマンチックな事よ」

山木さんは彼の方を見ながらそう言い返した。

「私、ある程度知っている、山木も女の子よ」

と設楽さんが言った。

「ああ、もう五時間目が始まる」

そう工藤が言って、この四人による短いストーブ談義は終わってしまった。

五十二

いよいよ高校入試シーズンとなった。

二月中旬に彼は、織田、竹島と一緒に青森高校受験に際しての滑り止めとして或る私立高校を受験するため、弘前市に赴いた。この一泊二日の引率は理科のタコチュウと綽名がついている斎藤先生がしてくれた。タコチュウというのは、眼鏡をかけた斎藤先生がしょっちゅう唇を丸め鼻の下にくっつけるようにする仕草がタコに似ているところからの綽名だと容易に想像が出来た。おそらく幼い時分からの癖で、中年になった今も直らないので、癖とは恐ろしいものだと彼は思ったのである。

弘前市での丸一日かかる五科目の入学試験の前の日、旅館での夕食後に、四人は集まっていた。

「織田は将来何になりたいかな。医者がいいと思う」

タコチュウが突然そう言い出した。

「いや〜、わいのうちは商売人の家系だから、医者なんてとんでもないです、それに医者になれるだけの学力はないんで」

織田は照れ臭そうにそう言った。

「そうじゃないよ。この三人のなかで一番出来るし、医者がいい」

タコチュウは矢鱈と織田を贔屓にした。

「竹島はエンジニアがいいかな」

「先生、そう言ってくださるのは有難いです。父はエンジニアなので、将来は父のようになりたいと思っていたので」

竹島は織田と違い、タコチュウにそう言ってもらったことに満足げであった。

「高杉は、まあ、サラリーマンだな」

タコチュウのこの人を見下したような言い方に彼はムッとした。が、反論など出来るはずがない。ただ黙っていた。彼はタコチュウのような中学三年生を相手にしてその将来を決めつけるような教師を軽蔑した。生徒に将来何になりたいと尋ねるのならいい。かといって、彼は平凡なサラリーマンにしかなれない学力の持ち主とタコチュウに見られているのを悔しく思った。また、もし将来何になりたいと聞かれた場合、それを持ち合わせていない事も不甲斐ないと思った。

タコチュウはそんな事だけ言って、自分の部屋に戻って行った。

彼は弘前市行きで6組の連中には彼が青森高校を目指している事が近藤先生から明るみにされたと思った。

その数日後、この滑り止めの私立高校の合格発表があって、三人とも合格の知らせを受けた。

そして二月下旬に青森高校受験となった。三人はまたタコチュウに引率され青森市に二泊した。二日間の九科目で試験があり草臥れた。旅館ではタコチュウは織田と多く話し、自分の部屋にそそくさと戻るだけであった。帰りの列車の中では受験生三人に弾んだ会話はなかった。ずっと緊張感で神経が昂っていて、まだ合否も分からぬから当然の事であったろう。

青森高校の合格者発表はラジオで受験番号のみで行なわれた。彼は十三番である。十二番が織田、十四番が竹島である。彼らのような学区外受験者は若い番号となっていて、一つの教室で行なわれたのであった。ドキドキしないわけはない。が、三人とも合格であった。ホッとした。

五十三

三月に入り、期末テストが終わると残すのは卒業式のみとなった。彼にとってこの時期は特別であった。もう6組の同級生とはおそらく二度と会う事がないだろうという思いに駆られていた。

近藤先生は最後の学活の時間に、「IQを知りたい者には教えてやる。前に来い」、と思いもしなかった事を言い出した。殆どの者はそんなものどうでもいい、知りたくもないとしていた。が、彼は知っておくのも悪くはないと思った。結局、大原、彼、山木さんが聞きに行った。大原は九十八しかないと落胆していた。彼は百三十六と知らされた。山木さんは百四十二で、彼は負けたと思った。が、あまり悔しいとは思わなかった。

近藤先生は最後に『赤いハンカチ』を歌うのではないかと思われたがそれはしなかった。田名部高校に行く者は隣にあるから時々はこの中学校に遊びに来なさいとだけ言った。

高本は大阪の町工場で旋盤工になると言った。その住所も分かっていたので、双方から文通しようと約束した。

ナイフの工藤、大目玉の中田、沼田、田沢らはうちの農家の仕事を手伝う事になっているという。

能登さんは看護婦になるため八戸市の看護学校に行くのだという。

大原、藤原、目玉キョロキョロの工藤、山木さん、設楽さん、山口さん、高宮さんらクラスの約半数は田名部高校に進学する。

他のクラスでは、折戸は名古屋の大きな工場で働く事になったと言っていた。彼には「高杉、お前は高校でスポーツをやればいい。それで完璧だ」とアドバイスめいた事を言っていた。これには彼も「ぜひそうしたい」とだけ答えておいた。

卒業式は三月の中旬に行なわれた。クラスの総代がいて校長先生から壇上で卒業証書をもらうのである。6組は大原である。彼はこの総代になれなかった事を悔しく思った。あの数学の授業ボイコットがいけなかったのか、いやいや彼は見かけ倒し、人望がなかった、それだけの事かとも思った。5組の総代はアルファ田中、これは勉学とスポーツが両立している模範生である。当然だろう。1組の総代は漆畑でなく津山であった。必ずしもお勉強が出来る子が総代になっていない。勉強一筋ではダメだと思い知らされた。

五十四

中学の卒業式を終えると、皆にとって人生の大きな節目でもあるので、比較的長い春休みに入っていた。

彼は、先に田名部高校の福井さんに借りた手袋を返す手段に思い悩んでいたが、高校一年の夏休みには田名部に帰省するので、彼女の自宅はここからは近いはず、シェパード犬を飼っている家を探し訪ね、直接お礼を言うのもよいと思った。内向的な性格の彼にとっては大胆な思いつきだが、借りたままには出来ないと思ったのである。こうして個室の机の引き出しの一番下の奥に小さい薄青い色の紙袋に包んでしまっておいた。

彼はもうじき田名部を去り、青森高校に入学する。本当にこれでよかったのかと思った。田名部高校への進学の方が明るく楽しいものが期待出来たのではないか。青森高校は彼より勉強が出来るのが多くいるはずだ。勉強についていけるかも心配である。

結局、田名部中学校では本当の親友といえる者が出来たとは思えなかった。小野寺にしても所詮はお勉強の競争相手に過ぎなかったように思った。高本や折戸は中卒で就職する。高本とは文通の約束をしたが長く続くかは疑問と感じていた。ガールフレンドも出来なかった。田名部高校に進学していれば、難しそうだが高宮さん、あるいはボーイッシュな設楽さん、あるいは彼を好いているように思う山口さんのいずれかとのラブロマンスがあり得るようにも思った。いや、一つ年上だが話しやすかった福井さんとの間に恋愛が芽生えたかも知れないと夢想したのである。

五十五

彼は暇に任せ、この際、卒業式当日に配布された田名部中学校の卒業アルバムをじっくりと見てみようと思った。

赤い表紙は分厚い横長の段ボール紙で、まだら模様の鱗地で装丁されている。赤いというよりは薄赤である。校章は校歌の一節にもあるように五三の桐で、金箔で塗られている。右下には1965と算用数字でやや斜め字で横にこれまた金箔で押されている。左端に二つの穴があり黄色と橙色の中間のような色の紐が通されている。折り目があり左に開くと扉になる。凝ったものだと思った。

扉を開くと見返しの薄いブルー地のやや厚い紙があってそれを繰ると内表紙となる。昭和40年3月　第18回卒業生と右上に横書きで印字され、大きく卒業記念と横に印字されている。やや右下には市立田名部中学校とやや大きな文字で横に印字されていた。背景はセピア色の地で菊のような花の写真となっていた。彼にはこれも洒落たもののように感じられた。

写真の最初のページには校長先生の写真、小さく教頭先生の写真、正面玄関を真ん中にして右斜めから撮影した校舎の写真が上の方にあり、下の方には職員一同の写真、右端に校旗の写真、都合五枚の写真が載っている。

校舎の写真では釜臥山の頂上付近が台形の形で校舎の後ろに写っているのが見える。釜臥山はこの町の象徴である。

彼は職員一同の写真に目を凝らしてみた。前列には校長と佐久本学年主任を真ん中にして左右五人ずつの先生方が椅子に座っている。両端は女の先生が二人、右端は年配の家庭科の先生で、左端には『こきりこ節』の対馬先生が座っている。近藤先生は背広ネクタイ姿だが、怖い眼つきで写っていた。両端の5組と7組の担任の先生が近藤先生を避けるようにその身体を斜めにしているのが気になった。彼の気のせいか、近藤先生は三年生の教員団でのはぐれ者的存在だったのではないかと思われた。数学の授業ボイコット事件をけしかけたのは近藤先生である。朝のホームルームに石原裕次郎の『赤いハンカチ』をその鼻を膨らましながら何度も歌っていたのも近藤先生だけである。学活でしょっちゅう生徒にフォークダンスをさせていたのも近藤先生だけである。もしかしたら、初めてのクラス担任だったのか。二十七歳の独身と言っていた。教師失格に近いだろう。が、生徒たちをバカにして自分の学歴を鼻にかけ、6組の授業を途中放棄した須郷先生こそ教師失格だったと思えて仕方なかった。彼にはフォークダンスはずっと思い出に残ると思った。約半数は中学で卒業する。高校に進学する連中はフォークダンスを高校で体験するかも知れないが、中学で卒業した連中はフォークダンスを体験する事はその後の人生でまずないと思われた。ちゃんと近藤先生はクラスの「和」という事を考えていたのではないだろうか。

二列目には須郷先生と有田先生が隣り合わせで写っている。彼にとって悪い因縁の先生たち、二人は仲がよかったのか。やや離れて社会科の葛西先生も写り、左端に田畑先生が背広、ネクタイ姿で写っている。おそらく二年生の担任たちではなかろうかと思った。三列目には花田先生や乳井先生が写っていた。三列目は一年生の担任たちのようにも思った。校長を除くと三十四人、果たしてこれだけの数の教員で全学年二十四クラスの授業をまかなえていたのであろうか。とても無理そうである。だからといって体育の近藤先生が中学三年の数学を教える、酷い事ではないか。

五十六

次のページからはクラス写真になっている。

まずは3年1組から3組までである。写真に対応して氏名が書かれていないので、見覚えのある顔も誰かは確実には言えない。殆どが初めて見る人のように見えてしまう。

1組から3組までは校舎を背景に野外で撮影したものである。

1組の担任はあの美術の小笠原先生であった。あのビンタ中途半端は、暴力は悪いが、してはいけなかったと思う。1組には漆畑がいて、彼の肩に佐久本先生が両手を添えている。佐久本先生の贔屓は漆畑であったか。また、相馬恵子さんが一際目立っていた。それにしても相撲大会で彼かアルファ田中か、どちらを応援していたのだろう。津山も明るい笑顔で写っていた。

2組は、国語の水口先生が担任であった。浜田と一戸さんは同じ2組であった。修学旅行で二人だけのところを目撃されていたが、これは修学旅行の一時的なものであったかも知れない。修学旅行後に校内で二人だけの場面は見たことがなかったからである。また、「しろみず、じゃあ〜」の成田もいた。なんであの時5組の教室に紛れ込んでいたのか。笑顔が植木等に少し似ていたが、「しろみず、じゃあ〜」の奇声は何の為だったか不可解のままである。

3組に吉井さんがいないのは残念である。が、前列の男子の中に荒川譲らしき生徒が写っているのを発見した。譲は少年院か少年鑑別所か分からないが、そこから戻って来ていたのである。その時期は分からない。何かしら嬉しい発見であった。折戸もいた。

次のページには4組から6組までの教室内で撮った写真が載っている。

4組の担任は理科の斎藤先生、タコチュウである。織田が写っている。ははん、タコチュウが織田を贔屓にしていたわけが今になって分かったように思えた。また、八重樫さんが写っている。ひょっとしたらこの中に楢山がいるかもしれないと思って捜してみたらやはりいた。八重樫さんと楢山は修学旅行で二人だけの時があったが、これも一時的なものだったのかもしれない。その後校内で二人だけのところは見た事がなかったからである。

5組には小野寺、アルファ田中らの姿があった。体育祭優勝と書かれた小さ目の三角形のペナントを前列の女子三人が持っている。背景は黒板の上には五枚の賞状が大きな模造紙に纏めて掲げられていた。隣の角部屋教室の5組はもっと生徒数が多いと思っていたが、それは勘違いで、四十人ほどで意外に少なく、驚きの発見であった。

6組は、生徒数が三十三人であった。これには改めて驚いてしまった。極端に生徒数が少ない。教室が狭い事でこの人数であったのだろうが、それにしても教師の抑えが利かず私語の多いクラスであった。三十三人学級ながらも問題学級だったと言える。女子前列は近藤先生の隣が能登さん、その隣が設楽さん、そして山木さん、田辺さん、山口さんの五人が椅子に腰かけている。能登さんと設楽さんが体育祭準優勝のペナントを持っている。この人数でよく準優勝になれたものである。運動神経のよい生徒が多くいたのだろう。高宮さんは三列目にいる。女子の主流派は山木さんグループであったろう。高宮さんは女子であるいは浮いた存在だったのかもしれない。男子は背が一番高い彼は何故か二列目にいる。丸刈り頭で口元にやや締まりがない。が、秀才然とした容貌であるには相違ないだろう。背景は黒板の上に「和学進」と綺麗に墨書きされた横書きのものが目立っている。「和」はともかく何が「学」「進」か、授業ボイコット事件を起こして、と思ったが、その綺麗な墨書き文字は生徒では書けない。近藤先生の筆によるものとしか考えられないと思った。近藤先生の6組にかける熱意の表れだったのかも知れない。

次のページは7組と8組の教室での撮影写真、そして3年職員一同の写真が載っている。7組は、背景に「前進」の一文字だけを掲げたものがあり、目立っていた。堀合さんと星さんと志摩は小6も同じクラスで偶然にもここでも一緒であった。その学活の時間はさぞ活発だったろうと思わせた。さらに修学旅行で他校との喧嘩を見事に仲裁した安井くんもいた。ナイフの工藤の話だと、田名部中学校の番長は安井くんだという。普段目立つ不良はチンピラという事だろう。安井くんは硬派に違いない。担任は技術の男の先生である。

8組にはハーフの渡辺さんや石坂の姿があった。また、皮肉な事に一年生で同じ1組であった二本柳と加藤がまた一緒のクラスになっていた。背景はその中央部にはミケランジェロの絵のデッサン画が三枚掲げている。担任は美術担当ではない数学の男の先生なので生徒側から自発的に掲げたものだろう。これは個性的である。

3年職員一同は佐久本先生を除くと十人、おそらく副担任として対馬先生と眼鏡をかけた若い英語の楠美先生が写っていた。また、佐久本先生と7組と8組の担任はタバコを手に持っている。ロングピースというタバコの円柱形の缶が机の上に置かれている。職員室でもタバコはスパスパと吸われ、きな臭い匂いで充満していた。

五十七

次のページには修学旅行のスナップ写真が六枚載っている。

佐久本先生、近藤先生、タコチュウ先生ら五人が弁当を食べているスナップ写真がある。近藤先生は一人笑っている。どんな話題だったのだろう。この写真の近藤先生の笑顔はいい。

アイヌ部落での講話を聞き入っている生徒たちの写真がある。2年6組の時に後期の学級委員長となった津山がその中にいて楽しそうに笑っている。笑っている者が多い。作り笑いではない。本物の笑顔は人を和ませる。

札幌市の泉の像の写真が中央部に円形で載っている。レイアウトがいいと思った。

次のページは体育祭のスナップ写真八枚である。

「阿呆の二乗」と小見出しのつけられたものは3年6組の阿波踊りである。前列右の先頭で両手をぶらぶらさせているのは、笠を被って顔は見えないが、それは彼に相違ない。同じ恰好をした者たちが阿波踊りを真似て連ねている。

釜臥山をバックにして百メートル競走のスタートライン模様のスナップがあった。第二コースでもうフライングをしそうになっているのは彼に相違ないと思った。やがて転倒するのはスタート時から決まっていたように思えた。

五輪音頭の「4年たったら又、会いましょうと……」と小見出しのついた写真は壮観、グラウンドを全校生徒が踊りを踊りながら行進している。東京オリンピックの前景気はこんな片田舎の中学校にまで浸透していたとみるべきであろう。

その左にある全校生徒による準備体操のスナップも壮観である。全校生徒は写らないが、かなりの数の生徒が白い体操着を着て両手を斜め上に上げて全身を後ろにそらしている。なかなかいい。

次のページは文化祭である。

合唱部のスナップがある。山口さんの姿がある。が、何を歌っていたかはもう忘れている。小見出しには、「美しい声は郡一、県三位」とある。大したものである。

五十八

次のページからは部活動のスナップとなる。

生徒会執行部は、「行政機関の面々」という小見出しがつけられている。男子三人に女子三人、あとは顧問の教員二人である。浜田と小野寺は当然写っている。が、多情の彼は一人の女生徒に目を凝らした。好きなタイプ、おそらく二年生だろう、名前はむろん知らない。仮にX

さんとしておこう。彼は生徒会執行部に入っていたら、きっとこのXさんに恋をしていただろうと思った。

図書委員会には右端の方に一年生の彼の妹の時子が写っていた。その脇に6組の藤原がいた。5組のアルファ田中も左端の方にいた。そしてなんとXさんも写っていたのである。

放送部には能登さんと堀合さんの姿を見出していた。堀合さんは運動部関係と思われたが、放送部、何か変化があったのだろうという気がした。

バトンガール、ブラバンには、バトンでまたもXさんが写っていた。設楽さんもバトンのはず、これは実際に見た事がある。が、設楽さんの姿は写真にはなかった。

新聞部では石坂と星さんの姿が見られた。

合唱部は三十人ほどの大所帯であった。男子は少ないが、竹島がいた。女子では山口さん、田辺さん、八重樫さんらがいた。顧問は男の音楽教師である大瀬先生がメインで、女の音楽教師である若い対馬先生はサブという感じがした。賞状を二枚手にしている。活発な部だったのだろう。

次のページに目を移した。家庭部には真手さんが写っている。彼が画いた似顔絵は確かにそっくりだった事が思い返される。

美術部には浜田が写っている。部員は十人ほどだが、顧問は小笠原先生ではなく、メケメケと綽名された、名前を思い出せない芸術家風の美術の教師である。背景にレオナルド・ダ・

ヴィンチの『最後の晩餐』を変形した大きなデッサン画が掲げられていた。部員に3年8組の者が多かったたか。

園芸部は女子六人のみ。顧問は二人、うち一人はあの有田先生だ。彼には少しも面白くなかったベコの糞踏んづけ話だけが思い出に残ると言ったら失礼か。

写真部は男子九人、その中に沼野がいた。そして金村と七戸が沼野の脇にいた。沼野、金村、七戸はいずれも背が高い。小6時代からの三人組だったと見ていい。なお七戸の隣になんとアルファ田中がいる。文武両道というのをやっていたのはこのアルファ田中が群を抜いていたといえよう。

郷土研究部には彼が写っている。三十人ほどの大所帯であった。顧問はむろん葛西先生。彼はこの部活動には熱心ではなかった。もっと積極的になるべきだったと反省しても後の祭りである。

化学部は男子四人だけである。小野寺がいた。顧問は3年5組の担任で、理科担当の三浦先生である。三浦先生は小野寺を贔屓にしていたのかも知れない。

五十九

次のページは運動部の六枚の写真が載っている。

バレー部は男女半々の四十人ほどの大所帯である。田畑先生が顧問である。男子は優勝の賞状やカップを持ち、女子は準優勝の賞状やカップを持っている。大したものである。

陸上競技部には能登さんと混血の渡辺さんが並んで写っているのが目立つ。能登さんはいつ入部したのだろうか。二人はおそらく短距離が速かっただろうと思われる。男女合わせて二十人ほどの部員。顧問はなんとあの近藤先生であった。

野球部はむろん男子のみ二十人ほど、5組の工藤と6組からは西田、四番バッターの体格のいい山本のユニフォーム姿が目を引く。

バスケ部は小見出しで、「籠　ロー球部」とされ、男女合わせて三十人ほどの部員、女子では一戸さんの姿があり、男子では大原、アルファ田中の姿を見出せる。顧問は男女一人ずついた。大きな優勝盾とカップは二個持っている。凄いではないか。

テニス部は男女合わせて三十人ほどの大所帯である。顧問はなんと美術の小笠原先生であった。高宮さんは写っておらず、その理由はどうしても分からない。

柔道部はむろん男子のみ十五人、顧問は音楽の大瀬先生、合唱部とそれに生徒会執行部の顧問も兼ねていたことになる。音楽を大瀬先生に教わった事がないのが残念である。「ムサベツ級の優勝をめざして」と小見出しにあるが、大きな身体の生徒はいない。それでいて優勝のカップと賞状を持っているのは体重のあまり重くないクラスでのものか。

次のページに卓球部が載っていて部員は男女合わせて二十人ほど、優勝カップもある。顧問はなんとタコチュウであった。

体操部もあったはずだが、写真はない。彼の一年生の時の担任だった花田先生が平均台に乗って練習している姿を彼は見た事があった。山口さんは体操部でもあったはずで、花田先生が女子の顧問だったはずだ。男子は近藤先生が顧問をしていただろう。部員数が少ないのでカットされたものか。それでも三年生で部員がいたら写真を載せるべきだったと思う。

こうして見てみれば田名部中学校は運動部が大変盛んであった事が分かる。練習も厳しいものがあったに相違ない。彼はテレビを観たく、また動物の縫い包み遊びがしたくて、運動部には入らず、早い帰宅をしていた。が、それでよかったと思う。好きな事をしたからそれでいい。

卓球部のあとは遠足、球技大会、応援団などの写真が載っている。雨の中を走る長距離走の選手が一人走っている脇で自転車に乗った近藤先生が伴走している小さなスナップ写真があった。その生徒は楢山に見える。近藤先生は教育熱心な教師だったと見えてしまう。

あとは五枚、灰色地の、めいめい好きなスナップ写真を貼ってくださいといっているようなページとなって、おしまいだ。

それなりに立派なものだといえる。彼には有意義な暇つぶしになった。こうして彼は田名部中学校の卒業アルバムを徐に閉じた。

六十

彼が青森市に出発する三日ほど前に駅前の例の映画館に『北国の街』という日活映画が掛かっていたのを独りで観に行った。互いに汽車通学の高校生の男女交際、不良といわれる男子高校生の心意気といったものが出ていて面白かった。汽車通学といえば高宮さんをすぐ連想した。が、ここの女主人公は何か難病を抱え長く生きられない事になっていた。愛と死か、こういうのでないとロマンチックな純愛にならないなあ、と思った。田名部中学校の女生徒も多く来ていたが知っているのはいなかった。

後年の彼はこの映画をレンタルビデオで観て、原作の富島健夫の『雪の記憶』を読んだ事がある。小説の時代設定は敗戦直後、主人公の海彦は、朝鮮からの引揚者である父に伴い、北九州の旧制中学校に転入したのであった。その父は親戚などから厄介者にされ、無気力で失意のうちに死んでしまう。ふと、彼の母の父、母方の祖父もこの小説の中の海彦の父のようになって早死にしたのではないかと連想したものである。原作の海彦と雪子の恋愛はあまりにとんとん拍子に運び、何か夢物語のように思えた。二人はしょっちゅうキスをしている。が、一線は越えない。一線を越えるなら結婚しかないとしている。彼のような戦後ベビーブームの団塊の世代も同じような恋愛観、結婚観を持っていただろう。映画は、当時人気絶頂の舟木一夫が海彦役なので、雪子役の和泉雅子とのキスシーンはない。キス寸前のシーンはあるがキスは避けている。原作ではT（豊津）中学創立以来の乱闘事件があり、新聞でも報じられたとある。T中五年のW（和田）を首領とする十五人とT中四年のF（藤田）を首領とする十三人が神社の境内で、ドスなどで乱闘、一人の死亡者と五人の重傷者を出したという。彼は敗戦直後の世相の中なら実際あり得た事のように思えた。映画での藤田役は山内賢、原作通り素手で闘い、それも一対五ほどのもので、和田らに勝つのである。この映画の真の主人公は山内賢と思わせた。映画の脚本は倉本聰であった。原作の麦畑が際立つ北九州から、長野県飯山の新制高校に舞台を移している。倉本聰らしい改変だと思った。ともあれ、彼は映画『北国の街』とその原作の『雪の記憶』を面白く、何度も観、夢中で読んだのである。

六十一

彼が青森市に旅立ったのは三月三十一日であった。青森市での下宿は父が知り合いに頼んで決めていた。小さな荷物はすでに送られていた。動物の縫い包みたちはもちろん持っては行けない。彼は前の日に永遠の別れを覚悟で名残を惜しんだのである。青森市に着いたら青森高校の近くにある黒崎という下宿をやっている家に行くのである。行き先のメモを持たされているので辿り着けないとは思わなかった。

彼は朝の八時半頃、家を出発して、三年間通い慣れた畑道を歩き、国鉄の線路添いの道を歩き、田名部高校前の駅から列車を待った。

列車に乗って次の駅は下北駅である。

下北駅に停車したら、窓の外に見覚えのある女生徒が私服で二人いた。下北駅構内の外の柵の向こう側に二人並んでこちらを見ていた。

それは何と山口栄子さんと一戸美子さんである。

彼を見送りに来たのであろう、二人は笑顔で一生懸命に手を振っている。「お元気で」と声を揃えて言っているようにも見える。

彼の視線と二人の視線は、やや離れているものの、ピタリと合っていた。

彼は列車の窓から二人に目礼し、照れながら笑顔になって少しだけ手を振った。

停車時間は短く、列車はゆっくりと発車した。列車の座席に座り直した彼は不思議な快感に浸っていた。

彼は出発の日時を誰にも言わなかったはずである。どうして二人は知っていたのだろう。偶然にしては出来過ぎではないか。でも、これは紛れもなく、現実の事であった。

また、山口さんと一戸さんの二人が一緒のところは初めて見た。この取り合わせ、二人はあるいは第三田名部小学校からの同級生で家が近かったのか。てんで分からない。

しかしながら、山口さんと一戸さんが彼を笑顔で手を振って見送っていた事は、決して夢や幻のものではなかった。むつ市との別れがこういうものであった事はこの上なく嬉しかった。

朝の釜臥山からふきおろす風は爽やかであった。

六十二

今やすっかり白髪頭となっている彼は、今から丁度四年前の、令和元年の夏の終わり頃に、むつ市を訪れていたのを思い返していた。

田名部川に架かる橋のたもとから眺められる釜臥山は昔のままであった。橋のたもとに佇むこと数分、五十五年ぶりに見る釜臥山であったが、昔と少しも変わらず、心を和ませ、暫し至福の時を過ごした。

彼は自分の家があった所が今どうなっているのかを確認したく思い、S町通りを南下して行った。道々にあった湧き水の水飲み場は一つも残っていなかった。もし残っていれば、あの美味しい味は彼の味覚がまだ覚えているはずなので残念で仕方がなかった。また、国鉄は田名部まで通らなくなって久しいので高架線もなくなっていた。柵もない列車線路の上を歩いた事もあの頃の記憶にだけしか残っていないのである。

営林署、その官舎も跡形もなく残っていなかった。彼の父はもう他界している。父は生前、この事は分かっていたはずだが、日本の林業の衰退を嘆くという事はしていなかった。転勤族という言葉があるが、彼の父はまさにそれで、ただ、むつ営林署時代は実に楽しかったと彼に言った事がある。あの大麻雀大会、主催者であった。彼の知らない様々な楽しい事が他にもあったろう。つい父の事を思い返してしまう彼なのであった。

彼はまたS町通りを北上して行った。小野寺くんの家である雑貨店はもう残されておらず、別の近代的な建物になっていた。その斜め向かいの星さんの家は誰も住んでいない廃屋となっていた。おそらく大抵は都会暮らしとなっているのだろうと思った。

だが、いまだに昔ながらに残っているものもあった。小野寺くんと折戸くんで小学校の帰りに時々寄った古いお寺はそのまま残っていたのである。彼はその境内に入ってみた。夏の終わり、寂しさだけが漂っていた。そしてあの頃の皆はいったいどこへ行きどうなっているのだろうと、少し感傷的な気持ちになった。

むろん田名部中学校を卒業した後も交際が続いたのは数名いた。その消息に、官公庁のお役人になり叙勲（瑞宝中綬章）された者、弁護士になった者、薬剤師になった者、事業で大成功をしたが一転破産した者、プロのキックボクサーになるやすぐにノックアウト負けで家業の牧場を継いだ者、東大卒の男と結婚した者、市会議員をしている者、などなど実に様々な人生を歩んでいる。彼のように大学院に進学し、高校教師を十数年やってから大学の教員になった者もいる。が、人生はその職業でそのよしあしが決まるものではない。彼とて大学教授といえば社会的地位の高い職業に就いていると上辺では言えるが、今や大学教授は掃いて捨てるほどいて、何も偉いとは言えない。要は、人生いかにいくべきか、確立させた自我、自己にいかに忠実に生きられたかどうか、にその価値があるのではなかろうか。

テストの点数やスポーツ競技の順位、競争原理に突き動かされて来たのが中学生時代からだったとすれば、彼のように学業成績を大幅に低下させた者もいたが、それに見合うプラス面もあったのではないかと思う。田名部中学校の場合、この義務教育で終え就職した者は約半数いる。経済的な理由から高校に進学出来なかった者もいただろうが、多くは学業成績で劣る者たちであった。そして多くは肉体労働に就いたろう。十五歳、その学業成績でその人生を選別されてしまった。これが学歴社会というものか。彼は所謂不良と呼ばれている者たちとも親しく付き合った。悪人は一人もいなかった。皆、善良であった。人間を学歴で見る風潮はやめにしてほしい。

中学生が接する大人は親、親戚など血族、近所の人、そして学校の教師であろう。彼は近藤先生の消息をある程度まで知る事となった。確かに型破りな所があったろう。暴力教師でもあった。大抵はダメ教師の烙印を押すだろう。が、彼はあの3年6組の生徒であった事を懐かしくも印象深く思うのである。『赤いハンカチ』、『オクラホマ・ミクサー』の近藤先生がいたからの事であった。思春期の頭が鈍くなる経験もした。そしてさらに年齢を重ねての青春期は性欲という魔物がさらに頭を鈍らせた。中学時代は性の目覚め、性欲という魔物との闘いのとば口に過ぎなかったのである。近藤先生は彼らと一回り上の丑年生まれであった。それで独身、辛いものも抱えていたろう。まだ存命中であっても何らおかしくない。が、彼は近年この近藤先生がすでに亡くなっていると風の便りに聞いた。

誰もいない寺の境内で彼はこのような物思いに暫し耽っていたのであった。

六十三

さらにS町通りを歩いて行くと、学習塾が三、四軒は出来ていた。彼がむつ市に住んでいた時代にはなかったもので、数十年前の子供たちから受験戦争が過熱化している事の証左だと思った。競争、競争、彼の中学生時代もそれはあったが、今ほどではなかった。高校、大学の極端なランクづけ、グローバル化社会で英語などの外国語の能力が重視され、留学体験を推奨している。ＳＮＳをやらない彼は、もう縄文時代人といってもいい。夏の残光を浴びながら、彼はもう自分が時代のスピードについていけない老人になったのかと思いを深めたのであった。

次に第二田名部小学校に行ってみようとした。が、どうしても見当たらないので道行く地元の年配の人に聞いてみた。やはり移転し、今はその跡地は公園になっていると教えてくれた。少子化で廃校にはなっていなかったのはよいが、移転された小学校の前に来ると、車が行き交う幅広の道路に面して建てられていた。ああ、あの丘の上の小学校が何とも風情があってよかったと、またしても感傷的な気持ちになったのである。

もう国鉄の田名部駅は当然ながら残っていない。近くにあった映画館も当然ながらない。吉井理髪店ももう残っていない。が、Mデパート田名部支店は残っていた。とはいえ、こんなにも小さい建物だったのか、と大人目線と子供目線の違いを改めて痛感したのであった。

Y町通りに出た。この通りは田名部の繁華街であった。昔の面影が幾分残っていたが、都会生活に慣れた彼にはやはり田舎じみて見えるだけであった。Y町通りを南下し右折すれば、田名部神社がある。田名部神社はこの町で最も大きな神社である。境内に入ってみると昔ながらの風情を感じさせた。

彼は田名部神社の向かいの小路から奥の方に入ってみた。初めて足を踏み込む所である。そこはなんと歓楽街であった。小さなバーが折り重なるようにして百軒ほどもあるようだった。が、大半は店を閉じていて、ケバケバしい看板だけが目立っていた。彼の子供の時代からあったものだろう。人口四万の都市、今の人口もそれくらいと知っていたが、昔はこの小さなバーが立ち並ぶ歓楽街が夜になると活気づく。少年の彼が知らなかった世界を今発見して、あって当然だった、そう思われた。今も営業しているらしい飲み屋や古びたバーなども僅かに残っていた。早くも開店の準備をしている店もあった。今は近代的な大きな飲食店や全国チェーンの居酒屋が表通りで堂々と営業している。裏通りの歓楽街、昔の歌謡曲の歌詞を偲ばせるが、もうこういう世界はなくなって行く。いや、すでになくなっているのだと痛感させられた。

肝心の田名部中学校の今現在を見たいと思った。彼の住まいの細い畑道はもう残されていないのは先程確認していた。小綺麗な住宅が立ち並んでいた。あの菜の花畑ももうなかった。まして野糞が出来るような所もなかった。それは予測通りで、田名部川に架かる田名部橋の所に戻り、西に真っ直ぐの道を直進していけば田名部高校、そして田名部中学校があるはずだ、と足を進めて行った。田名部高校は昔ながらに大きく見えた。やっと田名部中学校の前に来た。昔はなかった大きな道路が田名部高校との境に通されていた。

ここに彼は一時間ほども佇んだり、うろついたりしていた。当然あの木造の校舎は鉄筋の見た目もよい校舎に建て替えられていた。もう二学期が始まっているようであった。喧しい教室もあった。ははん、私語が多く教員を困らせている教室もあるのだと思った。あの3年6組の事を少し思い返していた。彼のいた3年6組の位置はすぐ分かったが、もう教室となっていないようで静かな何かの部屋に変わっていると思わせた。グラウンドを金網越しに眺めて見た。ああ、体育祭の百メートル競走で彼が転倒、ビリだった事が甦って来た。あの時の近藤先生の少し笑った顔も思い返された。改築しているがグラウンドは昔を偲ばせていた。彼はまたこの建物の正面に立ってみたりした。学校関係者が彼を見たら不審者と見るだろうとも思った。いや、ただ、建物の周りをぶらぶらしている老人、不審者と言うよりもボケ老人の徘徊と見られるのではないかとも思ったのである。とまれ、ここも少子化で廃校とはなっていなかった。何かしら嬉しい気分を味わっていた。

六十四

こうして彼は時間をかけて下北駅まで歩き、タクシー乗り場から宿泊しているホテルへ向かった。下北駅は昔より立派で近代的な装いをしていた。下北観光の起点になっているので当然である。

彼はタクシーの運転手に話しかけてみた。

「中学生の頃、田名部に四年ほど住んだ事があるのですよ。随分変わったなあ」

「そうですか。私は生まれた時からずっと田名部に住んでいます。何も変わっていないと思いますがね」

「そんなものですか。第二田名部小学校も移転したではないですか」

「ああ、私はあそこの卒業生ですよ。丘の上にあったなあ」

「田名部中学校も、当然だが、もう木造でなく、立派な校舎になっているではないですか」

「私も田名部中学校の卒業生です。鉄の正面玄関が印象的だったなあ」と聞けば彼より僅か四歳下の運転手はそう言ったのである。

「こっちは田名部にほんの少ししか住んでなかった。運転手さんが田名部は昔とあまり変わっていないというのならそうなのかも知れない」

運転手さんとの短い会話はここで途切れてしまった。

彼は翌日、下北駅から青森市に向かい列車に乗った。青森市での幼少年時代、そして青森高校時代の事、そのゆかりの地に約半世紀という長い星霜を経て行ってみる事にしたのである。

筒井のあれすさぶ風

一

最近、日課にしている愛犬との散歩の途次で気づくのは、近所の県立SN高校の生徒たちをまるで見かけなくなった事である。それもそのはず、昨年の年末頃、新聞の地方欄にSN高校は近隣のS高校と統廃合され、県立YS高校としてスタートすると書いてあったのを思い出した。超少子化社会はこのようなささやかな日常の一風景にも痛感させられる。

齢七十三の俺は団塊の世代に属する。同学年は二百七十万人ほどもいたそうだ。高校進学率はあまり高くなかったが、俺の進学した高校は一クラス五十五人、一学年十二クラス、三学年で二千人近くもの生徒が在学していた。今この世代は高齢者で、多くは年金生活者となっているよう。俺もそうである。中には、まだ現役バリバリ、働かないと生活していけない者もいるが、少数派だろう。一方、昨年の出生者は八十万人を切ったそうだ。政治家たちはこの少子高齢化が今後の国力を弱めるとして、とりわけ少子化対策に本腰を入れようとしている。が、最早焼け石に水の感があろう。

閑人の今の俺の関心事は、俺の高校生時代の回顧に向かっている。閑人といったが、俺の場合、定年の七十歳を間近にして職場で起こった或る出来事を引き摺り、以後大きなストレスを抱えたままで、悠々自適の心境にはない。で、とりわけ高校時代へのいわば逃避である。

俺の高校生時代は一口に言って荒れ荒んでいた。思い出したくもない事の多い時代であった。それならば、何故、回想し書こうとするのか。それには俺の自己探求の欲求に拠る、と答えよう。俺の人間形成はこの高校生時代に原点があったとも言える。今時、自己探求の為に小説を書こうというのは古いかも知れない。が、己を知る事は存外難しい。面白い娯楽本位の小説だけが小説ではない。こういう小説もあってよいのである。

前置きはこのくらいにして、さあ、団塊の世代の一老人の回想物語を始めようではないか。

二

俺の高校生活は下宿生活から始まった。青森県むつ市の中学校を卒業したが、父が一年以内には青森市に転勤になるというので、俺が先駆けて青森市の青森高校に進学したのである。十五歳で親元を離れるのは不安が多かったが仕方のない事だった。

青森高校は青森市の南部の郊外、筒井という所にあった。伝統のある有名進学校という事もあって、青森市内からの生徒ばかりではなく、下北半島の中学校、東津軽の中学校などからの進学者も全体の一割近くを占めていた。それ故、筒井地区には下宿屋が散在していた。

俺の下宿先は堤川の土手下にある黒崎という家であった。下宿人は、階下の離れの三畳間の高校一年生の俺と、襖一つで隔てられた俺の隣の部屋の青森高校を卒業して社会人となっている荒木さん、二階の青森高校で大変お勉強が出来るという高校三年生の勝俣さん、顔がお猿さんに少し似ている高校二年生の森川さん、この四人である。下宿屋の小母さんはでっぷりと肥っていて快活、その良人は勤め人らしいがおとなしく存在感が希薄、子供は二人で、姉は青森高校を卒業し家事手伝い、妹は俺と同じ青森高校の一年生であった。

「高杉くんは生玉子を食べられないの」

「うん、そういう習慣がないもので」

「森川くんはあんなにおいしそうに食べているのに」

「ダメなものはダメです。申し訳ない」

俺は毎朝食におかずの一つとして出される生玉子をどうしても食べる事が出来ず、いつも残していた。食事が一緒になることの多い森川さんは茶碗の白いご飯に生玉子を割ってよくかき混ぜ食べていた。俺は我儘といえば我儘だろう。母は卵料理と言えば、ゆで卵は別として、玉子焼きか目玉焼きしか作らなかった。満州生まれの満州育ち、生ものを極端に避けていたようなのであった。

勝俣さんは朝方四時に寝て朝八時に起きる、歯磨きと洗顔に十分、朝食に十五分、登校に十分、まるで判で押したような生活で大学受験勉強に励んでいた。国立大学の医学部進学を目指しているらしく、そうでないと国立の医学部には合格出来ないと俺は思ったものである。日曜日も一日中勉強しているらしく、夕食後、皆と一緒にテレビの『シャボン玉ホリデー』を笑いながら観ているだけだった。勝俣さんの眼鏡の奥の目は優しく、このような人が将来お医者さんになったらこの上ない事と思わせた。俺は医者になれるほどの学力は持ち合わせていない。俺は映画が大好きで新入生のこの年の四月下旬に東宝の映画館で黒澤明監督、三船敏郎主演の『赤ひげ』を観て、お医者さんになりたいものだと思ったが、我が身の学力のなさでそれは憧れにとどまった。

三

今や老齢の身となっている俺はあちこちの医者にかかる事が増えている。コロナ禍で医療従事者の存在が改めて注目を浴びた。医者は世の為人の為に役に立っている。俺の関わる文学では人の命は救えない。病気も治せない。文学に耽溺するとかえって病気になりやすい。これは老人の戯言ではない。だが、名医と呼べる医者は思いのほか少ないのではないか。医学は仁術、映画『赤ひげ』の強烈な印象からそう感じていたが、マニュアル通りの治療しか行なわない医者がいかに多い事か。それが無難なのだろう。勝俣さんのあの優しい慈愛に満ちた目が今も忘れられない。ただその後俗世の悪に染まっていない事を願っているだけである。それにしても睡眠時間はたったの四時間であった。勝俣さんが俺にそう話したのだから間違いはない。今の大学受験生とて、超難関大学に合格するには同じような生活をしているだろう。

俺は青森高校に入学して高校三年間に百回以上映画館に通い洋画邦画を観、簡単な映画ノートを作成する事に決めた。その映画ノートが今も残されていて、懐かしく見る事が出来る。観た年月日、映画の題名、制作会社、観た映画館名、出演者二〜四の名、カラー作品か白黒作品かの区別、採点として、興味、企画、構成・演出、迫力、内容価値、演技、音響、美術、感動、印象の十項目ごとに十点満点でし、総点を記している。備考、一言の欄もある。高校三年間で129回映画館に赴いていた。洋画は103本、邦画は172本、合計275本も観ていた。その初めが昭和四十年四月二十九日の東宝映画『ここから始まる』（カラー）と『赤ひげ』（モノクロ）であった。『ここから始まる』は今ではもうすっかり忘れていて、総点は35点、『赤ひげ』の総点は77点。今からすれば『赤ひげ』の77点は辛かったと思う。俺はさぞかし生意気な高校一年生だったのであろう。

四

隣の荒木さんは二十歳を超えているだろう。時々、タバコに火をつけるライターのカチッという音が聞こえていた。音といえば、荒木さんの朝のドライヤーの音も毎日の事で、俺の朝食後の事であった。荒木さんがどこに勤めているかは知らない。ただ、俺としたら高校生の延長で同じ下宿屋にいるのが理解に苦しんだ。下宿屋の小母さんは荒木さんの事を「バーブ佐竹に似ている」と何度か言っていた。俺は似ていないように思ったが、荒木さんはおとなしくそれには何も言わなかった。荒木さんはブレンダ・リーの『愛の讃歌』と『想い出のサンフランシスコ』のレコードを買っていて、プレイヤーで何度も聞いていた。聞いていたのは俺もそうである。正確には聞かされていたといえる。襖一つ隔てているだけでは音は筒抜けだ。ブレンダ・リーの歌は上手いと思った。英語の歌詞は自然に覚えた。

後年、『愛の讃歌』のオリジナルはエディット・ピアフ、『想い出のサンフランシスコ』のオリジナルはトニー・ベネットと知って、とりわけエディット・ピアフの歌声には度肝を抜かれるほど感動した。といって、ブレンダ・リーの歌声はずっと耳についている。名曲はカバーで歌い継がれる。それでいい。

下宿生活で困ったのは俺の夜のモミモミが隣室の荒木さんに聞こえていないか、という事であった。俺の中学二年生の秋から始まったこの悪習慣はやめる事が出来なかった。いずれ何かの運動部に入る事にしていたが、それはこの悪習慣から少しでも逃れたいという願いからのものでもあった。

五

俺は1年6組の教室に入っていた。男子四十五人、女子十人、五十五人学級である。最初の衝撃は、昼のお弁当の時間、教室はシーンと静まり返り、皆英語の豆単語集を見ながら黙々と食事をしている事であった。俺は臍曲がりか、英語の豆単語集を弁当の伴にはしなかった。只管下宿屋の小母さんが作ってくれたアルミ箱のあまり美味しくもない弁当を黙々と食べていた。いつも何か考え事、想像の世界に遊んでいた。

入学して間もなく初めての全校集会があった。私語が多く、喧しい。号令係の先生が「静かにしろ」と怒鳴ってもまだざわついている。が、小柄で痩せて眼鏡を掛けた白髪の校長先生が登壇となると、三年生の群れの中から「静粛に」という大きな叫び声がし、その途端に体育館はシーンと静寂に化した。この校長に絶大なる威厳がある。怖いほどの存在感である。俺は、それが何に由来しているかが気になった。が、それを知るのはもう少し後の事であった。

身体の頑丈そうな新入生は先輩たちから運動部への勧誘を受ける。俺には、ボート部とラグビー部の先輩たちが取り巻いていた。どちらかに入部しようと思ったが、暫くは両方に少し考える時間が欲しいと言っていた。そんなある日、ラグビー部の二年生だという細い目をして少しいかつい顔の中肉中背の男が俺を教室から呼び出した。

「体育館に行こう。ついて来い」

「何ですか。ここではダメですか」

「うん。黙ってついて来い」

俺はその名前も名乗らない男の後に従って、体育館に向かった。その男は体育館の中二階に俺を誘い込んだ。マットや跳び箱が置かれている体育道具の置き場所である。

「お前は、優柔不断でいかん。ラグビー部に入る気があるのか」

「今、ボートにしようかラグビーにしようか考えているところと言いました。あと、二、三日待ってください」

「それが優柔不断だと言うんだよ。殴ってやる」

そう細い目の男は言い、俺の顔にビンタを打って来た。いつの間にかマットが敷かれているところで俺は膝立ち状態で男も同じ姿勢でビンタを二度、三度と打っていた。が、痛くないのである。左右の頬を交互に平手で殴られているが痛さを感じなかった。

「お前はハッキリしない奴だ。もっと殴ってやる」

男は五回、六回、そして十回ほどは殴り続けて来た。俺の心臓はここまで来ると少し熱くなって来た。ただ殴られっぱなしでいいのかと思った。これは下級生への面白半分の制裁、一方的な暴力だと思った。俺は小学六年生の時、生意気な事を俺に言って来た同級生の小柄な折戸くんを両手で彼の胸を思い切り突いた事があった。折戸くんは教室の床に倒れ、起き上がったものの泣き出してしまった。ああ、俺は弱い者いじめをしてしまった、もう二度と暴力を振るわないようにしようと心に決めていたのである。が、今の場合、おとなしそうで弱々しく見えたであろう俺への八つ当たり、人を殴ってみたいという好奇心からのものとしか思えなかった。俺はムラムラとして来た。男はまだ殴り続けようとしている。ビンタ十発でも足りないのか。が、その力は次第に弱まっていた。俺は一発でこの男を殴り倒せる、倒して見せるという暗い衝動に駆られて来た。そして次の瞬間、俺は平手で男の左頬を思い切り殴り付けていた。男の身体はふらふらとよろめいた。

「この野郎。先輩に歯向かうのか」

男はそのよろめいた身体を元に戻し、今度は殺気立ち、右の拳を振り上げて来た。俺は咄嗟に右の拳で男の鳩尾辺りを思い切り殴り付けてやった。

「痛てぇ」

男はマットの上にうずくまってしまった。

俺は中二階からその階段を下り、体育館を立ち去った。歩いていて少し涙ぐんでいる事に気づいた。暴力を使った俺自身が惨めに思えたのである。それにしてもあの男のビンタは少しも痛くなかった。殴られ続けてもよかったのだ。が、ただの喧嘩さ、そう思い直し、廊下をスタスタと歩き、教室に戻ったのである。

六

ボート部に入部したのはその翌日であった。新入部員として俺より背が五センチほども高い大男の八戸耕造、顔が浅黒く真面目そうな笹森清一がすでに入部していた。俺は三人目の新入部員である。先輩は、すべて三年生、何故か二年生はいなかった。俺と八戸、笹森は、ボートの両端の舳先に分かれて座り、先輩たちがボートを漕ぐのを見学する事から始めていた。ボートはフィックスといい、座席が固定されたもので、六人漕ぎ、舵取りのコックスが一人いる。監督兼部長は赤ら顔の比較的肥った眼鏡を掛けた化学教師の徳武敏光先生、綽名は単純でビンコーである。ビンコーは笹森の方のボートの舳先に座り、時々注意を与えていた。堤川を上下するのだが、北国の春は暑くも寒くもなく、川風が心地よかった。このクルーはインターハイ予選を控え、猛練習をしていた。俺たち新入生は来る日も来る日も見学が主で、たまに漕ぎ方の基本を教えてもらえる時があっただけである。が、イヤとは思わなかった。高校生でボート、それが新鮮でもあり、俺は高校の三年間、このボート部で全うしようと思ったのである。

七

新入生たちは五月半ば頃、体育館に集められ、応援団によって青森高校の幾つかの応援歌を練習させられた。応援歌の歌詞が幾つか書かれているザラ紙が一枚配布され、三曲ほど歌わされていた。俺はこのような強制される事が大嫌いであった。やがてズボンの左側のポケットに左手を突っ込んで立っていた。

「おい、そこの手をポケットに突っ込んでいる奴、前に出て来い」

壇上の応援団長が俺を指差し、怒気を含んで叫んだ。

俺は左手をポケットから出し、これは壇上に行かねばならないと思った。壇上でまさか殴られはしまい、俺は、ノソノソと歩き始め、壇上に登った。

「お前、やる気があるのか。応援歌二番をここで歌ってみろ」

俺は屈辱を感じた。六百人余りの同じ一年生は静まり返っている。むろん応援歌二番などここで歌えない。先程から碌に声を出して練習していなかったので当然である。俺は黙って立っていた。

「そら、歌えないだろう。……もういい。戻ってちゃんとやれ」

俺は応援団長に礼もしないで、壇上から下りた。

同じ頃、新学期早々の四月半ばに行なわれた校内実力テストの成績が担任から渡された。主要五科目の各点数と総合点、校内順位が細長い紙に印字されている。俺の順位は６５７人中５５５番であった。高校入試もこれくらいのものだったのかと思った。俺は中学三年生で躓き、中学二年生までの優秀な学業成績を急激に低下させたという自覚があった。５５５番か、それは仕方のない事と思った。が、それとは別に、１００番までの成績上位者のプリントが皆に配られていた。俺だけでなく教室中の皆はそれに見入っていた。全員の順位は開示しない。成績上位者の公表は一種の顕彰であり、他の者たちに今後頑張らせる意味合いを持つと解された。同じ6組で十番以内に二人も入っていた。佐藤一広という少しハンサムな男は4番、田代香苗という少し美人な女の子は8番であった。今後、クラス中の、いや同学年の多くから注目を浴びる事は必定であった。が、別のクラスで関塚伸介という名が5番であったのが俺にはショックであった。というのは、俺は小学五年生まで青森市の沖舘小学校に通い、六年生でむつ市に転校、中学は田名部中学校で過ごしたが、関塚は俺の小学五年生の時の同級生で俺の方がお勉強は遥かに出来たのである。この四年間で追いつかれ大きく追い越されてしまったのだ。さらにショックなのは、田名部中学校の同級生であった織田徹也という、いかつい顔をした男と同じ6組になっていたが、彼は55番であった事である。織田とは小学六年生の時に同じクラスになったが俺の方が遥かにお勉強は出来たのである。その織田にも大きく水をあけられてしまった。5が偶然にも重なっている。これはいかにも嘘っぽく思われるが、事実である。俺、高杉勇雄の名はこのプリントにはない。織田や関塚は俺が何番かは知らない。ただ二人は俺に勝ったと、内心笑っているだろう。織田と関塚には何の接点もない。三者の比較は俺にだけ可能である。5の三重の重なり、変な暗合の一致だ。それにしても俺は青森高校の劣等生だ。55番か、ああ、俺のこの先が心配でならない。が、この現実はどうしようもない。俺はこれ以上悪くならないよう好きでもない勉強をするしかないと思った。

青森高校のスタート時、俺にはいい風は吹いていないようだ。

その頃、中学三年生の時に知り合って親しくなり、中卒で大阪の町工場で旋盤工の修業をしている高本和男から手紙が届いた。中学時代、周りからは不良と見られていた高本だが、彼は綺麗な字が書けるし、根は善良である。その高本からの手紙には、就職の時の条件と違うので戸惑っているが、歯を食いしばってがんばると書かれていた。職場で仕事着を着た彼の写真が一枚同封されていた。親元を遠く離れ十五の春をがんばっているではないか。偉いと思った。俺は恵まれている。甘い。俺は高本が就職に際してどんな条件であったかはまるで知らない。ただ、彼が世間の荒波に晒されていると思った。手紙の返事には、仕事にがんばってほしい事、そして俺の方は青森高校で劣等生としてあるその屈辱感を書き、それでも入部したばかりのボート部は三年間続け、肉体と精神を鍛えるのだという力強い決意を綴っていた。

八

青森高校の朝のホームルームの時間は十五分間であった。6組の担任は大木三男といい、東大を出ているという。背が高く痩せ型で度の強そうな眼鏡を掛けている。世界史の教師で一年次の授業担当はない。或る日、これから皆さんに5分間スピーチを一人ずつしてもらうと言い出した。話の内容は何でもよいという。皆は緊張した。名簿順で始め、最初は下北半島大畑中学校出身の青木喬という生徒である。ハキハキした流暢な話しぶりで故郷大畑の話をした。織田はその故郷田名部の話を話した。俺は田名部に四年間いただけである。織田はこの地方の方言や祭りに詳しく、俺にも勉強になった。青森市出身の生徒の方が話のネタを見つけるのに苦労したようだ。趣味の事、部活動の事、怖い体験をした事、話は多岐に渡っていた。俺は映画の話をする事にした。洋画でライオンが吠えるのはメトロ・ゴールドウィン・メイヤー（MGM）、自由の女神はコロンビア、その他パラマウント、ワーナー、20世紀フォックスなど、制作会社の事を言い、中学生で観た『ベン・ハー』の話をし、邦画も富士山なら松竹、海辺の岩に荒波なら東映、それに東宝、大映、日活も加え、制作会社の事を言い、つい先日観た『赤ひげ』の話をした。映画雑誌を参照したもので、俺なりに上手く話せたと思う。5分間スピーチ、皆それぞれに話は上手かった。流石青森高校だけの事はあると思った。

高校の授業は中学と違い、刺激的であった。現代国語のジェラードと綽名を付けられている教師は京都大学の哲学科を卒業しているらしく、只管独演会授業をやっていた。中学では体験のない授業形態であった。ジェラードという綽名はこの頃、テレビドラマで『逃亡者』という連続ドラマが人気を博していて、主人公のその妻殺しで無実のリチャード・キンブル医師を執拗に追う刑事がジェラード警部、その風貌が現代国語の教師に極めて似ていて、おそらく先輩たちが付けた綽名であったろう。その独演会授業は不思議と眠気を誘わなかった。古典の教師はタカショーという綽名が付けられていた。本名は高橋正太郎、それをつづめたものとすぐ分かった。学年主任をしていてベテランらしい。東京教育大学出だという。いつも落ち着いた物静かな物言いをする教師である。古文の朗読はまずタカショーがし、俺ら生徒たちが誦読する。誰かに当てるという事はしなかった。これもほぼ独演会に近い授業であった。数学と英語は四クラスに一クラス、お勉強の出来る生徒だけの特別クラスがあった。俺はむろん二科目とも普通クラスである。数学は、かなり年配の、言葉に津軽訛りのある禿げ頭の教師である。自らの戦争体験、航空兵の体験を何故か楽しそうに何度もするのには些か退屈を覚えた。戦争を知らない俺たちには実感が湧かない。生きのびて戦争を語るこの教師に多少の嫌味のような感情も抱いた。英語のグラマーの教師は、野沢先生といい、「僕は東京外語大の英語科を出て、M商事に入ったが、東大、一ツ橋には敵わなく、退社して、都落ち、今じゃ、しがない高校教師をしているのさ」と自己紹介をしていた。その英語は流暢で発音は綺麗、中学にはこのような英語教師はいなかった。「都落ち」という言葉が耳に付いた。東大を出ているという地学の教師は「僕は高校時代、寺山修司と同級生でした。机を並べて勉強していた。彼は高校時代から優秀だったなあ」と話した。俺は寺山修司という名は聞いた事があったが、この青森高校の先輩だとは迂闊にも知らなかった。今挙げた教師たちは皆眼鏡を掛けていた。皆、秀才である。が、何らかの夢破れて、今じゃ、しがない田舎教師、そんな感じを臭わせていた。

九

昨今では学校教員の長時間労働が社会問題となっている。小・中・高の教員は精神を病んでいる者も多く、長時間労働の為、疲れ果てているという。俺は公立の高校教員を長く務め、運よく大学教員に転職出来た。高校教員をしていたのは昭和の終わり頃から平成の初めにかけての時期だった。運よくと言ったのは、ずっと高校教員で構わないと思っていたからである。実績があっても運がなければ大学教員にはなれない。その頃は高校の教育現場で長時間労働などはなかった。たまには部活顧問として日曜出勤もあったが、さして苦とは感じなかった。なぜ今の初等・中等教育の学校現場はブラックと化したのか。諸説あるのを知っているが、これでは教員になろうという者はいなくなるだろう。初等・中等教育の学校現場の教員には校舎内から解放された自由な研修の時間を多く与えるべきである。牢獄のような校舎の中に長時間拘束すべきではない。元高校教員の俺としては無性に腹が立つ。どうやら俺にはこの年齢になってもまだ高校教員のアカが身に染みているようである。

十

青森高校では五月下旬に一学期の中間テストが行なわれた。試験範囲というものがあり、俺の頭で十分こなしていけた。苦手の数学もクラスの平均点以上の得点であった。

俺の前の席は染野谷敬一という背がクラス一高い陽気な男であった。俺はクラスで二番目に背が高かった。俺の後ろの席は高根沢健治という背がクラスで三番目に高い眼鏡を掛けているがラグビー部に入っている少しニヒルな男だった。座席が近いのでこの三人は親しくなっていた。染野谷は数学がクラスで一番出来たが、先の校内実力テストでは100番以内に入っていなかった。

「国語は高杉に敵わないなあ。高杉は小学校では一番出来たのではないかなあ」と染野谷が言って来た事がある。

「いやあ、数学は染野谷にとても敵わない。染野谷こそ小学校で一番出来たのではないか」と俺は答えた。

「100番以内の者は皆中学でガリ勉した連中なんだよ。本当に頭のいいのは小学生で目立っていた者なんだよ」と染野谷は言ったものである。

「あの織田というのは高杉と同じ中学か。『あいや〜』という言葉を連発している。うるせいわらしだなあ」と高根沢が言って来た事がある。

「ああ、織田とは同じ中学さ。でもいい奴だぜ」と俺は答えた。

「そうか、織田はいい身体をしているのに勉強ばかりしているように思える。ところで、高杉、ボート部は楽しいか」と高根沢は言った。

「ああ、もうじき三年生が引退する。二年生は一人もいない。俺たち一年生がやって行くことになる。ただ、漕ぎ手が五人しかいない。一人足りない。いずれ織田を入部させるようにするよ」と俺は答えておいた。

それから暫くして俺は織田の下宿を訪ねた。織田とは勉強以外の話をした。

「007シリーズは面白いなあ。先日『危機一髪』と『ゴールドフィンガー』の二本立てを観たよ。どっちもよかった。織田は観たか」

「観たよ。『ゴールドフィンガー』の主題歌がよかったなあ」と言い、その冒頭部を口ずさんだ。

「上手いなあ。でも『ロシアより愛をこめて』か、『危機一髪』の方もよかったなあ」

「そうだなあ。ところで高杉は、ビートルズは好きか。静かなものが好きそうだな」

「ああ、声を張り上げているようなものより、しっとりしたのがいい」

「ビートルズはいいなあ。プレスリーよりいいと思うよ」

「まあ、好みはいろいろさ。ところで織田、ボート部に入る気はないか。部員が一人足りずに困っているのだよ」

「今のところはないな。勉強が忙しいから」

「そうか。強制はしない。来年はインターハイだ。青森でやる。絶対に出られるそうだ。ボート会場はむつ市だという。それで勧めた」

「そうだったのか。じゃあ、考えておくよ。でも今すぐには……」

「わかった、わかった、きょう遊びに来てよかったよ」

そんな会話を取り交わしていた。

十一

中間テストが終えるとすぐに遠足があった。遠足といっても野木和公園という所で、現地集合解散というものである。野木和公園は俺が沖舘小学校の時、うちから近い事もあって、何度か遠足に出ているお馴染みの場所であった。野木和公園では、何人かのグループで行動する事が多かった。俺は座席が近く親しくなった染野谷、高根沢、その他三人と六人のグループを作り、談笑したり、野原でバレーボールをしたりして遊んだ。あちこちにそういうグループが出来ていた。が、一人寂しく野原の片隅に座っている者がいるではないか。誰かと思ったら、小学五年の時の俺の同級生の関塚であった。確かに小学五年生の時の面影がある。が、何故独りぼっちなのだろう。中学生の時のガリ勉が祟り、友達のいない独りぼっちの浮いた存在になってしまったものか。先の校内実力テストでは関塚は5番でその躍進ぶりに驚いたものだった。その代償か。友達もいない孤立した存在になっているのでは惨めではないか。俺とは別のクラスだが同じクラスの者の誰一人として関塚に声を掛ける者はいない。俺とて四年のブランクがあり、気楽に声を掛けるのが憚られた。が、おそらく関塚のクラス担任であろう英語の眼鏡なしの若いハンサムな長谷部先生は関塚に近寄り、何かしきりに話し掛けていた。それは長時間に及んでいた。俺は英語で長谷部先生に教わっていなかったが、北大出で、生徒からの人気も高いようであった。長谷部先生の苦労を思うと同時に、あまりにも変わり果てた関塚の姿に哀れさのようなものを感じた。関塚は受験戦争の犠牲者ではないのか。このような光景をまざまざと見せつけられ、俺は何故か悲しい気持ちになったのである。

　その頃、俺は英会話を習いにキリスト教の教会に通っていた。が、自発的なものではない。むつ市で営林署の管理官をしている父から青森市に住む知り合いの関係から俺をキリスト教の教会に通わせる約束をしてしまったというのである。俺は父の背景にある事情を知らない。が、日曜ならボート部の練習はお休みなので時間的なゆとりはあった。英会話にさして興味はないが、父の義理に付き合うのも親孝行の一つ、午前は教会、午後は映画館というのも悪くないな あ、という気持ちで引き受けたのである。

英会話の先生は、白人の若い女性で、日本語も話せた。英会話のテキストがあり、発音に注意しながら教えてもらっていた。が、俺の気分を害する事が一つあった。先生は俺を高杉とか勇雄とは呼ばず、ヘンリーという名を与えて指名するのである。参加者は五、六人、皆、西洋の名で呼ばれていた。「俺が何でヘンリーなのだよ、俺は高杉勇雄と言う」、別の名を与えられた事に俺は無性に腹が立っていた。が、我慢した。英会話の勉強の後は讃美歌を皆で歌った。これは楽しかった。教会の厳かな雰囲気は好きであった。

下宿に一旦戻った時、勝俣さんと立ち話をした。

「英会話を習っているんだって。どういうふうにやっているんだ」

「ここにテキストがありますよ。それを読むのですよ」

「どれ、そのテキストを少し見せてくれないかね」

俺はやや分厚い英会話のテキストを鞄から出して勝俣さんに渡した。勝俣さんは熱心にそのテキストを見始めた。流石秀才は違う。学校では殆どやらない英会話に興味があるようである。

俺はその教会に一カ月ほど通うと、イヤになって来た。ヘンリー、ヘンリー、と呼ばれる事がイヤで堪らなかった。手紙で教会に通うのをやめようと思うと父に伝えたら、存外、父はそれでいいと許してくれた。

十二

今や老齢の身となっている俺は、日本はアメリカと戦争して負け、一度滅びた国だ、敗戦後の復興、繁栄はあったが、それは一過性のものに過ぎず、いまだにアメリカに頭が上がらない。アメリカの子分だ。それしか日本は生きのびる道はないのだろう、という考えがへばり付いている。

日本人にはいまだに西洋人コンプレックスがあるように思えてならない。それもそのはず、日本は西洋に劣っている。昨今では世界大学ランキングというものがあり、東大はベストテンに入っていない。学問の世界、医学とてコロナワクチンを作れなかったではないか。スポーツ方面を見ても、優れた野球選手は大リーグに行って活躍してこそのもので、日本のプロ野球界にい続ける選手は一流とは言えない感じになっている。今年は大谷翔平選手の活躍が際立ち、毎日のニュースで取り上げられるのも、根深い西洋人コンプレックスからの脱却の萌芽と思われる。また、今や漫画、アニメが日本文化の代表になっている観があるが、ディズニーを凌駕出来るものはあるだろうか。映画も文学も西洋に敵わない。ノーベル文学賞がこれまでにたったの二人とは情けないではないか。俺は政治に詳しくはないが、なにかとアメリカの猿真似政策が多く、失政ばかりしているように思えてならない。まあ、こんな嘆き節はこれぐらいにしておこう。

十三

ボート部は、三年生がインターハイ予選で敗退し、いよいよ俺たち一年生だけのクルーで練習に励む事が出来ていた。八戸、笹森、俺の後に中肉中背だが身体がガッシリしている後藤宏昭、背は俺よりやや低いがこれまた頑丈そうな身体をした坂爪満雄が入っていて、最近やや肥り気味の横内巧が入り、漕ぎ手はこの六人であった。コックスは小柄で大声の出る青木がなっていた。俺が青木を勧誘したのだった。整調（S）は真面目が取柄の笹森、5番は後藤、これでストロークペアとなっていた。4番が俺、3番が八戸、これでミドルペアとなっていた。ミドルペアは機関車の役割でオールも他より長く、体格のいいペアがなる。俺は大男の八戸に力ではやや劣っていたが、八戸はむら気があり、その点コンスタントに漕げる俺とは総合的に互角と言えた。2番は坂爪、バウ（B）は横内、これでバウペアとなっていた。ビンコー先生は熱心で練習を休んだ事はなかった。放課後に艇庫までそれぞれ走って行き、柔軟体操をしてから、堤川にボートを漕ぎ出す。上流、下流、皆で漕ぐ時もあれば、ペアごとに漕ぐ時もあった。ビンコーは「漫然と漕いではいかん」という言葉を口癖にしていた。早朝練習もした事があった。その時、波が凪いでいる海に漕ぎ出すのは爽快であった。

「高杉、お前はメキメキ強くなるなあ」と八戸が言った。

「いやあ、八戸さんのお蔭ですよ。でもまだまだ敵わない」

俺は二歳年長という八戸には常に「さん」付けをして話していた。

ボートを漕いでいて困ったのは手のひらに豆が出来る事であった。ビンコー先生は「豆が出来なくなったら一人前なんだよ」と言った。そうしたらやがて豆は出来なくなった。何か成長して行くのが嬉しかった。が、フィックス（固定）なので、尻の皮がこすれて剝げる事が時々あった。これもやがて剝げなくなり、また成長したな、という手応えを感じて嬉しくなったのである。

八戸が俺を或る日曜日に奥入瀬へのキャンプに誘ってくれた。別のクラスに八戸はいたが、そのクラスで八戸が音頭を取って催したものらしい。俺は特別参加なのである。男女合わせて七人ほどの参加であった。その中に香山夕子さんという美少女がいた。髪が長く、目はパッチリ、清楚、申し分のない美少女である。同級生にこんな人がいるとは驚きであった。でも、何故か口数が少なく、時折、素敵な笑顔を見せるだけであった。会話の中心はむろん八戸で独り自分の体験談などを話していた。何故二年遅れの入学になっているのかは俺からは聞けなかった。が、二年浪人したという噂であった。青森高校はそれだけ難関の高校だったのである。

それから暫くしての或る日、同じ6組の青木が俺に、

「8組の香山というのが好きなんだ。テニス部に入っている。その香山が同じテニス部の大橋を好きだと言ったそうだ。ショックだよ」と話し掛けて来たのだった。

大橋は同じ6組で、眼鏡を掛けているが、真面目そうで運動神経もよさそうに見えていた。

「香山というのは知っている。でも大橋を好きだと言ったというのは本当か」

「部活が終わったあと、女の友達に言っているのを目黒がたまたま聞いたらしい。目黒から聞いた事だ。本当の事だろう」

目黒も同じ6組で、大橋と一緒にテニス部に入っていた。

俺には青木がすでに香山さんに目を付けていた事が驚きものであった。確かに香山さんは美少女だ。でもまだ子供のはずである。俺と香山さんには接点はない。が、俺だって香山さんのような美少女を彼女にしたいとあのキャンプ以来、内心思い始めていた時であった。青木の言葉は俺にも多少のショックを与えた。

そこでどういうわけか、俺は田名部中学校の三年生の時に同じクラスになった高宮玲子という女の子が急に愛おしくなって来た。香山さんと同じテニス部に入っていて、小麦色をした健康そうな女の子であった。香山さんとはタイプが違うが、同じテニス部という事で何かしら相

通ずるものがあるように思われた。

高宮さんは初対面の俺にニコッと微笑んで来たのであった。俺は即座に悩殺された。初恋というものを感じた。そしていつしかモミモミの対象にしていた。高宮さんはコケティッシュなのである。俺は、高宮さんは俺を好いていると思い込んだ。が、暫くして、汽車通学をしている高宮さんが田名部高校生でテニス部の先輩だったらしい男と親しそうに歩いているのを目撃してしまった。あの時は、この初恋は失恋だと観念した。が、あの男は高宮さんの兄だったとも考えられるようになった。ボート部に入ってからはモミモミを殆どしていない。高宮さんが急に愛しくなって来た。高宮さんは背が低い方だ。背の高い俺とは釣り合いが取れないようにも思うが、あの笑顔は百万ドルである。この際、ラブレターを書こうと思った。しかし住所が分からない。ただ赤川駅という所からの通学であるのを知っていた。それで宛先は、むつ市田名部赤川駅前とだけして、手紙を書いて出した。内容は、好きだったので、遠く離れているが、あなたを毎日思っている、どうかお付き合いを願いたいといった事をストレートに書いた。

手紙を出して二、三日して返事が届いた。ドキドキしながら開封し読んでみた。綺麗な便箋に「私にはお付き合いしている人がいます。申し訳ありません」、そういう一節が書かれていた。やはりダメだったか。中三から高一といっても女はませているものと思った。完全なる失恋である。いや、片恋であった。それにしても何で俺に初対面の時にニコッと俺の面前で微笑んでみせたのか。あれは何だったのか。幼稚で女心など知らない俺には謎のままであった。高宮さんからの手紙を読み終わると涙をうっすらと流しているのに気づいた。翌日は仮病を使い学校を休んだ。が、夕方にはボート部の練習に参加していたのである。

そのような事があって暫くして、偶然にも武者小路実篤の『お目出たき人』という小説を読んだ。俺と同じような男がいた、と思った。恋とは残酷なものであるとも思った。

十四

俺は黒崎の下宿がイヤになって来た。隣の荒木さんは相変わらず、毎朝、髪にドライヤーを掛け、ポマードを塗っているようだ。ポマードの匂いが俺の部屋にまで微かに漂って来る。再度、何故、荒木さんはアパートに移るなりしてもっとのびのびと独り暮らしをしないのかと思った。が、碌に話した事もなかった。倹約家なのかもしれない。

下宿の小母さんはイヤではなかった。が、昼の弁当が不味いのである。鰹節を白いご飯の上に一面載せている。俺のこれまでの食生活では白いご飯にゴマ塩を振り掛ける事はあっても、鰹節はなかった。季節はだんだん暑くなっていた。鰹節から腐った匂いのようなものを感じた時があった。その時は、弁当を食べるのをやめた。校内にある売店でパンを買って来て食べた。弁当は、帰りにこっそりと堤川の土手の目立たぬ所にその中身を捨てた。ボート部の練習後なので下宿に帰るのは遅く、カラにした弁当箱をありがとうと言って返し、夕食を摂ったのだった。

こんな生活がイヤになり、下宿を移ろうと思った。当ては、青木がいる下宿、そこにはこれまた大畑から来て同じ6組になっている早瀬純次がいた。俺は、茫洋とした感じの早瀬には好感を抱いていた。部活はしていないが、映画が好きで話の合うところがあった。そういう青木、早瀬の暮らす下宿屋で部屋が一つ空いているというのである。渡りに舟、割に広い部屋、六畳間で、角部屋、下宿代がやや高くなるが、父や母も許してくれて、引っ越したのである。

赤井という下宿屋であった。黒は暗黒、赤は活気などと勝手に縁起をかついでいた。

赤井の下宿では青木の部屋に、青木、早瀬、同じ大畑中学校出身の向井善三郎、二年生で俺と同じ田名部中学校出身の上林、俺の五人が集まっていた。話の中心は俺が初めて見る向井であった。

「文学といっても外国文学は読んではいけない。まず翻訳の良し悪しがある。その良し悪しは外国語がよほど出来ないと判断がつかない。それに、ヨーロッパの文学の背景にはキリスト教がある。キリスト教が分かるか。だから、外国文学は読んでも無駄さ」

向井はまるで大人のような文学談義を語っていた。俺はちょうどショーロホフの『静かなドン』を本屋から購入し、読み始めていた。が、どうにも先に進めずにいたので、向井の話す事は何となく説得力を持つと感じた。青木が、

「向井の今言った事は正しいように思う。向井、日本の文学では誰がいいんだ。今、石坂洋次郎の『光る海』を読み始めている。石坂洋次郎はどうなんだ」と言った。

「あんなもの。読んではいないが、どうせ通俗だろう。皆も学校の授業で梶井基次郎の『路上』を勉強したろう。梶井なんかがいいんだよ」

向井は2組にいたが、国語担当の教員はポンポコという綽名の相馬先生で、今度はその相馬先生を褒め出していた。俺たち6組はジェラードこと工藤先生の独演会授業で梶井の『路上』を勉強したばかりであった。が、少なくとも俺にはあの孤独な主人公の心情や行動は理解出来るものでなく、共感は得られなかった。俺は恐る恐る、

「梶井基次郎、『路上』しか読んでいない。もっと他の作品を読まないとその作家の良し悪しは分からないのではないか」と反論した。

「なに、他の作品だと。一つでいいではないか。ポンポコは『路上』は生存証明のようなものを描いていると言ったぞ。同感したなあ」

厚い胸板をし、オシャレな感じの向井は自分が絶対であった。文学談義など向井のような小生意気なのがいると盛り上がるものも盛り上がらない。そう俺は感じた。他の者も黙り勝ちで打ち切りになった。なお、向井は応援団に入っていて、青森高校の誇りと伝統を大切にしないといけないとしきりに説いていた。俺は応援歌の練習で今の応援団長に恥をかかされた経験があったので、向井とは今後、反りが合わなくなるだろうとの予感があった。

また、同じ大畑中学校出身で真面目そうで、中学の時に生徒会長をしていた堀という生徒に、向井が急須に自分のカモの陰毛の入ったお茶を飲ませた事があって、青木や早瀬、それに上林まで大笑いをしていた。

このような文学談義などの機会があって、なるほど赤井には黒崎とはまるで異なる雰囲気を感じた。

或る夜、俺の部屋に上林が訪ねて来た。同じ中学だが、在学中の俺は上林の存在を知らなかった。背は高い方で痩せていて、その口元はいつも微笑んでいるようだった。田名部の話を少ししたが、上林はいきなり俺に抱きついて来た。

「おい、やめろよ。何をする」

上林は一言も言わず、俺を抱きしめようとする。

俺は上林の力の入った身体から無我夢中で逃れていた。

思うようにいかなかった上林は、

「今の事は誰にも内緒だぜ。もう帰る」と言って俺の部屋から出て行った。

俺は、上林はよく言われるホモではないかと思った。俺にはそういう気はない。俺にそういう男から挑まれるような要素があるとは気づかなかった。俺は上林よりも身体が大きく力も強い。が、そんな事は問題ではなかったのか。危ない所だった、と胸をなでおろした。

十五

学校では六月の第二回校内実力テストの結果が皆に知らされた。俺は数学が0点だった。生まれて初めて0点を体験した。数学の教師は、120点満点で全体の平均点は18・7点、このクラスに0点が三人もいたと話した。俺はその三人の中の一人である。屈辱であった。改めて俺の数学の実力のなさを痛感した。英語も低い点数であった。それでも全体では先の555番から少し上がって523番であった。が、それは慰みにもならなかった。

七月上旬の期末テストは、各科目とも試験範囲があるので出来は悪くはなく、総合的に見て順位は真ん中くらいに位置していると思った。が、暫くして担任の大木先生から個別に呼び出された。

「高杉は実力テストで数学と英語の学力が弱い。それで夏休み、特別の補習をしてやるからそのつもりでいなさい」

こう担任に申し渡されたのである。夏休みは田名部に帰省する。が、ボート部の練習があるのでお盆休暇期間にしか帰れない。お盆明けは補習だそうで、そのあとすぐに二学期が始まってしまう。正味一週間ほどの帰省に縮まった。補習は俺にさらに強い屈辱感を与えた。俺は青森高校の劣等生、これでは大学進学も覚束ないだろうと打ちひしがれた。

夏休みは午前中にボートの練習があった。堤川の上り下りの練習では、幾つかの橋が架かっているが、その橋の名を一つ一つ覚えてしまった。海に漕ぎ出した時は、海水は川の水よりも軽いので、快適に漕ぐ事が出来た。海風の爽快感を味わった。俺は部員の中で一番身体が柔らかだった。前屈伸で、首は、伸ばしたままの両脚の間にすっぽり入るのであった。むろん背筋力も一番強いという自信があった。が、腕力となると八戸には敵わなかった。

「よく二十五の朝飯までは肉体は成長するという。皆はこれからが長い。漫然と漕いではいかん。一本、一本、一生懸命に漕げ」

ビンコーはそう言って俺たちにハッパをかけていた。

午後からは自由である。俺は学校の勉強はする気になれなかった。映画を三日に一回くらいの割合で観に行った。洋画ではジャン・ポール・ベルモンド主演の『黄金の男』が面白かった。邦画では勝新太郎主演の『兵隊やくざ』が面白かった。

今は老齢の身である俺は、映画の芸術性という事を考える。が、高校生当時は、映画は面白ければそれでいい、そう考えていた。いつしか映画を観なくなったが、洋画では『旅路の果て』や近年再び話題になった『ひまわり』などには芸術性というものを感じる。邦画では小津安二郎の『東京物語』などに芸術性を感じる。黒澤明は『七人の侍』や『天国と地獄』などは娯楽性が優ると思うが、『羅生門』や『蜘蛛巣城』には芸術性が優っているように思う。でも、すべて俺の主観に過ぎない。

映画を観る以外には多くはないが文学書の読書をした。青森市で一番大きな書店はN書店という。が、文庫本のコーナーに行き、眺め、少し興味の湧いた小説の題を見つけると手にしてペラペラとページを繰る、書き出しの部分を少し立ち読みしただけだった。ちゃんと読んだものでは、川端康成の『千羽鶴』をその題名に惹かれ読み、読み終えた時は正直言ってなんていやらしい内容かと思った。が、これは大人の読むもの、高校生には無理だったと思った。同じ川端でも『伊豆の踊子』はいいと思った。俺も一人旅をいつかしてみたいと思うようになった。

十六

田名部への帰省中、織田の提案で、第二田名部小学校の卒業生六人がその小学校に集まる事が約束されていた。青森高校に進学した織田、俺、竹島の三人と田名部高校に進学した小野寺、田中和一郎、石坂の三人である。いずれも田名部中学校の秀才グループだ。織田は中学校ではなく小学校にしたわけを六年生の担任だった木村先生のご栄転、そのまま第二田名部小学校の教頭になったお祝いを何人かで言いに行くためだとした。俺は小学六年生の時、青森市から転校しこの小学校の4組に入り、担任の木村先生には僅か一年間だけどお世話になったのである。その日は、木村先生への挨拶、各自お小遣いを出し合って織田にお祝い品は任せ、ものの三十分ほどで会見は済んでしまった。

　六人が校外に出ると校庭の方が騒然としていた。高本がどこで調達して来たか分からないがバイクを運転し、校庭をぐるぐる走り廻っていたのである。俺と高本の文通はいつの間にか途絶えていた。若い男の教員の注意など高本は聞かない。只管荒れていた。高本もこの小学校の卒業生である。顔見知りの六人が来る事を知っていたものか。俺と高本の視線が合った一瞬間、高本の表情はきまり悪そうだった。が、視線が離れると再び険しい表情に戻っていた。田中和一郎が、

「高本は大阪の就職先をやめて、ここに帰って来ているんだ。親爺さんの元で大工の見習いをするらしい」と皆に説明した。

　俺はあれだけ一人前の旋盤工になる事を夢見ていた高本が就職先で上手く行かなく田名部に帰って来たのだと直覚した。就職前の条件と違うと手紙で嘆いていた。どんな苦労があったかは知らない。

　やがて高本はバイクで小学校を立ち去った。俺は高本との友情と言えばオーバーだが、そういうものがこの日で途切れたと思った。俺は恵まれている。夏休みの補習でめげていてはいけないと思った。

　家族の父、母、中二になった妹の時子、幼稚園に通い出した弟の隆雄は、数カ月前とさして変わらず、元気だった。だが、俺の幼い頃からのコレクションである大勢の縫い包みの動物た

ちは母によって処分されていた。予測していた事だが、残念であった。父が近いうちにまた青森市に転勤になるというので、俺だけが先駆けて青森高校に進学、下宿生活をしていた。父に言わせれば、転勤は早ければこの秋の十一月頃、そうでなければ来年の四月であることは確定的だと言った。転勤族で父は一家の大黒柱、転勤で家族の生活も変わるのは仕方ない事である。俺はもうじき下宿生活も終わるとなると内心嬉しく思うのであった。

田名部の賑やかな街中に出た帰り、中学三年生で同じクラスになった設楽麻子さんが小さい弟と妹を傍にして洗濯をしているのを見掛けた。S町通りの或る小路を入った所である。俺はこの設楽さんにも恋めいたものを感じていた。高宮さんだけではなかった。さらに言えば、山口栄子さんと一戸美子さんにも関心があった。俺は生来の浮気性、多情で、助平男と自覚していた。今、設楽さんに声を掛けるチャンスだと思った。俺は、勇気を出して、設楽さんがいる所まで足を進めて行った。

「いや、久しぶり。元気そうだね」

「あら、高杉、帰省していたの」

「僅か一週間だけどな」

「高校はどう」

「いや、劣等生をやっているよ」

「うそ。うちのクラスで一番出来たのに」

「ガ、リ、勉が多くてね。でもボート部に入って鍛えているよ」

「それはいい事ね。私はバトン部がないので部活はやめてしまった。父を亡くしてからは、ここにいる弟や妹の面倒も見ないといけないから」

「近藤先生から、お父様を亡くしたと聞いた時、本当に吃驚したよ。ひき逃げだというではないか」

「まあ、それも運命さ。犯人も捕まったし、もう仕方ないよ。高杉、ガ、リ、勉でなくてもいい。ボート、がんばってよ」

「お仕事中、お邪魔しました。元気で何よりだ。じゃあなあ」

俺は設楽さんのボーイッシュな所を好んでいた。俺を高杉と呼び捨てにする所もいい。そのガラガラ声は相変わらずであった。設楽さんは父親を不慮の交通事故で亡くし、母親の手伝いをして、まだ幼い弟や妹の面倒を見るため、高校で卒業し、いい就職が出来ればいいと思っていた。今、勇気を出して声掛けし、短いながらも会話が出来た事をこの上ない幸福のように思った。これで一生会う事はないだろうとも思った。が、設楽さんの今後の仕合わせを思い、立ち去ったのである。

田名部への帰省中に映画、ゲイリー・クーパー&イングリット・バーグマンの『誰が為に鐘は鳴る』とボビー・ソロの『ほほにかかる涙』の2本立てを観た。『誰が為に鐘は鳴る』は予想よりよくなかった。が、『ほほにかかる涙』はボビーの歌がよく感動する所があった。それにミーナの『砂に消えた涙』がヒットしていて、俺は何故かカンツォーネに魅力を感じていた。イタリアという遥か遠い国に興味を抱くようになってもいた。将来、外国に行くような事があれば、真っ先にイタリアに行きたいと思ったのである。

後年、この願いは叶えられた。俺が中年過ぎになってからだが、イタリアには三度も行く事が出来た。とりわけ、大学の在外研究で、ローマ、ナポリ、フィレンツェ、ヴェネツィア、ミラノに、妻とともに長く滞在したのは、忘れられない楽しい事だった。

この帰省中にどうしても会いたい女の子がいた。中三の冬の登校時、寒い中、手袋を忘れた俺に、手袋を貸してくれた福井美佐子さんという一級上の田名部高校の女生徒に、借りたままの手袋を返したかったのである。それにしてもあの時の短いながらも楽しかった会話は今も忘れてはいない。が、家が近所らしいもののどこかは突き止めていなかった。S町通りの奥まった所に福井さんの家があるはずだ。シェパード犬を飼っていると言っていた。俺は自分の机の一番下の引き出しに入れていた手袋を包んだ紙袋を出し、勇んで出掛けた。あちこち歩き廻り福井という表札のある家を捜した。S町通りの或る小路を入って、大きなお屋敷のような家があり、福井という表札が掛かっているのを見つけた。こんな豪邸に住んでいるお嬢様だったのか、という驚きが真っ先に来た。が、俺は勇気を出し、門のインターホンを押した。

「あのう、高杉といいます。美佐子さまはおられますか」

「いや、お嬢様は出掛けています。何かご用ですか」

それは女中さんのようであった。俺は急に言葉に詰まってしまった。

「それでは、この冬に借りた物をポストの中に入れておきます。ありがとうございましたとお伝えください」

「失礼ですがどなた様ですか。もう一度お願いします」

「高杉です。それで美佐子さまには分かるはずです」

「分かりました。ポストの中ですね。お嬢様がお帰りになったら、お伝えておきます」

俺はついていないと思った。あの至福の時の再来はない。よい思い出として心の中にしまっておけばそれでいいと思い直したのである。広い庭ではシェパード犬が俺に向かって吠える事もせず、暑い中、その長い舌をベロベロと出して、うつ伏せ気味に犬小屋の中で安らいでいた。

俺は短期間の帰省を終え、むつ市からまずは列車で、野辺地でバスに乗り換えて青森市に向かった。そのバスは八戸市が始発のようで、前の席に野沢先生一家が乗り合わせていた。俺は野沢先生に一礼し後ろの席に座った。野沢先生の「都落ち」という言葉はいつまでも耳についていた。野沢先生の故郷は八戸市だと言っていた。今、お盆帰りなのだろう。その家族は奥様と二人の幼いお子さんであった。一流商社マンとして挫折、今はしがない田舎の英語の高校教師。だが、家庭を持って安定した生活は保障されている。自足たり得ているように見えた。

俺は将来、何になりたいという夢も希望も持ち合わせていない。が、そういうのを持たねばいけないのだろうか。「漫然と漕いではいかん」というビンコー先生の声が聞こえた。俺はまさしく漫然と日々生きているだけなのか。このような状態は暫く続きそうだ。でも、それでいいと思った。将来こういう職業に就きたいという夢や希望などはない。いずれ見つかるだろう。今はどう生きるかが大切だと思っていた。ボートだけは続けるのである。

十七

夏の特別補習は瞬く間に終わった。そしてすぐ二学期が始まった。

すると大男の八戸が俺の下宿を訪れて来た。

「家出して来た。一週間ほどお前の所に泊めてくれないか。飯は勝手にこっちで食うから」

俺は暫しどう答えていいか言葉に詰まった。

「家出。何でまた。……一週間ほどなら構わないけど、その後はどうする」

「いやあ、親父と喧嘩してしまった。学校をやめたくなった。働きたくなった。親父は高校を卒業し大学に行けというが、こっちは、勉強は好きでない。成績も悪い。本来なら高三だ。伯父さんが自動車整備の会社をやっている。その見習いで最初はお世話になり、自動車整備工になりたくなったのさ。でも、その決心がつくまで一週間はほしい。親父を説得もしたいし」

「よし、分かった。なるべく下宿の小母さんに気づかれないようにしよう。多分、ばれないと思うけど」

こうして八戸が俺の下宿部屋に転がり込んで来たのだった。

八戸は陽気な性格で、フランス・ギャルが『夢見るシャンソン人形』を日本語で歌っているのをラジカセで何度も繰り返し聞いていた。

「この歌、いいだろう、一緒に歌おうや」

俺はいつの間にか八戸と一緒に歌い出していた。

八戸はやはり青森高校を退学した。困ったのはボートの俺とミドルペアを組む相手がいなくなった事である。ビンコーも困ったと慌てた。

「誰か八戸に代わるのを探して来い。来年は青森でインターハイだ。我が校も出ないといけないから」

俺はまた織田を誘ってみた。すると、簡単に入部すると言い出した。ただ、インターハイが終わったらボートをやめる、受験勉強をしたいから、そういう条件なら入部していい、と言い出したのだった。俺はこれを二人だけの約束とし、入部してくれたらありがたい、と言った。

織田はボートのインターハイの会場がむつ市であると聞かされていた。郷土愛が強いのだろう。

それはどうあれ、八戸の代わりがすぐに出来たことはラッキーだった。

俺は、青木、向井、早瀬と一緒に或る日曜日の夜、銭湯に行った。帰りに皆でよく行く小さな食堂に入った。夜食代わりに焼きそばでも食べようというのである。そこで早瀬が、

「今日は日曜か。一週間がまた始まってしまったなぁ」と溜め息混じりに喋った。

するとと傍にいた一人の会社員らしい若い男が皆に独り言のように呟いた。

「いや、一週間が今日で終わったのではないか」

これに早瀬は「小父さん、カレンダーは日曜から始まっているよ。一週間の始まりは日曜でしょう」と切り返した。

これに若い男は頑固にも言い返した。

「何も分かっていないんだな。お前らは。一週間の始まりは月曜さ」

俺には一週間の始まりが月曜か日曜か分からなかった。青木も向井も同様のようであった。で、三人は黙っていた。普段口数の少ない早瀬は何故か喧嘩腰になっていた。

「それならカレンダーが何で月曜から書かれていないいだ。説明してくれよ」

「カレンダーが間違っているのさ。月曜から始まるんだ」

そこに、食堂の小母さんが、割って入った。

「まあまあ、どっちでもいいではないですか。焼きそばを熱いうちに食べてくださいよ」

下宿に戻った四人は向井の部屋でこの事を蒸し返していた。

「何か、一週間の始まりは月曜のように思う。キリスト教ではそうなっているのではないか。カレンダーは日本式ではないのかな」

向井は、そう皆に言い、先の若い男の肩を持った。

「日本式というのはどういう事なんだね。説明できるか」

早瀬は、今度は向井に怒気を含んで言った。

「いやあ、説明は出来ない。ただ、日本は西洋とは違うと思っただけさ」

あとは沈黙が流れ、それぞれの部屋に戻ったのである。

俺は先の文学談といい、今日の一週間の始まりの事といい、高校生ともなれば自由に自分の考えを言い合う、そういう雰囲気を好んだのである。

或る日、高根沢が俺に話し掛けてきた。

「高杉、今度青森商業と練習試合があるんだが、人数が足らなくて困っている。出てくれないか」

俺は咄嗟にラグビー部なら、俺を殴り、俺が殴り返したあの細い目の二年生がいるはずなので、断ろうと思った。すると、高根沢は言葉を重ねて来た。

「三年生はもう引退したし、二年生は少ない。一年生が中心なんだ。一年生がそれぞれ一人誰か助っ人を出す事にしたんだ。頼むよ」

その表情には真剣に人にものを頼んでいる真摯さがあった。

俺は、あの細い目の男には勝ったので何も遠慮はいらないと思い直した。

「ああ、わかった。一度だけだよ。ラグビーは知らなくていいのだな。あまり役に立たないと思うけど」

青森高校のグラウンドでその練習試合は行なわれた。懸念していた細い目の男はいなかった。おそらくラグビー部をやめたのだろう。あんな弱いビンタしか出せない奴は猛練習についていけなかったと思った。これで心置きなくピンチヒッターが出来る。俺はフォワードといって、前の方でスクラムを組むポジションを割り振られていた。ところが青森商業のフォワードは強かった。何度かスクラムを組んだが、俺は首の骨か胸の骨が折れてしまうのではないかという心配が一瞬よぎった。青森高校の惨敗であった。俺は引く力は強くても、逆の押す力は弱い。やはりボート部でよかったと思ったのである。

十八

十一月になって、父の青森市への転勤が決まった。臨海荘と呼ばれている海に近い十軒ほどの官舎の一つの家に父、母、妹、弟は移り住んだ。それとほぼ同時に俺は下宿の僅かな物を持って合流した。これから新しい生活が始まる。不安よりは期待が大きかった。

それは俺が新しい家に入ってすぐの事であった。高校に入学した時は、男子全員は丸刈りであったが、二学期早々からは長髪が認められていた。なんでも青森県の県立高校の男子は皆丸刈りと決まっていたものが、青森高校が長髪許可に先鞭を付けたのだという。俺はボート部なので、汗の事もあり、角刈りにしていた。それで櫛をいつも手にする癖がついていた。新しい家でガスコンロの火を点けたら、ボウゥと音を立て、青白い炎が高く出て、手に持っていた櫛に引火した。櫛は火だるまのようになった。俺は咄嗟にそれを流し台に落とした。危うく火傷するところだった。なおも火だるまになっている櫛に水道の水をぶっかけた。

「これは幸先が悪い」

そう直覚的に感じ取ったのである。

それから二、三日して、まだ六歳の弟の隆雄が豆のお菓子を食い過ぎたせいか、腹が痛い、痛い、と叫び出した。俺しかおらず、どうしていいか戸惑った。外出していた母が慌てて病院に連れて行った。医者に診てもらったら、脱腸で、危うく腸捻転を起こす直前だったという。暫く弟は入院して全快したが、イヤな出来事であった。

さらに悪い事は引き続き起こった。中二の妹の時子が塞ぎ込むようになり、中学校を休むようになった。環境の変化で神経がやられてしまったようなのである。妹は或る病院に一カ月ほども入院した。母と俺はその病院に見舞いに行ったが、妹はいつもの元気をなくし、青白い顔色をしていた。退院は十二月上旬であったが、これも家庭に暗い翳を落とす出来事だった。

その後の俺はボートの練習に励み、学校の勉強もさしてがんばらなかったが、クラスの中位くらいにはいたろう。妹と弟は、時機の悪い父の転勤で不調を来したが、俺の方は好調の機運にあると感じていた。そうなると、彼女、ガールフレンドが欲しくなった。高宮さんに振られたが、交際を申し込んでまず断られる事はないだろうという山口さんという存在があった。

山口さんとは中学二、三年生で同じクラスになり、俺を好いているのは確実であった。また、山口さんは友人らしい一戸さんと二人で俺が田名部から青森に出発したあの朝、下北駅で俺を見送ってくれたのである。あの時は望外の喜びであった。ラブレターを書こうと思った。今度は愛しているとか好きだとは書かない事にした。ただ友達になってくれないかとした。が、住所が分からない。田名部下北駅前とした。手紙を出して二、三日して返事が来た。交際しましょう、という承諾の返事であった。ただ、お互い遠くにいるので交換日記をしましょうとあった。山口さんが赤いノートを使い、俺が緑色のノートを使うという具体的な事まで書かれていた。俺は嬉しくなった。すぐまた返事の手紙を書いた。やがて山口さんから緑色の表紙のノートが送られて来た。が、俺は、その緑色の表紙のノートに緑色の字で書くものと受けとめてしまった。N書店では本や雑誌だけでなく、文房具まで扱っていた。万年筆のインクの色は緑、探したら緑色のインクも置いてあった。緑色の表紙のノートに緑色の字で日記を書いていく、何と洒落た事かと思った。山口さんは赤色の表紙のノートに赤い字で日記を書く。胸がワクワクして来たのだった。が、これは俺の早とちりであった。俺の方が先に緑色のノートを山口さんに送った。すると山口さんからの赤色の表紙の日記が送られて来たが、中身は普通に黒い字で書かれていた。山口さんは字まで緑色だったのを素敵だとしてくれていた。今度は俺が赤い表紙の日記に後を続けて俺の事を書くのだという。そういう事だったのか、と俺のドジを恥じた。が、俺は緑色の字で通す事にした。二週間に一回のペースで日記の交換という事になった。日記の内容は日常茶飯の事が主であったが、山口さんは日記の一節に「私は雑草のように強く生きたい」と書いていた。あのスタイルのいい、オシャレでもある身体からこのような言葉が出て来るのは山口さんのイメージとは多少異なっているように感じたが、好感が持てた。俺はボート部の事を中心に書いていた。身体を鍛え、「清く、正しく生き、人間形成をしたい」と書いていた。

年が改まり、一月の初めに、日記には山口さんから「近く青森市に行くのでその時お会いましょう」と書かれていた。約十カ月ぶりの再会になる。「お互い交換日記を持って来る事にしましょう」とも書かれていた。生まれて初めての女の子とのデートになる。まだ冬休み中だが、青森高校の誰かに見られるかも知れない。それならそれで構わない、と思った。一月第二週の日曜の午前十一時、国鉄青森駅前が待ち合わせ場所、という約束となった。

俺はお昼前という事もあり、昼食も摂れる自治会館というレストランに山口さんを案内した。テーブルを間に向き合い、まずはお互いの交換日記を読む事から始めた。暫くして、山口さんから口を開いて来た。

「妹さんの具合は大丈夫なの？」

「うん。大分よくなった。学期途中の転校がいけなかったみたいだ」

「そうね。私は転校の体験がないから分からないけど、辛いでしょうね。友達関係が一番困ると思うのよ」

「そうだろうな。……ところで山口さんのうちは何人きょうだいなの。日記ではお兄さんは二人、お姉さんも二人、それに弟や妹さんもいるみたいだけど。随分な大家族だと思って」

「私は三女。妹が一人、弟が一人、全部で七人きょうだいなの」

「凄いなあ。想像もつかない。……お父さんの職業は」

「あら、知らなかったの。材木屋ですよ」

「中学の時、誰かが下駄屋だと言っていた。そうではなかったのか」

「いや、下駄も売っているの。でも下駄屋じゃないわ」

「うちの親父は営林署の公務員。木では共通するものがあるなあ」

「そういえばそうね」

こんな他愛のない会話をし、昼食には俺の好物のカレーライスを二つ注文した。勘定を俺が出そうとすると、山口さんは、

「割り勘にしましょう」と言ったので、それに従った。

二人は暫くS町通り、市内で一番賑やかな所を並んで歩いて行った。Mデパートに行くのである。Mデパートを一通り見て廻り、屋上に出た。冬なので寒い。Mデパートは高層なので、眼下に街を行く人たちが小さく見えた。

「やはり田名部とはちがうなあ。都会だわ」

「いや、東京はもっと凄いらしいよ。小学四年の終わりに東京に行った事がある。よくいう銀座には行かなかったけど。とにかく凄いらしい。……山口さんは高校を出たらどうするつもりなの」

「まだ、考えてないけど、兄一人と姉一人は東京に就職したの。田名部に帰省した時、東京の話はよく聞かされる。私も東京への憧れがあるわ。でもどういう職に就くかは今考えていないの。……まだ早いけど、高杉くんは高校を卒業したら、東京の大学に行くのでしょう」

「ああ、そのつもりでいるさ。でも有名大学に行きたい。それが高校に入ってから成績がよくない。日記にも書いたと思うけど。受験勉強というのがイヤなのだよ。中三の時もそうだった」

「周りはそんなにお勉強の出来るのが多いの」

「そうさ。ガリ勉が多いさ。俺なんかあの近藤先生のクラスだったろう。山口さんも同じ。近藤先生はいい先生だったが、受験勉強はあまり言わなかったよな。フォークダンスばかりやっていたなあ。あの中三で俺の学力はガクンと落ちたのだよ。とりわけ数学は高校の勉強についていけなくなっていた。でもこれからがんばるよ」

「そうして。山木も設楽も高杉くんには将来偉くなってほしいと言っているのよ」

「あまり期待されては困るよな。ところで近藤先生はどうしている」

「今、中一の担任だそうよ。相変わらず裕次郎の『赤いハンカチ』を生徒たちの前で歌っているみたいよ」

「よほど『赤いハンカチ』が好きなのだなあ」

こんな会話を交わしていたが、寒くなってきたので屋内に入った。

駅まで山口さんを見送るため、元来た道を歩いた。N書店に入る事にした。こんな大きな本屋さんは田名部にはないからである。山口さんはあまり読書をしないらしく、本のコーナーよりも文房具のコーナーに興味を持っていた。青森駅に着くと、山口さんは、大きな袋の中から紙包みを出して、俺に言った。

「これに私が作った手袋が入っています。使ってください」

「いやあ、プレゼントまで頂けるとは思ってもいなかった」

「編み物はあまり得意でないけど、ピタリ合うかどうかも分からないけど、高杉くんが好むかどうかも分からないけど、使ってみてください」

「ありがとう。うちに帰ったら、楽しみに開けてみるよ」

「もうじき、列車が入ってくるわ。今日は楽しかったわ」

「俺も楽しかった。また、日記、送るよ」

こうして俺の正味二時間の初デートは終えた。でも、何故か心のときめきは感じなかった。

山口さんがイヤなわけではない。デートへの憧れがあった。相手を本当に好きなら胸のときめきがあるものと思っていた。が、それは殆どなかった。俺は山口さんを本当は好きではないのでは、と訝ったのである。

十九

俺は雪の季節が始まるまでは青森高校が遠くにあるので自転車通学をしていた。雪の季節になり、バス通学にした。沖舘小浜というバス停は自宅からすぐであった。或る日、バスが来るのを待っていると、同じく待っている四、五人の中に、見おぼえがかすかにある可愛らしい女子高校生がいた。その女子高校生は、確か小学三、四年生の時に同じクラスだった杉本君枝さんのように思えた。細身の小柄な身体、色白の細面の顔、切れ長の目、高校生になった彼女は眩いまでの美少女になっていた。その制服から私立のT女子高校に通っているのが分かった。声を掛けようかと思ったが、その勇気は出ないでいると、バスが着いた。いつかチャンスはあるだろう。うちが近所に違いない。また会える機会を待つ事にした。

その日の夜から久しくしていなかったモミモミの際、杉本君枝さんを頭の中に思い浮かべていた。恋に落ちたと思った。眠れなくなり、便箋に一枚、「あなたは杉本君枝さんではないですか。僕は高杉勇雄といいます。覚えていますか。確か小学三、四年の時、同じクラスでした。お話をしてみたくなりました。今度の日曜、Mデパートの屋上で午後の一時に待っていますから来てくれませんか」と書いて、封筒の表書きは杉本君枝様、裏には高杉勇雄と書いた。明朝、またバス停で一緒になったら手渡ししようと思ったのである。

その翌朝、また杉本君枝さんはバス停の端の方にいた。俺は近寄り、鞄から手紙を出し、「これ、あとで読んでください」とだけ言って、元の場所に戻り、素知らぬ顔をしてバスを待った。杉本さんが少し顔を赤らめたことにこれは脈ありかと秘かに期待した。

次の日、バス停には杉本君枝さんの姿はなかった。俺を避けたのだと思った。別のバス停からバスに乗ればいいのだ。これはもう早くも振られたと思った。夜の想念はいけない、と思った。

それでも俺は日曜の午後一時、Mデパートの屋上でひょっとしたら杉本さんが来やしないかと待った。三十分待っても現れなかった。もう三十分待とうと思い、二時になったが、君枝さんは現れなかった。俺の行動は奇抜だったろうか。束の間の恋は泡となって消え去ったと思った。

ボート部の練習は、冬は当然ながら校舎内でのものになった。うさぎ跳びは校内の全部の階段、廊下を隈なく廻った。これが一番きつい。が、脚力はみるみるとついて行った。棒引きという両端に棒があってロープで結ばれた道具を使い、向かい合った二人が引き役、抑え役をするというのがあった。この棒引きはどちらが強いかハッキリ分かるものになっていた。俺は誰よりも強かった。或る時、就職の決まっている三年生でキャプテンをしていた斎藤さんがひょっこり現れ、この棒引きで俺を指名し、やる事になった。いくら引退しているとはいえ、二歳上であるので、俺は斎藤さんには敵わないものと思った。が、やってみると互角、やがて俺の方が強い事が明らかとなった。

「高杉は強くなったなあ。皆もそれなりに強くなっているだろう。これで安心して卒業出来る」

斎藤さんは満足げだった。邪心のない、いい先輩であった。

その他には、バック台という細長い機器があり、実際のボートを漕ぐ模擬演習をした。何回漕げるかが問題であった。皆、めきめきとその回数を増やして行った。腹筋は、仰向けになって両足を浮かせる、何分続けられるかで競った。これも俺が一番強かった。足腰の屈伸運動もトレーニングの重要なメニューの一つだった。

俺はこのボート部で一番強い、という自負を持った。八戸が退学しないで残っていたらどうだったか。たとえそうだとしても俺は一番になれていた自信があった。が、謙虚であろうと努めた。さらに強くなりたいと思った。

青森高校では授業の間の休み時間によく染野谷と教室の後ろで相撲を取って遊んだ。俺は自分の力は七分ほどしか出していない。それでも俺の方が強い事は歴然としていた。が、染野谷の方から暇さえあれば、相撲をしようと誘って来たのである。相撲の好きな俺はそれを拒む事はしなかった。

　二月の末はまだ一面雪に覆われている。或る朝、バス停でバスが来るのを待っていると、道路の片隅になんと杉本君枝さんがいるのを発見した。目が合うと、杉本さんが俺に微笑み少し頭を下げて挨拶して来たではないか。俺は心臓が熱くなり、それでも杉本さんに近づいて行った。

「先日は失礼な手紙を渡してごめんなさい。怒っている？」

「いや、高杉くんの事はよく覚えていますよ。ただ、あの日は体調が悪く、うちで寝ていたんです。それからずっと学校を休んでいました。やっとよくなったです」

「そうだったのですか。……図々しいようですが、一度デートしてくれませんか」

　普段内向的な俺にしてはあまりに自然にデートの申し込みが出来た事に驚いたのである。

「いいですよ」と杉本さんは返答してくれた。

「それじゃ、一緒に映画を観ませんか」

「映画は私、好き。何を観に行くの」

「日本映画、それとも洋画、どっちがいい」

「どちらでもいいですよ。ただ、西部劇とかはあまり好きでないけど。あとは何でも構わないわ」

「じゃあ、何にするか考えておきます。……えーと、待ち合わせ場所は、どこにするかな。N書店の文具売場でどうですか。……今週の日曜の午後一時ではどうですか」

「いいですよ。今度の日曜は空いていています。楽しみにしていています」

ここまで話していると、向こうからバスが来るのが見えた。俺は、憧れの杉本さんとデートの約束がいとも簡単に出来てしまった事に胸が小躍りしていた。バスの中での会話は禁物だ。俺と杉本さんは狭いバスの中に乗り込み、幾分離れた距離に位置取り、それぞれ登校して行ったのである。

日曜日が来た。S町通りのN書店の文具売場に俺は午後一時の十分前に着いて、万年筆のショーウインドウの前で佇んでいた。白いコートを着た杉本さんがやって来た。紺のコートは登校用であったか、色白の杉本さんが白い天使のように見えた。

「やあ、こんにちは。映画だけど、『荒野の用心棒』というのがよさそうだが西部劇なのでやめることにした。別の日に独りで観に行くさ。他に今よさそうな映画をやっていない。日本映画も楽しそうなのはないようだ。……それよりケーキの店に行ってお喋りをしませんか」

「ケーキ、好きだわ。それに高杉くんとは五年ぶりかな。いろいろお喋りしてみたいわ。で、どの店に行くの」

「そりゃ、コロンバンでしょう。あそこのケーキはおいしいから」

こうして二人はN書店を出て、S町通りを南下して並んで歩き、コロンバンという店に向かった。

コロンバンの一階はケーキ売場、喫茶室は二階にある。日曜なので二階は幾分混んでいたが、空席はあった。白いコートを脱いだ杉本さんは茶色のセーターで、俺は黒いコートを脱ぐと茶色のセーター、同じような色のセーターの着用は偶然以上の何か運命的なものを感じさせた。

「俺、一階でケーキを買うだけで、ここ初めてだが、杉本さんは」

「私も初めてよ。ところで高杉くんは小6でどこに転校したの」

「むつ市の田名部という所だよ。四年間。楽しかったなあ。で、沖舘の中学校はどうだった」

二人は暫し中学時代の話をした。が、杉本さんは青森東高校に入れる成績だと言われていたのに入試で失敗、やむなく滑り止めのT女子高校に入ったのが判明した。

「俺は青森高校、ギリギリで合格したのさ。受験勉強はイヤだったなあ。じゃあ、T女子はつまらないですか。それとも満足ですか」

「部活動でブラバンに入ったの。フルートをやっている。打ち込めるものがあるので満足していますよ」

「そりゃいいなあ。俺はボート部。心身を鍛えることにしたのさ」

「高校でボートは珍しいわね。高杉くんが小3だったか、あの稲荷神社の土俵で相撲大会し、優勝したのをよく覚えているわ」

二人は暫しそれぞれの学校の部活動の話をしたが、楽器演奏がダメな俺は、フルートを吹く、いや吹ける杉本さんに羨ましいものを覚えたのであった。

それから映画の話になり、俺は『ベン・ハー』がこれまで観た映画で一番いいと言い、杉本さんは『ウエスト・サイド物語』が一番いいと言った。二人とも子供の頃は東映の時代劇を親に連れられてよく観たことを言い、奇妙に話が合うので、大変気持ちのよい時間を過ごした。

コロンバンのケーキと紅茶は美味しかった。一時間ほどの談笑で、二人は帰途に就いた。次のデートの約束などしなかった。ただ、

「映画を一緒に観る友達になってくれないか」と俺が言うと、

「いいわよ。ただ、ブラバンの練習でこれから忙しくなると思うの。だから夏休みならいいわ」と杉本さんは言ったのである。

二人は午後三時半頃に沖舘小浜のバス停で別れた。俺はある種の爽快感で胸が一杯になっていた。杉本さんはバカではなかった。T女子高はレベルが低く、それだけをもって俺は杉本さんに劣情を抱いたことを恥じた。青森東高校はレベルからいって青森高校の次である。競争率が1・4倍もあったというではないか。T女子高をバカにしていた自分を反省しないといけないと思った。

だが、杉本さんが俺のガールフレンドになったというのではない。次は夏休みというが当てにはならない。体よく逃げられただけかもしれない。杉本さんほど可愛ければ男たちに持てるだろう。あの高宮は交際している人がいると言って来たではないか。杉本さんにもボーイフレンドがいるかもしれない。が、それは敢えて聞かなかった。ただ、映画の友というか、そんなものに、それも可愛いが芯も強そうな杉本さんという存在とお近づきになれたことが嬉しかっ

た。内向的な俺としては、杉本さんは大変話しやすく、時々見せる細い目をさらに細めての愛らしいあの笑顔、どういう風の吹きまわしか、こんな俺にまるで白い天使が舞い降りて来たような、そういう幸運をただただありがたく思ったのである。

二月中旬に第五回目の校内実力テストがあり、その結果は、校内順位で478番、相変わらずの低空飛行を続けていた。が、三月上旬に行なわれた三学期の期末テストはよく出来た方であった。通信簿は、5段階評価で、平均3・4であった。染野谷は、校内実力テストでどうしても100番以内に入れないと嘆いていた。俺にはいつも100番台にいると知らせていた。その染野谷の通信簿の平均は3・6だと教えてくれた。大差はないと思った。それにしても学校は成績で優劣をつける。イヤな所だと思った。

二十

今や老齢の身である俺は、これまでの生涯を振り返って、ずっと教育関係の仕事に関わって来たと思わないわけにはいかなかった。が、デモシカ教師の成れの果てである。大学院進学をし、研究者を目指したが、そんな甘いものではなかった。大学院在籍中は幾つかの小・中学生対象の学習塾の非常勤講師、専任講師を務め、某私立高校の現代国語の非常勤講師も勤め、定職を持たねばならぬとして某県立高校の教諭を二校、十四年間勤めたのである。運よく大学の教員になってから二十三年間勤め、七十歳の定年を迎えた。定年後、思うのは、日頃の授業は苦しみよりも楽しみであったが、高校にしても大学にしても生徒、学生の成績評価は楽ではなく苦であった、という事である。人間をランク付けしているようでイヤだった。生徒や学生に成績をあまり気にするな、といっても気にしてしまうのである。といって、成績を出さないと皆勉強などするものではない。怠けるだろう。成績は付く。付ける。俺は教わる立場も長かったが、教える立場はもっと長かった。今、成績評価をする事はない。この解放感は定年後の一つの安らぎとなっている。

二十一

俺は高校二年に進級した。2年6組に入った。男子四十五人、女子十人、合計五十五人学級である。担任は化学の松本先生だが、何故か化学の教科担当はビンコー先生となっていた。ビンコー先生の化学の教え方が俺に合っていたのか、よく分かり楽しみの授業の一つとなった。世界史は一年生の時の担任だった大木先生だが、眠っている事が多かった。これも独演会授業である。暗記は得意なので、テストさえ出来ればいいと思った。倫理・社会は顔が東京ぼん太に似ている京大哲学出だという教師であった。ソクラテス、プラトンを主にこれも独演会授業をしていたが、俺には何故か面白く感じていた。タカショーの古典は相変わらず落ち着きがあり、好きであった。とりわけ『徒然草』の授業を面白く感じた。が、俺は、数学と物理がまるで分からなくなっていて、この二科目は完全なお客さんとなっていた。落第しないように勉強をしないといけないと焦っていた。

ボート部の方はバウの横内が家庭の事情で退部していた。それで新学年の四月から新入生の勧誘を積極的に行なわなければいけないと皆は思っていた。ところが勧誘に動き出す前に、新入生が自分らの意思で五人も入ってくれたのである。ボートは二艘ある。俺はもう少し人数が増えれば二チームは出来ると喜んだ。が、そんなに甘くはなかった。後藤が、新入生の一人が後藤に反抗的な態度を取ったというので、その生徒を殴ってやると言い出した。キャプテンの笹森は何も言わない。俺は、

「それはやめろよ。暴力はいけないから」と暴力行使の経験があるにもかかわらず、模範生ぶって注意を与えた。

「分かったよ。殴るのはよすよ」

それは素直なものだった。だが、実際には、或る日の練習が終わったあと、艇庫の隅の誰も見ていない所で、後藤は気に入らないという新入生を殴っていたのだった。その翌日から残りの四人のうち三人も練習には来なくなった。一人残った新入生は札幌からの転校生で朝岡とい

う名であった。部員増加は正味一カ月間の夢のような出来事に過ぎなかった。結果的に横内に代わり朝岡になったに過ぎない。補欠なしでいくしかなかった。俺は、後藤はもしかしたら新入生のうち強いのが出て来て、レギュラーの座を奪われる、一番弱そうなのを血祭に上げれば、皆やめるのではないかといった考えを抱いたのではないかと思った。インターハイには誰もレギュラーで出場したい。和とか協力なんていい言葉だが、現実はそうはいかない、と実感させられた。

クラス替えで友人関係も変化が出ていた。榊守というレスリング部の男と親しくなった。この榊は物理の天才だった。校内実力テストの結果は100番以内の公表は変わらないが、科目別成績上位者も記載されるようになり、榊は物理で1番か2番であった。榊と親しくなったといっても教室の奥で授業の休み時間に相撲を取って遊ぶ事をよくしていたのだった。榊の上半身は厚い胸板で力も強かった。が、背丈が俺の方が十センチほども高く、四つに組んだ場合、引きつけが俺の方が強かった。ボートで鍛えているだけの事はあると思った。藤田というラグビー部の、顔が尖っている生徒とも親しくなっていた。教室の座席が隣でよくお喋りをしていたからである。クラス一の秀才は安川秀夫という眼鏡を掛けた、唇が厚いのが特徴の生徒であった。俺は安川がイヤではなく、或る時、「安川はどういう勉強をしているのだ。教えてくれ」と聞いた事がある。安川は「僕は一年前に上の学年の教科書を買って、それを勉強しておく。授業は復習のようなものにする」と答えたのである。俺はこれには驚いた。学年で1番か

2番の安川、流石と思った。開業医の息子らしいがおそらく東大医学部に現役で入れるだろうと思った。女子十名には関心がなかった。強いていえば、高田さんは顔がキリリとしていて好感が持てただけであった。俺は面食いなのである。

ボートの練習は、次第に猛練習となって行った。東京オリンピックの代表選手だったという佐藤浩章さんはスポーツ推薦でC大学に入り、卒業後は青森市の某テレビ局に勤めていた。その佐藤先輩が堤川の土手にいてアドバイスをしてくれる事が多々あった。これもインターハイを控えての特別な事と理解していた。

「大学では、一年生の時、腕立て伏せを100回やれと先輩たちに言われ、100回は出来るとやっていったが、99、99、99、といつまでも続き、ついに地面にうつ伏せになってしまったさ。そうしたら、どうされたと思う。先輩たちがバケツに汲んで来ていた水をバサッとぶっかけたのだ。こうして鍛え上げられていったのさ」

このような事を佐藤先輩に言われると、俺は大学の運動部は野蛮だと思った。まあ、俺には無縁の事としても面白く聞いていた。

「大学生となったが、経済学部の学生ではないのだ。あくまでボート部の学生さ。授業など出なくていいさ。月曜以外は練習、練習だったさ。月曜だけ休み。女と遊ぼうが何しようが自由だったさ」

このような事も佐藤先輩は言われた。ますます大学のスポーツとは何だろうと疑問に思った。

ビンコー先生は、佐藤先輩のいない時、ボートの上で皆に言った。

「何で、佐藤が来ると思う。……俺に恩があるからさ」

とりわけ恩に力を込めて言ったのである。こんな自慢そうなビンコーの言い方に俺は少し腹が立った。

暗にボート部で優秀なのはC大学に推薦してやる、自分はそういう力を持っていると言ったと同じだった。現に、佐藤先輩に次いでC大学に進んだ小山先輩と小林先輩は一度ずつ、練習の最中に姿を見せていたのだった。

合宿が始まった。合宿所は高校の校舎のすぐ脇にあった。小父さん、小母さんの夫婦が寝泊まりして管理していた。この合宿所をよく使うのは野球部とボート部であった。野球部は俺たちの三級上か四級上かに甲子園に出た事があるそうだ。ボート部は、伝統があり、旧制中学時代の大正末から昭和の初めにかけ全国制覇四連覇を果たしていたというのを聞かされていた。

そういえば、堤川でボートを漕いでいる時、土手から或る老人に声を掛けられ、岸にボートを寄せた事があった。その老人は開業医でその昔、ボート部の選手だったというのである。

「伝統の力は大きい。心身ともに鍛える事が出来る。がんばれよ」

そう言ってその老医師は立ち去ったものであった。

二十二

今や老齢の身となっている俺は、高校や大学のスポーツについて考えを巡らす事が多い。青森高校の野球部はずっと甲子園に出ていない。私立の常連校が二、三校あり、野球留学が多いそうだが、全国レベルには達している。俺は夏の甲子園高校野球は青森代表の試合だけはテレビで観ている。が、いまだ全国一はない。接戦の試合は感動を呼ぶ。感動と言えば、サッカーのW杯、野球のWBCもそうだ。

最近は、小説を読んで感動を覚える事も、正直、少なくなってしまった。スポーツ観戦からの感動はある。文学はスポーツに負けているといっていい。

ところで青森高校のボート部は、俺が高校を卒業して七、八年後かに全国制覇をしていた。それを新聞で知った時は大変嬉しかった。ボートはプロがない。アマチュアスポーツだ。見ていて面白いというものでもない。が、ボートは全身を使う。左右バランスがよくないとスピードは出ない。協調性が必要である。地味なスポーツだが、推奨するに足る。アマチュアスポーツはあまり勝ち負けに拘らないのが本来のあり方だと思うようになっている。

二十三

合宿中に俺は一度数学の授業をサボった事がある。一人、合宿所で布団を敷いて眠ろうとしていた。が、そこに見知らぬ高二だという眼鏡を掛けて髪がボウボウの男が入って来た。俺を起こし、文学談をやり始めたのである。俺の休息時間はフイになった。俺はただ黙って聞いていた。そしてその男はじき高校をやめると言って、合宿所を出て行った。変わり者もいるものだ、そう思っただけである。

次の数学の時間は散々な目に遭わされた。数学担当の塩田先生が、

「高杉、お前は前の時間、サボって合宿所にいたろう。今日は特別にお前に当てる。黒板の前に来て、教科書の問い三の問題を解いてみろ」と言われたのである。

俺は渋々、黒板の前まで出て行った。むろん問題は解けない。黙って立っていた。他の者たちは内心、俺をバカにしていると思った。とりわけ高田さんの面前で俺が恥をかかされた事が悔しかった。高田さんとは少しは話をした事がある。ガールフレンドにするなら彼女と思っていただけに、この醜態は取り返しようがなかった。が、俺が悪い。サボリの制裁を受けただけだ。仕方ない事だった。

後年の俺はこの時の事をしばしば夢に見た。夢はあまりいいものを見ないものである。殺さ

れそうになった夢も何回か見た事がある。無免許で車を走らせている夢を見た事もある。一番多く見るのは高所恐怖症気味の俺が高い所から飛び降りる夢である。次にこの塩田に拠る数学の問題が解けず教室の黒板の前でタジタジとしている夢である。塩田はイヤな奴、と何度も恨んだ。が、俺が悪かった。恥をかかされて当然であった。

二十四

二度目の合宿は、通常二週間のところ三週間もさせられた。朝は四時半起床、艇庫まで走る、五時頃から練習開始で、七時半頃までやり、合宿所で朝食、すぐ傍の校舎に行き、授業となる。放課後はすぐに練習、周りが暗くなってもやる。合宿所に戻り夕食、夕食後もミーティングをやったり軽く棒引きをしたりして、夜十時には就寝となるのである。硬式野球部とわがボート部だけが合宿所を占領していた。

或る夜、佐藤先輩が来ていて、俺を棒引きの相手に指名した。

「お前が一番強いってか。思い切り引っ張ってみろ」

俺は言われるまま佐藤先輩の棒引きの相手となった。思い切り引いてみた。佐藤先輩は微動だにしない。両腕に筋肉の筋を立てている。

「今度はお前が抑えてみろ。こっちは片手でも勝てる」

俺は抑えにになったが、佐藤先輩の棒を真ん中にしての右腕一本にいとも簡単に引かれてしまった。流石オリンピック選手だと思い知らされた。

或る夜、合宿所で東京オリンピックのエイトの決勝のフィルムを映写した。日本は出ていない。西洋人チームの六艘、体格が違う、丸太棒のような腕をした大男たちがボートをスイスイ漕いでいる。上には上がいる。とても世界には日本は通用しないと思った。

合宿のラストの夕食はおかずがビフテキにカツレツであった。テキにカツ、という意があり伝統的にされているものだそうだ。こんな事をしても何になるのかと思ったが、皆は食うのは好きで満腹感を味わった。

一学期は瞬く間に過ぎ、通信簿を渡された。国語は5段階評価で現代国語が5、古典も5であった。社会科は倫理・社会が4、世界史も4であった。数学は1である。赤点だ。1という数字の下に赤い座布団のように横線が引かれていた。理科は化学が4、物理が1であった。英語はリーダーが3、グラマーが2であった。俺のように5から1まですべて付いている生徒は他にはいないだろうと思った。が、赤点二科目は屈辱であった。出来ないから仕方ない。が、夏休みの特別補習はしないという事だった。ホッとした。二学期は赤点から逃れるのを第一目標にするしかないと思った。

保健体育は4である。体育の教師は長峰先生といい、眼鏡を掛けた背の高い人であった。進学校のせいか、厳しい授業はさせなかった。生徒たちにバスケットボールを渡し、勝手に遊ばせているようなものだった。そして学期末に個人面談を行なった。部活は何かを聞いた。運動部なら4、それ以外なら3とでもしていたのだろう。この長峰先生は独身で秘かにストリップを観に行っているという噂だった。青森市にストリップ劇場は一軒しかない。俺のうちからは比較的近かった。生徒の誰かが長峰先生がそこに出入りしているのを目撃したのだろう。が、俺は、長峰先生は人間味があっていいと思った。と同時に、機会があれば、俺はそのストリップというものを観てみたいものだと思った。

二十五

昭和四十一年度全国高等学校総合体育大会の漕艇は、八月一日からむつ市大湊コースで行なわれた。俺たちはホテルに寝泊まりした。開会式が終わるとすぐに競技である。フィックスの部は、四校ずつ八組、三十二校が予選で当たり、一位だけが準決勝に進出できる。二位以下の三校は敗者復活戦を四校ずつ六組で競い、一位だけが準決勝に進める。青森高校は予選で長野代表、兵庫代表、大分代表と戦った。もうスタートダッシュで長野代表のO南高が飛び出しそのまま一位となった。青森高校は三位であった。会場には山口さんが女友達一人を連れ、俺の応援に来てくれた。それに小野寺も来てくれた。郷土愛の強い織田の応援には一人も来ていないのが訝しかった。ああ、三位か。明日の敗者復活戦での一位は難しいように思えた。敗者復活戦は、鳥取代表、京都代表、青森の田名部高校とぶつかった。鳥取代表とトップ争いになったが、及ばなかった。敗者復活戦で二位、二年生に一年生一人のクルーではこれで精一杯という結果だったと思った。

帰りの列車に乗り込んでいると、山口さんがやって来て、俺はボックスを移動し、山口さんとお喋りをし始めた。笹森、後藤、織田は端で親しげに俺が山口さんと話しているのを黙って羨ましそうにチラチラ見ていた。山口さんとの会話は、俺達の中三の担任だった近藤先生も俺の応援に駆けつけてくれていたのだが、坊主頭になっているその理由、クラスの二年生たちと何か賭けをして負けてそうなったという事、中三の時の同級生の山木さんや大原の今の話など他愛のない事を二十分ほど喋っただけであった。交換日記は続けていてそれに書いていない事柄を山口さんは話してくれたのである。高宮さんの話は出なかった。出たら俺は冷や冷やものだったろう。実は田名部の街を歩いている時、俺は女子生徒七人ほどの集団の中心のように先頭を歩いている高宮さんとすれ違っていた。俺は高宮さんの方からの笑顔の挨拶を受けていたのだった。俺は挨拶を返すのが精一杯、振られた相手だが、嫌味は何もなかった。山口さんが、高宮さんに俺がした行為、ラブレターを送っていた事を知ったら気分を害するだろう、とその事だけが心配だった。が、高宮さんはそんな事はしていないと察知し、或る安心を覚えたのである。

二十六

今や老齢の身となっている俺は、多くの段ボール箱の一つから、このインターハイの時の冊子を捜し出し、しげしげと見始めていた。

青地の表紙にギリシャ彫刻のような肉体美の男がいろいろなポーズを取っての像が六体、目立たぬが女の斜め後ろからの像が一体、描かれていた。こんなところにも男性優位社会が出ていると言えばそう言えようが、女子ナックルフォアの競技はあり、二十七校が参加していたのである。いつから女子ボートがあったかは不明だが、女子スポーツでは先駆的だったのではなかろうか。

表紙の裏には、『高体連の歌』と『若い力』の歌詞が載っていた。とりわけ『若い力』の一番の「若い力と　感激に　燃えよ若人　胸を張れ　歓喜あふれる　ユニホーム　肩にひとひら花が散る　花も輝け　希望にみちて　競え青春　強きもの」の歌が鮮やかに甦ったのである。確かにこれは開始式で参加者全員が歌った。いい歌だった。作詞は佐伯孝夫、作曲は高田信一とある。佐伯孝夫といえば、『有楽町で逢いましょう』や『いつでも夢を』などの歌謡曲を作詞した有名人ではないか。高田信一は初めて聞く名だが、ウィキペディアで調べてみたら、クラシック音楽の作曲家、指揮者でもあった。が、三十九歳で亡くなっていた。この『若い力』という歌は作詞も作曲もいい、傑作だ、と改めて思い返したのである。野球の『栄冠は君に輝く』もいい歌だ。今や甲子園高校野球でお馴染みである。が、『若い力』は一般にはよく知られていないが、これもいい歌である。高校野球人気が過剰過ぎる。これは昔からさして変わりない。日本人は野球が好きだという事である。

ところで男子フィックスの優勝はどこであったか。滋賀代表のS工業であった。俺が万年筆でメモしていたから間違いない。参加クルー名簿もあって、それを見ると、S工業の漕ぎ手はS（整調）以外の五人の体重が70kg以上である。参加クルーの中でも一番の重量級である。が、琵琶湖で鍛えたからこそ優勝が出来たに相違ない。俺の体重は、68・0kgで青森高校では一番重かった。身長は179・4cmでこれは申し分ない。今は180・1cm、若い頃から身長はさして伸びておらず、どうでもいい事だが、体重は中年過ぎから75kg以上、ただただ贅肉を付けただけである。こんな物思いに暫し耽って昔を懐かしんだ。

二十七

次の国体予選まで暫しのゆとりの期間があった。俺は、青森市の第一劇場に映画『南太平洋』を観に行こうと思った。が、杉本さんの存在がクローズアップされた。杉本さんと一緒にと思ったが、夏休みで連絡のとりようがない。その家はどこか。県道に沿い沖舘小浜のバス停の北200メートルほどに杉本酒店というのがあった。ここのお嬢さんなら店を訪ねていいと思った。俺は、ねぶた祭が終わった次の日に、勇気を出し杉本酒店の前に来た。

「あのう、ここに君枝さんという人はいませんか」

店先に座っていた美人で小綺麗な感じの小母さんが、

「ああ、君枝ならいますけど、どなたさんですか」と言った。

「高杉という者です。この春に君枝さんと会いました。話したいことがあって、不躾ながらも訪ねて来たのです」

「……わかりました。……君枝、高杉さんという人が見えているよ」と二階に向かって大きな声で叫んだ。

暫くして杉本さんが階段を下りて来た。黄色い半袖シャツ姿であった。

「お母さん、少し外に出て来るから」と言って、俺を店の外に出した。

「よく私のうちが分かったわね。でも久しぶり」

「いやあ、こちらこそ。春に言ったように、映画、今、『南太平洋』というミュージカルをやっている。もしお時間があれば一緒にと思って。ここではないかと見当つけて、やって来たのです」

「いいですよ。明日なら大丈夫よ」

「じゃあ、明日、第一劇場の前、十二時四十五分の待ち合わせでどうですか。もう一本の『GO! GO! ビキニ』というのは観ないでいい。『南太平洋』は午後一時開始になっているのを調べました」

「明後日からはお盆休みになり家族で出かけるので、明日ならいいわ」

「なんかツイてるなあ。お休みのところ本当に失礼しました」

「じゃあ、明日」と杉本さんは言い店の中に入って行ったのである。

映画には感激した。映画館を出たあとのあの充実感は生涯忘れられないものになると思った。

映画ノートには「これほど強く俺の心をうった映画はない」とまで書いておいた。

杉本さんとは今度はKパン店の二階の喫茶室で紅茶とケーキということにした。

「それにしてもいい映画だったなあ。杉本さんはどうだった」

「私、感激しちゃった。『ウエスト・サイド物語』より数倍よかったわ」

「歌がいいのばかりの連続だったね。それにあの映画には反戦のメッセージも込められていると思ったなあ」

「そうねえ。日本軍は南太平洋まで戦場としていたのね」

「そうだよ。でも、バリハイ、ア・ワンダフル・ガイ、ハッピートーク、その他、歌が全部いいといっていいなあ。素晴らしかったなあ」

「同感だわ。誘ってくれてどうもありがとう」

俺は映画の感動の余韻を杉本さんと共有出来たことにこの上ない幸せを感じていた。杉本さんは水色のブラウスを着ていた。俺は青色の半袖シャツだった。これもまた偶然の一致、言葉にはしなかったが、映画『南太平洋』の印象にも通じるものがあって、普段Kパンのケーキは美味しくないという評判だったが、この時ばかりは大変美味しく感じられたのである。

映画の話のあとは、互いの家族のこととなった。杉本さんに二つ上の姉がいて、青森東高校を卒業して信用金庫に勤めているという。両親は酒類販売業、娘二人のうち一人に養子を取って家業を継がせたいらしい。杉本さんが東京での就職に憧れを持っていることも知った。

俺は妹時子、弟隆雄、父が秋田出身の営林署勤めの公務員、母は満州大連生まれ育ちだったことなどを話した。とにかく杉本さんは話しやすい相手なのである。カラッとした性格なのがいい。また次のデートの約束はしなかった。杉本さんは年中バス通学で朝同じ時刻のバスに乗るのでバス停で声をかけてくれれば映画は付き合うと言ってくれた。ただ、今回のように店に突然訪れては困るようなことを言った。が、今回の不躾は改めて詫びた。なんとなく付き合っている彼氏はいないような感じがして、秋以降もっと映画に誘おうと思ったが、いい映画でないと嫌われるのではないかという不安があった。それだけ映画『南太平洋』の衝撃は大きかったのである。

後年の俺は『南太平洋』のＬＰレコードを買い、何度も聴いた。市販のＶＨＳビデオも買い、何度も観たりした。とりわけ女主人公役のミッチー・ゲイナーに魅せられていた。その声が特別にいい。それにあの映画の内容にはやはり反戦のメッセージが込められていると思った。最近でもYouTubeで映画の一部を観て懐かしがっている。この『南太平洋』を筆頭に、『マイ・フェア・レディ』、『サウンド・オブ・ミュージック』『ウエスト・サイド物語』『メリー・ポピンズ』『雨に唄えば』などミュージカル映画が大好きである。こういう俺の傾向は、女性っぽいという事はないよな。

二十八

夏休みはまだあったが、ボートの練習に励んでいた。或る日、初めてといっていいだろう、ビンコーが「練習を休むので今日は気をつけて練習するように」と言った。監視がいない。俺たちの心はもうウキウキとしていた。

「浅虫まで漕いで行かないか」

そう後藤が言い、こんなチャンスはないと皆が賛成した。「スイ、スイ」と皆で声を揃えて出し、晴天の海にボートを漕ぎ出した時は、監督の目がないとこんなにも快適なものかと思ったものである。沖合の海。波は立っていない。

「この辺で、泳ごうか。もふんでいいさ」

そう後藤が言い、俺も賛成し、ボートを止めた。後藤が素っ裸になって海に入り、ついで俺も素っ裸になって海に入った。俺は立ち泳ぎから平泳ぎ、クロールと海水の中を少し泳いでみせた。笹森と坂爪も海の中に入って来た。あとの三人はボートの上で待機である。クラゲが意外に多いのには少し驚いた。その深さは分からない。が、溺れる事はないと思った。後藤、俺、坂爪、笹森とボートの上に戻った。

「いや〜、気持ちよかった。もう、服は着たから出発しようぜ」と俺が言った。

「そうさ、もふん、いい思い出になるなあ、さあ、目指せ、浅虫」と後藤が言った。

海は凪いでいた。浅虫まで順調に漕ぐ事が出来た。

浅虫に上陸したのではない。こんな遠くまで皆で漕げた事が或る満足感を与えていた。帰りもほぼ順調であった。ほぼ、と言ったのは少し風が出て来たことが気に掛かっていたからである。

「合浦公園が見えて来た。岸に着けて休まないか」

そう後藤が言った。

「青木、うまく舵を取れるか。合浦に寄ろうぜ」

「よし、任せておけ、ここはコックスの腕の見せ所さ」

青木が賛成し、ボートを合浦公園の岸辺に着ける事にした。

ボートは進んだ。が、風が強くなり、波が立ち始め、ボートを引き返す事も出来なくなった。

ボートは横向きになり、波の水を浴びた。みるみる浸水した。ボートをもう漕ぐ事が出来なくなった。

「岸に近い。もう岸まで海の中を歩くしかない」

青木がそう言い、皆もそう感じた。岸辺では公園の管理人らしい人たちが心配そうに見ていた。

皆の服は海水で濡れていた。ボートは公園の人たちが引き上げてくれるという。

暫くして、ビンコーが慌てて駆けつけて来た。

「バカな事をしたものだ。でも俺に責任がある。皆、オールをかついで艇庫まで戻れ。ボートはあとで何とか運んでもらうから」

皆はしゅんとしていた。国道沿いの道を肩にオールをかついだ俺たちがトボトボと歩いて行く。何とも惨めな姿だった。

それからは皆、真剣に練習に励んだ。ビンコーのしごきも始まった。

「こうなったら、国体に行ってみせろ。勝つんだ」

皆、もう神妙で、力漕に力漕を重ねた。

フィックスの国体予選はインターハイの時と同じ大湊コースで行なわれた。地元大湊高校との一騎打ちとなった。国体は県から一校しか出られない。大湊高校は全員三年生でインターハイでは八位の成績であった。相手にとって不足はない。俺たちは直前の練習で大湊高校に勝つつもりで猛練習に励んで来たではないか。１０００ｍの二艘による競漕がスタートした。が、追い上げを早くかけるべきだったか、鼻の差で負けてしまった。レースが終わったあと、大湊高校の選手の一人が、

「お前たちは強くなったなあ。来年が楽しみだよ」と言って来たのである。互いに握手までしたが、負けた悔しさはどうしようもなかった。

それにもかかわらず、織田、坂爪、朝岡の三人が退部すると言い出した。大学進学準備のためというのである。止める事は出来ない。で、ビンコーは、或る日、青木、笹森、後藤、俺を呼んだ。

「お前たちはやめないな。じゃあ、ナックルフォアに切り替える事にした。すぐ慣れるから大丈夫だ。一人足りないが誰か見つけて来い」

二学期からは新生ボート部のスタート、とビンコーは頭を切り替えていたのだった。

フィックスはシートが固定されている。が、ナックルフォアはシートの部分がレールになっ

ていて両脚で蹴るように漕ぐ。下半身が上半身とともに前後に移動するのである。新しい艇が入ってきた時は俺たち四人には心躍るものがあった。艇の名はフィックス時代同様、青森高校の校章にあやかり無限号とした。問題の新入り部員は俺と同じクラスになっていて身体が大きいのにどこの部活にも入っていない安原誠一という生徒を俺が口説き落としたのだった。俺には大学進学よりもボートを三年生までやり遂げるという目標があった。青木、笹森、後藤、安原は高卒での就職希望であった。俺は大学進学もと欲張っているだろうが、どうせ青森高校の劣等生、せめてボート部は来年のインターハイ予選まで選手としてやり通す、この一念が優先された。中途半端はイヤなのであった。

二十九

二学期は始まっていた。学校の勉強は数学と物理の赤点からの脱却が第一目標であった。クラスで一番親しくなっている物理の天才榊にその二科目の分からない所を屡々聞きに行くようになっていた。榊は嫌がらずによく教えてくれた。相撲も以前より頻繁ではないが、教室の後ろの空きスペースでやっていた。二人とも自転車通学であったが、或る日、互いの部活も早めに終わり、一緒に帰る機会があった。二人、自転車で並べる折はお喋りをした。

「高杉は将来何になりたいんだ」

「今の俺には将来やりたい職業はないなあ。ただ、サラリーマンはイヤだ。新聞記者もいいかな、とちょっとは思い始めている。榊は」

「パイロットになりたい。無理かな」

「パイロットとは凄いなあ。榊なら頭もいいし体力もあるから大丈夫だと思うな」

「ただ、うちは経済的に苦しく、大学進学が出来そうにないんだ」

俺はここで口を噤んでしまった。経済的に苦しい家庭の子は意外に多い。俺は恵まれている方だ。ただ、漠然と大学進学を考えているのを申し訳ないことだと思った。あとは部活の話に切り替えた。

ボート部をやめた坂爪が或る日、俺のうちに遊びに来た。

「高杉、ニニ・ロッソを聴くんだって」

「ああ、ニニ・ロッソのレコードを一枚、この前買って来たよ」

「ニニ・ロッソはいいなあ。トランペットを吹く気はないか」

「吹けたらいいなあと思っているところだよ」

「こっちもそう思っていて、トランペットを買ってもらうことにしているのさ。高杉もそうしろよ」

「それはいいけど、坂爪は大学進学、どういう所を目指しているのだ」

「東京藝大さ。美術か音楽。どちらかと言えば、画家になりたい。絵画部にも入っていて、ボートはやめたが、そっちは続けるさ」

「画家か。東京藝大か。目標は大きくていい。それじゃ勉強もかなりしないとなあ」

「そうなんだよ。だからボートはやめた。受験勉強はイヤだけど、しないとどうしようもないから。ところで高杉は大学に行く気があるのか」

「あるけど、将来なりたい職業は決めていない。決められないのだよ。ただ、ボート部はやり通す。これだけだな」

「まあ、それでいいんじゃないか。トランペットは本気で考えてくれよ。二人で合奏したいものだなあ」

　こんな会話をした。先の榊といい、今の坂爪といい、将来の夢というか、希望というものがしっかりあって、羨ましいと思った。トランペットの件は数日後、母に言ったら、高校を卒業してからとアッサリ言われてしまった。でも、いずれトランペットは手に入る。それだけでも胸は少しワクワクした。

　ボートの練習の休みである日曜日は映画館に通っていた。独りで行く事が多いが、早瀬と一緒の時もかなりあった。早瀬は、武智鉄二という監督の『黒い雪』を二人で観に行っていて、大変よかったと俺に話していた。俺はその『黒い雪』を観ていない。が、成人向けで手頃なのはピンク映画である。根が助平の俺はどんなものか観てみたくなった。N書店の向かいにピンク映画館があった。制服制帽でなく私服なら大丈夫と思った。まさかに青森高校の先生には見つかるまい。スリルがあっていい。或る日、意を決し、周りを確認して、そのピンク映画館に入った。いきなり女のおっぱいがスクリーンに映し出されていて、これはいいやと思い、座席に着いた。若い女の裸体、ラブシーン、ちゃんとストーリィもある。興奮し魅せられてしまった。ピンク映画の女優は意外にも美人が多い。どんな経歴だろうかとも気になったが、これからも屡々観てやろうと思った。

ボート部では、ビンコーのお母さまが入院、手術という事で、ビンコーは病院ではB型の血液が足らず、B型の血液の生徒に献血をお願いしていた。俺はB型であった。献血に協力する事にした。学校を公欠扱いにしてもらい、県立病院に行った。若い看護婦が対応した。右腕を肘の上まで上げ、ベッドに横たわったままの俺に、看護婦は、

「さあ、血を採って行きますから、掌を握ったり放したりしてくださいね。ゆっくりとね」と言った。

ところが、看護婦は上半身を近づけて来ていて、制服の胸のところに俺の手が入るような恰好になっていた。沈黙が流れるなか、俺の右の掌は看護婦のおっぱいを揉む事をしていた。ブラジャーはしておらず、柔らかいゴム鞠を握っているような感触があった。俺は、これはいい思いをしている、とその快感だけに暫し浸かっていた。

「ご苦労様でした。血はたっぷりと採れました。ありがとう」

看護婦は平然としていた。俺はこの二、三分の時間を楽しんだ。

ビンコーが学校から付き添いで来ていて、献血のあとは昼休みの時間帯も近いとあって、俺を病院の食堂に連れて行った。

「さあ、なんでも好きなものを注文してくれ」

ビンコーがそう言ってくれたので、ビフテキを鱈腹頂いた。

「母に孝行がしたくてなあ。助からんかも知れないが、高杉、感謝するよ」

普段厳しい態度ばかり目につくビンコーだが、この時は殊勝な面持ちをしていた。俺はつい先の看護婦との秘密事とビフテキの旨い味で幸福感に溢れていた。

秋に文化祭が行なわれた。昼休み明けのアトラクションが大変印象深いものがあった。校舎の脇にちょっとした広場があり、そこに俺を含めた多くの見物人たちが、これから何が始まるか注目して待っていた。

菊田英子さんという一年生の時、同じクラスだった女子生徒が、男子の黒い制服を身に纏い、顔は口の周りに朱の口紅を塗りたくってピエロのようになって、列の先頭にいる。列は男ばかり二十人ほどである。菊田さんの後ろの男は両手を菊田さんの両肩に置いている。それに倣い二十人ほどの列が出来ているのだから長い列車のようだ。坂本九の『ジェンカ』の曲が流れ、菊田さんを先頭に足を動かし踊りながらの行進が始まった。行列はゆっくりと進む。暫く行進が続き、曲のテンポが速くなるとともに踊りも速度を増し佳境に入って行った。そういう『ジェンカ』の踊りの行列の壮観さは実に見応えがあった。俺たちのキッスへの憧れを代弁していたのである。一年生の時の菊田さんは活発な感じを与えていたが、このようなリーダーシップを執れる事にも俺は驚嘆したのであった。

次に、ビンコーが出て来て、台の上で朗読劇を始めた。演じるのは見た事もない二人の男子生徒と一人の女子生徒で、パントマイムをしている。ビンコーが一人三役、声色も使い、上手い朗読をしている。ビンコーにこんな才能があったとは驚きであった。国立のY大学を出て、保健所に勤めていたのを高校教師に転じたと聞いていた。生活指導部の厳しい先生、ボート部の顧問兼監督、応援団の顧問、ただの化学の教師ではない、その多才ぶりに俺は吃驚したのであった。

秋の盛りには修学旅行がある。京都、奈良方面に行く。が、俺は修学旅行にはうちの事情と言い参加を断っていた。ぞろぞろと古寺巡りか、それよりその修学旅行のお金で三年生の夏休みに全国一周の一人旅をしたいと思っていた。母はそれを認めてくれた。学校も寛大だった。なんと皆が修学旅行に出発した日に、或る教室に修学旅行に行かない者たちが集められた。六十人ほどもいたのである。

「修学旅行中は引率の先生も多く、学校は午前中だけが授業となる。午後は家で自習、勉強しなさい」

そう留守番の先生が言っただけだった。

俺は同じく修学旅行に不参加の早瀬と南東北、宮城、山形、福島の三県への旅行を計画していた。早瀬も家が裕福だった。二人はこの二泊三日の旅行を楽しもうと思った。勉強などする気も起こらない。皆と一緒の行動もイヤ、つむじ曲がり二人が意気投合したのだった。

三十

今や老齢の身となっている俺は、この小旅行の事の記憶が頗る希薄になっている。映画ノートを見てみると、十月三十一日に、仙台日の出⑤で洋画『バンボーレ！』を観ていた。ヴィルナ・リージ、エルケ・ソマー、モニカ・ヴィッティ、ジーナ・ロロブリジーダの4大女優によるオムニバス映画とメモ書きがあり、「おもしろい」と書いておきながら総点は67点にとどまっていた。なるほど四つの話は、今はまるで思い出せない。ただ、四番目で、肉体美を誇るジーナ・ロロブリジーダがヌードになっていたのが記憶に残るだけである。俺はこの女優を好きであった。つい最近、長生きして亡くなったという訃報があった。歳月の流れの速さを感じた。また、青葉城跡の伊達政宗像を背景にバス観光に参加した時の写真が一枚残っていた。若いバスガイドさん、私服の俺と学生服の早瀬、あと十人が写真に写っている。写真の裏には「皆が修学旅行のとき、左トナリ早瀬純次と、授業があったがサボり、仙台―福島―山形という旅行にいった、ここは仙台　青葉城跡」と万年筆で幾分稚拙な字で書かれていたのである。不良だなあ。早瀬も不良だ。でもよく思い切った事をしたものだと懐かしく思い出された。再び映画ノートを見ると、山形文化（地下）で、田宮二郎主演の『続・鉄砲犬』、北島三郎主演の『続・兄弟仁義』、緑魔子主演の『夜の悪女』、石原裕次郎主演の『夜のバラを消せ』の4本立てを観ている。かすかに鶴田浩二助演の『続・兄弟仁義』、由美かおる助演の『夜のバラを消せ』の2本は部分的に記憶に残っていた。裕次郎と由美のキスシーンがあったはずだ。でもまあ、映画は青森でも観られるのに、遊び呆けていただけだなあと思う。

後年の俺はよく京都、奈良の古寺巡りをした。多くは独りでのものである。高校生では関心がなかったわけではないが、ただ皆と一緒、団体行動に違和感を覚えていたのであろう。むろん後年は、仙台、福島、山形にもその周辺の松島などの観光地を含め訪れている。でもこの高二の秋の旅行は記憶が希薄だ。映画ノートを残しておいて、こんなにも映画好きで、ただ、漠然と遊んでいたのかと思うと少し恥じ入る。早瀬との会話に至ってはまるで思い出せない。記憶の恐ろしさを感じる。こうやって人間は老いゆくものか、と。

三十一

それから暫くして、早瀬は青森高校を退学し田名部高校に転校して行った。が、ただの転校ではないと噂話が流れていた。集団万引き事件があり、その人数は五、六人ともいわれ、校長の息子は高三で、何故か青森高校にとどまり、他は退学処分、ランクの下への転校措置になったというのである。この噂話はまことしやかに多くの生徒たちの間に広がっていた。が、俺は早瀬との交際をやめる事はしなかった。田名部高校の山口さんとは交換日記が続いていて、早瀬と同じクラスになったとその日記に書かれていた。

三十二

今や老齢の身となっている俺は、この話を老妻に話して聞かせた。

「その校長は間違っている。息子さんにもよくないよ」

「そう思うだろう。その時の職員会議が想像されるよ。校長は武士の情けとでも言ったのだろう。でも昔は生徒指導、処分が厳しかった。いや、青森高校にはそれだけのプライドみたいなものがあったのさ。その校長はこの年度で退職したよ。多くの生徒に慕われていたよ。なぜ慕われていたのかといえば、その校長は東京帝大を出ていたからさ。確かに威厳はあった。東京帝大卒業のせいばかりでなく文学博士号を持っていたらしいよ。次に赴任して来た校長は最初の全校集会で野次を飛ばされていたよ」

「でも、その事件はどういうものだったの。首謀者は誰とか分かっていたの。噂は誰が流したの」

「ハッキリした事は分からないさ。何を万引きしたのかも分からない。ただ、捕まった、それは確かさ。むろん早瀬に確かめてもいない。この事件を漏らしたのは誰かな。おそらく教員だろう。校長に異を唱えていたと考えられる。不公平はよくない。でもそんな事、実際はあったのだよ」

「でも、その校長、そんなに偉い人と思えないよ」

「何度も言うが東京帝大さ。文学博士さ。学歴社会は昔からさ」

こんな会話を交わしていた。

三十三

或る時、俺は担任の松本先生が常駐する化学準備室の清掃当番に当たっていた。担任は、掃除当番の五、六人のうちでも俺を意識して次のように言ったのである。

「少し前までは、スポーツやっていても東北大学クラスには行けたのが結構いた。でも今はもう無理だなあ。受験勉強、猛烈にしないといけないようだ。大変な時代になったものだなあ」

この発言は本当だと思った。気に障る事はなかった。俺はもう東北大学クラスには完全に入れないと観念していた。掃除が終わって、俺は、松本先生がいない事をよい事に先生の机の真ん中の引き出しを何気なく開けてみた。すると先にやった校内実力テストの成績順位表のプリントが入っていた。一枚紙ではない。生徒向きには100番までのものが配布されるが、これはホッチキスで綴じられていて教員用のものだと思わせた。俺は周りに人がいないのを確かめ、それを学生服の中に素早く入れた。そして化学準備室を後にしたのであった。

これは盗みだ。いや、一時的に拝借したのだ。その夜は、完全版成績順位表をじっくり見、楽しんだ。あの塩野、日頃から粋がっている奴は、こんなに勉強が出来なかったのかと思い、心の中で笑ってやった。一年生の時成績が8番と大変よかった田代さんは順位を522番まで落としていた。これには驚いた。何があったのだろうと思った。染野谷、高根沢は、やはり

100番台であった。坂爪はそんなによくなかった。俺より少しいいだけだ。東京藝大は難しいのではないかと思った。榊は物理だけは図抜けていい点数だが、文系科目が弱かった。ボート部では俺が一番よかった。が、どんぐりの背比べだと思った。何より田代さんの例を見て、思った以上に、皆大差はないのでは、と劣等生の僻み、そう思って自らを慰めたのだった。

その翌日、俺はまだ化学準備室の清掃当番なので、学生服の中に隠し持った成績順位表を松本先生の机の中に入れておいた。担任は今日、その成績表を見ようとして机の中を見たかも知れない。きっとそうだ。ない、盗まれたと思っただろう。誰だ。掃除当番の中にいるのではと思っただろう。俺だろうと勘ぐっただろう。あとは品行方正の者ばかり、やりそうもないからである。が、松本先生は俺に何も言わなかった。このアバンチュールはうまく行った。それ以降、同級生を見る目が少し変わった。意外な者が、成績がよかったり悪かったり、この秘密は俺だけのもの、人は見かけではないと思ったのである。

三十四

秋の深まった頃、学校では一、二年生だけ体育館に集め、観劇教室を催した。出し物は夏目漱石原作の『坊っちゃん』である。東京のある劇団が出張公演に来たのだと思った。大変面白かった。赤シャツ役の俳優とうらなり役の俳優が特に上手いと思った。これ以前に俺は母と一緒に市民会館に歌手の城卓矢ショーを観に行っていた。テレビで観るのとは違う迫力を感じたものだった。俺はこれでも漱石の『坊っちゃん』は読んでいた。その読書体験とはかなり異なる或る種の感動を覚えたのであった。

同じ頃、俺は郷土の生んだ太宰治の作品を纏めて読んでみようと思った。中学の時、教科書で『走れメロス』しか読んでいなかったので、遠い先輩の有名作家には興味があった。本屋から日本文学全集の薄緑色の箱に入った『太宰治集』を買い、その中の四作を二日続きで立て続けに読んでみた。『思い出』は中学時代の事が書かれていて、その頃は校舎が合浦公園にあったのだと思わせた。応援団の事も出ていて、昔から野蛮な感じだったと思わせた。ボート部の事は書かれていなかった。が、この作品では赤い糸の話が一番胸に迫るものがあった。ロマンチックでいい。また、作中の「隅田川に似た広い川」とは堤川の事だと理解した。いつか俺が東京に行ったらその隅田川を実際に見てみたいものだと思った。この小説は早熟で変てこな少年の話のようだが、主人公は将来作家になる事を決意している。流石だと思った。『魚服記』という奇妙な題の小説も面白かった。冒頭にある「ぼんじゅ山脈」は実際にあるものと知っていたので、小説の中身は作ったものだろうが、実際にあったような話にしているのが上手いと思わせた。スワという少女が父親に犯されたらしい。で、外に出て吹雪で顔をぶち、全身を真っ白にするシーンは、俺も吹雪体験があるのでそれを上手く使ったむしろ美しいシーンと受けとめた。スワがフナに変身してからの終わりの方はよく分からなかった。『親友交歓』は戦後の作だが、作中の平田という乱暴な男は津軽気質というか、ガサツでよくいる男で、俺はこういうのが嫌いで、読後感はあまりいいものではなかった。『トカトントン』は、戦後の虚無をテーマにしていると思ったが、戦後生まれの俺にはあまり実感が湧かなかった。ましてラストのマタイ伝が出て来る所は何が何だかまるで分からなかった。ただ、戦後の作になるとその文章に重みのようなものを感じ、『思い出』や『魚服記』の若い頃のものとは趣を異にし、大人っぽく感じたのだった。読書もたまにはいいものであると思った。

冬場はボートの練習は室内となる。バック台はレール付きのナックルフォア用のものに換えられていたが、すぐに慣れた。腹筋はどんどん強くなっていた。自分でも昨年よりも体力が増したと感じていた。そうこうするうちに二学期も終えてしまった。苦手とする数学と物理は赤点を免れていた。榊のちょっとしたアドバイスが効いたと思った。

三十五

映画は相変わらずよく観ていた。邦画を観る事が多かったが、やはりいい映画は洋画に多かった。『ドクトル・ジバゴ』は映画好きの母と一緒に観に行き、途中よく分からない部分があったものの、あの音楽のよさに魅了されていた。ミケランジェロの生涯を描いた『華麗なる激情』は杉本さんを誘い一緒に観たが、迫力があった。杉本さんが美術が好きで得意だというのを聞いていて、久しぶりに誘ってみたのであった。『ミクロの決死圏』という特殊な世界を描いた映画は独りで観たが大変面白かった。ヒッチコック監督の『引き裂かれたカーテン』も独りで観たがその後半のスリルは流石と思わせた。ピンク映画館にも時々行くようになっていた。慣れるともう怖いものなしだ。気の多い俺は内田高子という女優が好みのタイプになっていた。俺は根が助平、どうしようもない男だと自覚していた。

三年生にバスケ部のエースで小柄な前田という男がいた。何でも独りでバーに行きウイスキーを飲んでいたら、長峰先生と鉢合わせになったが、何のお咎めもなかったという噂を聞いていた。といって、この前田先輩は女の子に持てていた。或る活発な女生徒とよく一緒に歩いている場面を目撃していたが、いつの間にか別のおとなしそうな割と美人の女生徒と一緒に歩いているのを目撃したのである。背番号は8、エイトマンと俺達は綽名を付けていた。バスケは背の高いのがいいとは限らないようだ。要は運動神経のよさが物を言うと思ったものである。

三学期になって、雪の多い日はバスが遅延する。俺は青森市の北方の沖舘からだから後ろの座席に座れる事もあった。或る日、バスは間引き運行していた。俺は運よく後ろの座席に座っていた。国道沿いの市街地の或るバス停に満員バスは停まった。

「おい、一年生は降りろ、降りろ、三年生優先だ」

そういう大きな声がした。前田先輩が叫んでいるのである。降車口の二、三人はバスから降りた。そして前田先輩を先頭とする二、三人がバスの前の入り口から乗り込んで来た。

俺はこういう前田先輩を羨ましいと思った。自由気儘に男らしく生きている。その性格にもよるが、青森高校にも前田という豪の者がいる。秘かに憧憬の念を抱いていた。

三学期の終わり頃には、体育館に近い廊下の上に大学合格者の名が書かれた模造紙が掲示される。東大の合格者は十三人もいた。そのうち誰が現役で誰が浪人かは分からない。ともあれ、東大は俺のような劣等生にとって夢のまた夢なのである。さぞ勉強しただろう。校長の息子の名を探したが、なかった。浪人して東大を目指すのだろう。一方、スポーツで際立って目立った部はなかった。インターハイがあったにもかかわらず、全国制覇の部活は一つもなかった。個人的にはスポーツ推薦で大学進学する者もいただろう。が、顕彰される事はなかった。文武両道も現実には難しい。

三十六

昭和四十二年の春が来た。俺は3年1組になった。新しい顔ぶれが多いが、このクラスでは朝と帰りのホームルームなどで一緒になるだけだった。授業は、十二クラスを、国立文系、国立理系、私立文系、私立理系、就職組と五つに分けて行なわれるのである。むろん、私立文系のクラスが多い。俺はむろん私立文系だ。3年1組で同じ授業になるのは三分の一ほどで、当然親しみを覚えた。

玉縄逸郎という中肉中背で軟式野球部に入っている男とすぐ親しくなった。名簿順で席が俺のすぐ後ろで話す機会が多かったのである。玉縄はプレスリーが好きだといい、とりわけ『ラブ・ミー・テンダー』や『好きにならずにいられない』がいいと言った。俺もプレスリーは激しい曲よりも静かな曲の方を好んでいた。玉縄は大学進学希望というが、経済的には苦しく、こっそりアルバイトをしているとも言っていた。気が合うかどうかはほぼ初対面で決まるもののようにも思えた。

深津れい子さんという小柄で髪の長い女の子が同じ1組で、授業クラスも同じになったのを幸運だと思った。切れ長の目、つんと澄ましたような顔、だが清楚な感じを漂わせていた。こんな女の子が青森高校、それも同学年にいたとは思わなかった。近寄り難い存在だが、授業が同じ、俺のバカがバレないように身を引き締めて行こうと思った。れい子とはあの高宮玲子と偶然にも同じ名だが、タイプは全く異なっていた。恋というのではない。憧れに近い感情を抱いていた。

俺はかなり遠方からの自転車通学でよく遅刻をした。が、もっと遅刻の回数が多かったのは工藤昭光である。昭光はハンドボール部のエースで運動神経が抜群であった。私立文系クラスで授業も同じだった。俺はすぐ昭光とも親しくなった。このクラスで一番勉強が出来るのは、一年生の時同じクラスになっていた佐藤一広である。むろん国立理系クラス、東大医学部を目指していると誰の目にも明らかだった。俺との接点は殆どなかった。黒岩孝一という痩せた体型の陸上部の男とも同じ私立文系クラスで割に親しくなった。なお、クラスは同じ1組ではなく、授業クラスも異なるのに、小柄で眼鏡を掛けた津軽弁丸出しの鈴木政幸という男とは親しくなっていた。政幸の方から俺に近づいて来たのである。政幸は運動部に入っていなかったが、運動神経はよかった。同じ1組でもなく、授業クラスが違うのに、政幸は昼休みなど1組の教室に来て、俺とお喋りをし、教室の後ろで相撲をよく取ったのである。政幸の出す技は多彩であった。大男の俺が危ない場面も多かった。一年次の相撲相手は染野谷、二年次は榊、そして三年次は政幸と変遷したが、相撲好きの俺としては満足感を覚えていた。

担任は国語のタカショーであった。学年主任でもあるので信頼した。といって国語担当はタカショーではなかった。竹本壮という東北大学文学部を出た、進路指導部の先生であった。古典では虎の巻（教科書ガイド）を見ていいと言い、虎の巻の間違いを指摘していた。が、何よりユーモアがあった。笑いを取るのが上手い。こんな授業は初めてであった。が、竹本先生はしきりに高校教師になった事を悔いているようであった。「ああ、映画監督になりたかったなあ。進路を間違えたよ」と授業の途中で溜め息混じりにぼやくのであった。別のクラスの親しい者に聞いたら、竹本先生は授業の途中で教卓を離れ、窓を開けて、「ああ〜、ああ〜、間違えた。人生、間違えた」と叫んだというではないか。映画監督になるのもそんな簡単なものではないだろう。苦労が伴う。いや、才能がないとどうしようもない。竹本先生は高校教師という安易な道を採ったのを後悔していたのだろうか。人生、賭けも必要と俺は思ったのである。竹本先生の漱石の『明暗』冒頭部の独演授業は力が入っていた。津田とお延の会話から二人の心理を分析するとして、黒板に図解してみせていた。俺にはそんな読み方は出来ない。なるほどと思いながら聞いていた。

英語は三年間野沢先生となった。「高杉、お前は特別に一番前の席に来い。鍛えてやるから」と言って、名簿順に並んで後ろの方にいた俺を一番前の席に変更させていた。いい面からか、悪い面からかは分からないが、特別に目を掛けられていた事は確かである。

数学Ⅲは俺の力に合っていたのか、数学コンプレックスをかなり緩和させてくれていた。理科の授業はなかった。政治・経済の授業もあったが、担当教師に熱意が感じられず、俺は気乗りがせず、退屈であった。

体育は白井という糞真面目な教師に当たってしまった。長峰先生と対照的で、とにかく真面目、生徒らに厳しかった。俺と昭光はそれに反抗的な態度を示していた。柔道の授業では俺に勝てる者はいなかったので、力を抜いて相手を弄んでいた。昭光も受け身の練習などはぞんざいにやっていた。日頃、運動部で厳しい練習をしている者にとっては、長峰先生のようなちゃらんぽらんの方がよかったのである。

学年初めに体力テストが実施された。背筋力、肺活量、前屈伸は、俺が学年で一番であった。懸垂は残念ながら二番であった。柔道部の岡部という男に一回少なかったと聞かされた。岡部は握力も学年一番だった。五十メートル走、走り幅跳び、ボール投げは、昭光が学年一番であった。運動部所属の者たちには暗黙のうちに連帯感のようなものが出来ていたが、この三人が傑出していたといえよう。

学年初めの或る暖かい日に、校舎の片隅の広場の前で大勢の生徒が集まっていた。何かあったのかと俺はその群衆の中に入った。すると3組の香山さんとその友人で世話焼きタイプの1組の羽島さんの二人が何か叫んでいる。羽島さんの幾分怒気を含んだ大きな声が響き渡った。

「工藤昭光くん、こっちに来てよ。香山さんがあなたに話があるんだって」

群衆の中に昭光はいた。昭光は3組で同じハンド部の熊のような永井という男に寄り添っていた。俺は、昭光が香山さんに付文でもしたかと直覚した。昭光はきまり悪そうで香山さんらのいる所にはなかなか行かない。大勢の者は何があったのか分からない様子である。俺にも本当の所は分からない。が、昭光が香山さんに恋をしているとしても不思議ではないと思った。それとも何か悪戯心を起こしたのだろうか。俺は香山さんについては最近一年生の時の美少女らしさがなくなっているように感じていた。それだけ大人に成長しているという事である。俺の心は今の香山さんにはあまり動かない。それよりも心密かに深津さんに関心があった。結局この騒動は何も起こらずに終わった。

三年生ともなれば、仲のよい男女のカップルが何組か出来るものである。中三の時がそうだった。高三でも同じような現象が起こったのである。向井は同じ2組の風変わりな雰囲気を持つ女の子と仲良くしていた。向井が一年次に下宿でした文学談は群を抜いていた。向井は女に持てる要素を持っていると俺は密かに嫉妬、いや羨望の念を抱いていた。その風変わりな感じの彼女は文学好きのようでもあり、お似合いだと思った。そういう向井と同じ中学出身の堀は生徒会長をしていて、某高校の校長の娘で顔立ちがソフィア・ローレンにやや似ている女の子と仲良くしていた。これもお似合いだと思った。二年の時に同じクラスで秀才の安川は気の強そうな山本という女の子に惚れられてか、いつも一緒だった。お勉強が出来る男は持てる。気が強い女の子は積極的に出る。お似合いかどうかはいえないが、安川は気が弱そうなので、押され気味、それはそれでいいように思えた。ジェンカの菊田さんは、おとなしそうな細面の男と二人だけで中庭の通称三四郎池の脇で何かお喋りをしていた。その他に三組ほどのカップルが出来ていた。最高学年、もう先輩の目はなく、堂々と男女交際をしていたのである。

なるほど七組ほどのカップルが出来ていたが、男たち皆は嫉妬をしなかった。もし深津さんや香山さんとカップルになっている男がいたらそうはいかなかったろう。アイドルとは超然としていてこそアイドルなのである。

三十七

今や老齢の身となっている俺は、青森高校時代の七組ほどのカップルにキスの体験はあったのかとふと思う事がある。というのも、つい最近、俺の自宅の道路を挟んだ向かいの家にどこかの高校の女子生徒がいて、その帰宅に伴って来たらしい男子高校生がその別れの際、軽いキスを何度か繰り返していたのを目撃していたからである。外の庭に出ていた俺の存在に気づかなかったはずはないだろう。でも、俺は完全に無視されていた。といって、この二人の行為に目くじらを立てているのではない。フランクでいいではないか。いやらしさは全く感じなかった。では、青森高校時代はどうだったのだろう。それはどう想像を巡らしても分からない。人前で堂々とは行かないが、あるいは先の二人の高校生のように気軽にキスをしていたかも知れない。後年の俺はこの七組のカップルがのちに例外なく結婚をした事を知っている。今のキスの高校生カップルは将来結婚するのだろうか。多分しないように思う。

三十八

卒業アルバム用にスナップ写真が撮られるようになった。クラスごとの写真は学年初めに既に撮影されていた。今度はグループごとに校舎周辺や合浦公園などで写真を撮るというのである。1組は男子が四十二人、女子が十人である。タカショーは、皆が希望した合浦公園で写真を撮る事、六グループに分かれなさいと指示した。が、一グループの人数は適当でいいとしたが必ず女子を入れるようにと言った。こういう場合、男たちは本当に適当なもので、ただ何となくグループが出来てしまう。俺は、玉縄、黒岩とは別のグループで、昭光と一緒だった。問題は女子たちが出来上がった男グループのどこに入って来るのかが注目された。俺たちの所には何と深津さんが一人、入って来たのである。俺は嬉しくなった。秀才の佐藤のいる所でないのがよいと思った。が、深津さんが俺に気があるなどとは思わない。単なる偶然だろう。それでも、兎に角、嬉しかった。

ボート部の練習は快調だった。S（整調）は笹森、3番は俺、2番は後藤、B（バウ）は安原になっていた。俺はストロークサイドからバウサイドに変更になっていたが、このナックルフォアには日々慣れて行った。或る日、練習が終わって、安原が俺に話し掛けてきた。

「上野恵子が堤橋を歩いているのを見たか」

「え、上野なんて知らないよ」

「そうか、同じクラスでないと分からないだろうなあ」

「その上野がどうかしたのか」

「なあに、あの女は一年の時に桃色遊びをして退学になったんだ」

「ええ、そんなのがいたのかよ」

「めかし込んでいたな。夜の仕事、ホステスでもやっているさ」

俺はこんな会話をして、桃色遊びとは大体知っていたが、まさか青森高校生、それも一年次にいたとは驚きであった。青森高校は一学年六百六十人ほどを入学させる。が、もう俺たちの学年では三十人は退学していた。俺の知っているのでは、あの二歳上の八戸や小旅行を一緒にした早瀬がいた。が、女子にそういう理由からの退学者がいたとは大変な驚きであった。中学までの学業成績がよいのと品行とは結びつかないものがあるのだなと思わせた。

この年は文化祭を春にして体育祭を秋にするという学校の方針が前もって知らされていた。文化祭の一日目は市民会館を午前中貸し切りにするのだという。俺は城卓矢ショー以来だが、高校生でどれだけのものが出来るのか関心があった。フォークソング部がトップバッター、眼鏡を掛けた鳴海とは顔見知りである。僅か五人で三曲歌ったが上手かった。次は箏曲部である。女子ばかり十七人もいた。途中たどたどしい感じの所もあったが琴の音色は心地よかった。次に、ビートルズ人気もあって、ロックバンドグループが出て来た。特別参加だろう。ドラムスは医者のドラ息子と揶揄されている新井田であった。俺はロックをあまり好まないが、何か若者のエネルギーを感じさせ、新井田たち四人の演奏はよい感じだった。次の舞踏部は女子五人の舞踏、流麗感がもっとあればと思ったりした。最後は演劇部による演劇である。同じ1組の対馬さんが主役、堂々としていて母親役をやっているのには驚いた。普段はおとなしい感じだが、演技になると人が変わったようになっていた。父親役の男は名も知らなかったが、その着物姿もよく好演していた。高校生でこれだけのものが出来る。俺は青森高校に入学してよかったと思った。

二日目は校内で展示を見て廻るのである。俺は映画同好会にも入っていた。が、幽霊部員であった。部員証明書の提示があれば、市内の映画館の入場料が五十円割引になるので入っていただけである。映画同好会は市内の映画館のポスターを貼り出しただけの出し物をしていた。絵画部の部屋に入ると、坂爪の絵が二枚展示されていた。俺は他の者の作品は素通りして、坂爪のかなり前衛的な絵に目を凝らしていた。何を表現しようとしているのか訳が分からなかった。が、坂爪は藝大志望、藝大は無理でも将来は本気で画家になろうとしている、そういう迫力はその二枚の絵から感じられた。書道部、茶道部、写真部、英研部、社研部、生活科学部、文学部、クラシック同好会、物理部、化学部、地学部、こんなにも文化部が盛んだとは知らなかった。流石青森高校だと思った。

むつ市の田名部高校に転校した早瀬とは文通していた。早瀬は、田名部高校は恋愛学校のようで楽しいと書いていた。また、驚いたのは、向井の秘密の暴露で、向井は下宿の小母さんと娘の中学生の芳ちゃんと肉体関係を持ったという事であった。本当のような嘘のような話。俺には本当の事と信じられなかった。が、向井は女に持てる。不思議な魅力がある。やはり本当なのだろうと思い、驚いたのであった。

俺は山口さんが気になった。遠距離交際の交換日記では物足りなく、寂しいのではないか、と思えたのである。が、交換日記に好きな人が出来たというような文言はなかった。驚いたのは、中三の時の担任だった近藤先生が下宿の娘さんに手を出して失敗、退職かどうかとなっているという話があると書かれていた事である。俺たちの一回り上の年齢、二十九歳、独身者の性欲の問題も大いにあっただろうと想像された。強姦未遂か。近藤先生が憐れに思えて来た。

ボート部はインターハイ予選を控え、二週間の合宿に入った。朝は四時半起床、洗顔など終えると艇庫がある所までの約２㎞を走るのである。長距離走の苦手な俺も次第に長距離走は苦ではなくなっていた。準備体操をしてボートに乗り込む。その前には、前夜合宿所で大酒を飲んでいたビンコーが自転車で駆けつけていた。二日酔いとやらもないほど酒に強いようだ。早朝の練習は凪いだ海に出る事が多く、海水は軽いのでオールで漕ぐのも爽快さを伴った。堤川の上り下りの練習は普段通りである。ビンコーは「泡を見れば、よい漕ぎ方かどうかすぐ分かる」と言っていた。いい漕ぎ方をした時は、泡はすぐ出ず、暫し間を置いて、湧き出るようにパアァと大量の泡がこんもりと出て来るのだ。俺はいい泡を出していると少し有頂天になっていた。練習が終われば、柔軟体操、艇の部品の手入れと後始末、そしてまた走って合宿所に戻り、朝食、隣の校舎に入るのである。

三十九

或る日の午後の練習で川辺に私立のT女子高校の生徒が二人いるのが目に入った。その内の一人が写真のシャッターをしきりに切っていた。俺は俺が写真に撮られているのではないかと自惚れた。T女子高校といえば杉本さんである。が、杉本さんはしっかりしている。T女子高校でも成績はトップクラスだと言っていた。が、今の写真の女生徒二人も健全だと思った。男女共学でないのだから、他校の男子に憧れて当然だからである。久しく杉本さんを映画に誘っていないので合宿が終わったら、映画に誘ってみようと思った。

合宿も終わりが近づいた或る日の夜、俺はビンコーに呼ばれた。

ビンコーはかなりの酒を飲んでいて酒臭かった。

「高杉、お前は大学でボートをやる気はないか」

「……はあ、あまり考えた事がないです」

「お前は、ボートを漕ぐために生まれて来たような男だ。……第一、身体が柔らかい。背も佐藤より高い。佐藤より強くなれるようにも思う。大学でみっちり鍛えれば全日本のエースになれるかも知れない。……先日M大学のボート部の監督が来たろう。お前を見て、大変褒めていたぞ。が、うちはC大学にルートがある。お前を推薦してやる。どうだ」

「……今すぐ返事しないといけないですか」

「早い方がいい。少し考えてもいいが、いい話だろう。受験勉強はいらない。大学で四年間やれば、オリンピックにも出られるかも知れない。C大学は、エイトはダメだが、シェルフォアやペア、シングル、小型は強い。むろん、いい就職先にも行けるぞ」

「……ありがたいです。ですが、将来の大事で、暫し考えさせてください」

ビンコーは言うだけ言って俺に強制はしなかった。だが、俺の心はもう決めていた。大学でボートをやる気はない。これだけ高く評価してくれて嬉しかった。あとはどう断ろうかという事である。面と向かってビンコーに言うだけの勇気はなかった。

俺は合宿所を抜け出す事でC大学への推薦拒否を表明しようと考えた。合宿の最終日、練習が終わると夕食とその後の最終反省会を欠席して、うちから持ってきた布団を急ぎ自転車に積み、大急ぎで自転車を漕いで帰宅してしまった。合宿所の夕食時に俺がいない事に皆は驚くだろう。何があったのかと訝るだろう。が、俺は安原にうちの都合で合宿を早退すると皆に言って欲しいと伝言しておいた。安原はそれをどう伝えたかは分からない。が、ビンコーには分かったはずである。内向的な俺の意思表示と取ってくれるはずだと思った。俺はその翌々日の月曜日の練習には何もなかったような顔をして参加した。ビンコーは何も言わなかったのである。

合宿が終わり、俺は杉本さんを映画に誘った。東映の『喜劇・急行列車』と『あゝ同期の桜』を観た。お堅いものばかりでなくくだけたものを一緒に観るのもよいと思ったからである。『喜劇・急行列車』は渥美清が大変面白く、杉本さんも俺も腹をかかえて笑って観ていた。『あゝ同期の桜』は愚作だったと思った。映画を終えて談笑の場は、田園というコーヒー喫茶店に入った。室内が暗く、色白の杉本さんの白さが際立った。クラシック音楽が流れているのはいい感じだった。そんな雰囲気とは多分にちぐはぐに、話題は好きな映画俳優、歌手のことになっていた。杉本さんは高倉健が好きだと言った。ああいう寡黙で男らしいのがいいのだろう。ノーマルだと思った。歌手は西郷輝彦だと言った。そういえば中学時代のボーイッシュな設楽さんも西郷輝彦が好きだと言っていた。俺は西郷輝彦をあまり好まない。キザに思えるからである。が、杉本さんにもミーハー的要素があるのを知って、かえって親しみを感じたのであった。

四十

インターハイ予選は、昨年同様、大湊コースで行なわれた。青森高校、田名部高校、大湊高校、むつ工業高校の四校が一斉にスタートする。山口さんなどの応援はなかった。地元三校でも応援は少なかった。ごく内輪の寂しい競漕大会である。インターハイには県から一校しか出られない。タイムによっては二校になる場合もあると聞いていたが、原則一校だという。四艘は一斉にスタートした。青森高校は、スタートダッシュはゆっくりと、という伝統を持ち、俺や後藤はそれに不満だったが、ビンコーは伝統を守る、の一点張りだった。大湊高校がスタートダッシュに成功し、俺たちは追い上げたが二位にとどまった。後藤は泣いていた。おいおいと声を出して泣いていた。俺はそういう後藤に声を掛けられなかった。彼のボートでの青春が終わった、を意味していよう。それは俺とて同じである。ベストを尽くした。結果は気にしなくていいではないか。それにしても下級生が一人もいない。ボート部は暫し休部状態に入る。これからの下級生の勧誘は、コックスの青木を除いた、笹森と後藤と俺と安原に任されていた。が、俺はあまり真剣に考えてはいなかった。俺は只管清々しい心持ちになっていただけである。正味二年、ボート部で貫き通した。そこに或る満足感があった。

大学進学のための受験勉強に入ってもいいのだが、俺には志望大学、志望学部が見当たらなかった。大学に何故行こうとするのか。親が行けというのもあるが、自分の強い大学進学の意思がないので、受験勉強に本腰を入れる気もしなかった。夏休みには全国一周の一人旅をすると前年に決めていた。観光ガイドの本や時刻表を買い、旅行の計画を立てた。周遊切符を使うとお金の節約になると知った。某旅行代理店に計画表を持って行った。

「なかなかいい旅行プランです。うちに就職しませんか。採用しますよ」

そう言われてこそばゆい気持ちがしたのだった。

夏休みに入ってすぐの一人旅である。一人旅に多少の不安は感じていた。そんな折、母が京都まで同行したいと言い出した。

「兄の安夫さんのいる大阪に行く事にしたので、ついででいいでしょう。京都まで急行日本海でしょう。邪魔にはならないよね」

「う〜ん。仕方ないなあ。一人で大丈夫だけど、伯父さんに会うためのついでならしょうがないなあ」

「では一緒に京都まで」

そんな会話を母と交わし、俺の北海道を除く全国一周の一人旅が決行されたのである。

四十一

七月下旬の或る日の昼前、青森駅から急行日本海に乗った。京都までは母が一緒である。でも何故母が大阪に一人で行くのか訝しいものを感じていた。妹の時子と弟の隆雄を連れてでもいいのではないかと思ったからである。が、やはり一人旅は不安で、母が最初に一緒なのは心強かった。車窓から見る日本海は単調な海岸線が続いた。夕方の海岸の景色は美しく、所々にキャンプのテントが見えていた。夜行列車、やはりよく眠れなかった。睡眠時間は正味三、四時間であろう。

次の日の朝の八時過ぎに京都駅に到着した。母とは別れ、これからが本当の意味での一人旅が始まると思った。市内遊覧の観光バスを利用した。三十三間堂、内にある一千一体の観音像は素晴らしい。皆、一つ一つ顔が違うように見えた。よくこんなに観音像を作ったものだと感心した。清水寺はまず大きな赤門をくぐって行く。清水の舞台がある。非常に高い所である。下からこちらを見ている人の首がおかしくならないだろうかと思った。音羽の滝。滝といっても三本の細い水が流れているだけだ。手元の水を飲むと頭がよくなる、真ん中のものは恋人が現れる、後方のものは長生きする、という。一回だけと言われ、根が助平な俺は欲張りだから真ん中の水を飲んでいた。平安神宮は朱の色が引き立ち美しかった。知恩院、七不思議があるとか、左甚五郎が傘を忘れたとか、青海入道の使ったしゃもじとか、いろいろ後で作ったようで面白くなかった。西陣織本館、着物ショーをやってみせた。機械で西陣織を織っている。嵐山、海水浴場になっている。涼しい感じだ。向こうに山が見られる美しい所だった。銀閣寺、足利義政は質素を好んだそうで、この銀閣も、銀箔でなく漆を塗っただけという。周りの景色とマッチして美しかった。金閣寺、足利義満が造らせたものである。派手なようであるが、よく見るとそうでもなかった。池との調和がよく、美しかった。広隆寺、何と言っても弥勒菩薩像である。国宝第一号という。どこから見ても微笑をたたえている。金箔が剝がれ、かえって優しい感じになったとガイドの小父さんが言っていた。京都タワー、昭和三十九年十二月に開業、高さ131m、京都市内が一望出来、眺めはよかった。旅館は人に聞いて泊まるだけ五百円という西の家というパッとしない所にした。六畳間の部屋である。どこかの部屋から若い女の「ひいひい、いや、いや」と言っている声と爺らしい「えへへ、えへへ」という気持ち悪い声が聞こえて来たのには参った。食堂で親子丼を食べた。量が多く満足した。高宮を思いモミモミをしたあと、急行日本海の疲れもあり、ぐっすりと眠りについた。

次の日、京都駅九時過ぎ出発の急行に乗り、天橋立に十二時近くに到着した。すぐ丹後海陸交通の汽船に乗って、対岸の一の宮へ向かう。大変涼しい。約十七分で着いた。白砂清松の天橋立を見ながら、もっと派手な所と思っていたのとは違い、風雅というか、ただただ美しいと思った。松の数は老若大小合わせて八千本とか。とにかく涼しくていい気持ちであった。天橋立に戻り、急行に乗って、米子で降りた。夜の米子の町は静かで少々活気が足りないように感じた。デパートの屋上は涼しかった。夜見ヶ浜と境港の灯が美しく見えた。米子駅を夜十時近く発の急行に乗り九州に向かう。車中泊となる。

次の日の朝、関門トンネルを抜けて九州に入った。関門トンネルは急行列車で四分間走っていた。北九州市は工業地帯、百万都市である。朝からあちこちの煙突から煙が出ていた。博多市、熊本市は列車が遅れてよく見て廻れなかった。熊本では水前寺公園に少し立ち寄った。歌手の水前寺清子と関連があるはずと思いながら歩いていた。大変暑く汗がボタボタと落ちた。この日の目的は阿蘇国立公園を見る事である。観光バスに乗ったが、車窓から牛や馬が放牧されているのが眺められ、のどかな感じがした。大きなロープウェイに乗って火口東へ行く。降りて、３００ｍの山を登る。とても疲れた。登り切ると阿蘇山の中岳のカルデラが見えた。白煙を出して恐ろしい感じもした。そのスケールの大きい事に感動した。胸がスッキリする。山の上なので当然ながら涼しい。もっと長くいたい気持ちになった。中学の修学旅行で昭和新山を見たが、阿蘇に比べれば玩具のようなものである。阿蘇から急行に乗り、別府に夜八時前に到着した。汗で汚れた身体を温泉で綺麗にした。旅でも新聞はよく見た。「なぜ生きるか」「自分とは何か」、青年期にはこのような大きな人生への疑問を誰もが持つものである。だけど今の若者はどうした訳か、そんなものを考えず、ただ享楽だけを追っている。そう新聞に書かれていた。俺はこれでも「なぜ生きるか」などを考えたことがある。高三の今も考えている。俺は「自己を成長させ、生きて行く」、こういうモットーを持っていた。「自分とは何か」は難しい。内向的な性格は生涯変わらないだろう。が、「どう生きるか」は、ボート部体験もあり、正々堂々、正しいと思う所を貫きたいと思っていた。将来、どんな試練が待っているかは分からない。が、曲がった事は嫌いである。ボートも左右バランスが取れてこそ真っ直ぐに進むのである。こんな真面目な物思いを巡らしたが、寝る前は設楽を思いモミモミをした。

次の日、海の匂いが印象的な別府を朝八時頃に関西汽船すみれ丸に乗った。旅館の隣の客に汽船乗り場までタクシーでおごられた形になったのは人の厚い情を感じさせた。四国へ向かうのであるが、瀬戸内海の船上はとても涼しい。高浜までの四時間がすぐ過ぎてしまった。高浜からバスで、松山で降りた。松山は一時間ほどぶらついただけであった。松山から高松に急行に乗り、高松に夕方の五時過ぎに着いた。高松で泊まるのである。前日の日程はハードだったのでこの日は疲れを取るためもあって、楽なものにしたのである。インターハイが福井市で本日開かれたそうだ。こっちは県予選敗退、関心は向かなかった。京都で買った『姓名判断』の本を読んでいた。①人の上に立ってやる方ではない。なるほどこれは当たっているように思った。社長や会長などトップに立つだけのリーダーシップは取れないと自分でも思っていた。②職業はギャンブル関係がいい。これは意外で、その気はなく、当たっていないと思った。③女性を好きになるよりも好かれるのを好む。母性愛に強い女性に持てる。これはその傾向があると感じた。が、これから先の人生でどのような女性と出会えるかである。こんな具合で、ちっとも大学受験勉強はしていないのだった。旅館の部屋に窓がなかったが、寝る前に深津を思いモミモミをした。いつしか深津さんは神聖な憧れの対象ではなくなっていた。

次の日、高松築港を朝九時に出発し、高松市内遊覧バスに乗る。屋島は瀬戸内海を一望出来るという事であったが、靄がかかっていて期待はずれであった。駕籠は印象に残った。栗林公園はとても美しい公園であった。が、栗の木は一本もなく、主に松である。根上がり松など面白かった。高松港から宇野まで船に乗った。所々に綺麗な島々が見えた。約一時間、アッという間であった。宇野から岡山、そして大阪駅まで列車で行った。大阪駅の大きさには驚いた。夕方の人出の多さ、それに圧倒されてしまった。そして奈良駅へ。予定通り駅の待合室で泊まるのである。持ち金がさしてないから仕方ない。俺はこの旅で密かにタバコを吸っていた。関西弁のヤクザ風の男が俺に近づいて来た。ドキッとしたが、「マッチを貸してくれ」と言っただけで、マッチを貸し、戻してくれた時、ホッとした。駅構内は蚊がうるさくてよく眠れなかった。

次の日、奈良公園めぐり観光バスに乗った。バスの隣に座っている埼玉から来たという小父さんとは親しく話が出来た。奈良公園の至る所に鹿がいた。鹿、いい感じである。東大寺の大仏の大きさに重量感を感じた。興福寺の阿修羅像、顔三つ、手六本、怖いというより面白いと思った。奈良から亀山経由で伊勢市に着いた。旅館の女将さんが夜寝る時は普通の部屋に戻ってもらうとして、冷房付き、テレビ付きの部屋に暫しいていいとしてくれた事は有難かった。

女将さんとその娘さんらしき女の子と一緒の時間があり、変な感じも抱いたが、それは俺の助平心のせいだと思った。現に何も起こらず、涼しさの中でテレビを観ていただけである。自分の部屋に戻り、山口を思いモミモミをして寝た。

次の日、伊勢市から伊勢志摩スカイラインの観光バスに乗った。伊勢神宮内宮にお参り。伊勢神宮は本当の神社といった感じがした。その静けさもよかった。そのあと金剛證寺をお参りした。この寺を参らねば片参りになると言われたからである。二見の夫婦岩を見た。大きい岩が男の岩と思っていたが、小さい岩が男の岩と聞かされ、冗談かとも思った。が、本当とすれば男とは情けないものと思った。熱帯植物園にはフラミンゴが沢山いた。静かにしていた。水族館では珍しい魚をシネラマのように見て楽しんだ。伊勢から亀山に急行で経由し、名古屋に夕方に着いた。名古屋市内をぶらつく。いい印象を持った。名古屋から静岡までは特急こだまに乗った。一時間少しであったが、快適だった。静岡から沼津まで急行に乗り、沼津駅に泊まった。割合とよく眠れたのだった。

次の日、沼津駅から五湖を巡って沼津駅に戻る富士山遊覧観光バスに乗った。山中湖は大きな湖で涼しい。一帯が海水浴場になっていた。富士急ハイランドは大娯楽場である。世界一のジェットコースターもあるというが時間がなく乗れなかった。河口湖は遊覧船で一周した。気持ちよかった。三つ峠の頂上にロープウェイで登る。富士山が曇っていて見られなかったのは残念である。白糸ノ滝は白い糸のように滝になって水が流れている。美しいと感じた。風穴は実に寒かった。冷蔵庫の中を歩いているような感じがした。西湖、精進湖、本栖湖は見られなかった。沼津から熱海に行き旅館に泊まった。旅館の女中さんが「夜、外へ出ない方がいいよ……女が、来い、来いと言って……」と注意してくれた。娼婦が出るのであろう。熱海は夜の町だと思った。また、女中さんは俺の言葉遣いを聞いて、とても青森からとは思えない、訛りがない、と言ってくれたのは嬉しかった。気さくな女中さんで好感が持てた。寝る前、香山を思いモミモミをした。俺は多情である。君だけを、といけない自分を恥じた。が、これが本当の俺の姿と居直った。

次の日、熱海で朝十時頃に伊豆半島めぐりの観光バスに乗り、夕方四時頃に熱海に戻るというコースを取った。伊東水族館ではイルカの曲芸を見た。イルカは頭がいいと思った。小室山頂上までリフトで登ったが、またも曇っていて海岸線までの遠くを見る事が出来なかった。一碧湖はただの湖だがとてもいい感じがした。シャボテン公園にはいろいろな種類のシャボテンがあった。また、フラミンゴ、亀、駝鳥、駱駝などの動物がいて楽しかった。夜、熱海の花火大会があるという。青森市では、ねぶた祭の最中だ。偶然にも熱海の花火大会を見られるのをツキがあると思った。最後にやったナイアガラの滝はとても美しかった。海岸線は多くの人でいっぱいだった。土曜日で映画館はナイトショーをやっている。熱海大映で明け方まで過ごすのである。江波杏子主演の『女賭博師』と市川雷蔵主演の『眠狂四郎無頼控魔性の肌』を見た。2本ともよかった。旅館代を浮かせるためである。朝方、国立病院前の芝生で心地よく一時間ほど眠った。朝の澄んだ空気が心地よかった。

次の日、熱海を朝の八時過ぎに出て、箱根巡りをした。とても寒く、どうした訳かブルブル震えてしまった。腹の調子が悪くなり万全ではなかった。十国峠、ここからの眺めのよさは有名だそうだが、靄がかかり富士山は拝めなかった。ついにこの一人旅で富士山を見ることが出来なかったのはがっかりものであった。芦ノ湖、綺麗な湖であるが、人が多く、都会人の避暑地のように思えた。駒ヶ岳の頂上に登る。はじめ靄がかかっていたが、途中から晴れて、少し美しい眺めを見る事が出来た。鉄道で小田原に着いたのが四時近くで、東京に向かった。夕方、日比谷公園を歩いたが、アベックが多く、一人歩きは何か変な感じであった。皇居の二重橋を見た。静かであった。国会議事堂、36階ビル、その奥に東京タワーも見えた。流石、東京は大都会という感じがした。上野に出る。その夜景もいいが、映画街があり素晴らしいと思った。これから夜行列車で郡山まで行くのである。歩き疲れ、車中泊で十分眠れると思った。

次の日の早朝に郡山で降り、朝九時に吾妻スカイラインの観光バスに乗った。バスの車窓から安達太良山が見え、とてもよい山だと感じた。猪苗代湖は青々とした大きな湖であった。野口英世記念館を見学した。手を火傷した「いろり」もあった。夫人はメリーさんとは初めて知った。頭のよい人で根性のある人であったようである。磐梯山が見えてきた。よく晴れた日でとても美しく見えた。磐梯高原に着く。五色沼を見る。とりわけ青沼は何とも言えない深い青緑色で印象的だった。磐梯山の花崗岩が入ってこんないろいろな色になったという事だった。

檜原湖も美しかった。松やブナなどの木々との調和がいいと思った。スカイラインコースに入った。まことに美しい眺めである。驚嘆した。吾妻小富士にも登った。最後は不動沢橋を見た。眼下の渓流はとてもよかった。バスのガイドさんは説明が上手く、四十人ほどの乗客で俺が1番シートに座り、最高であった。むろん天気がよかったせいもあるが、この一人旅でここが一番だと思わせた。福島の旅館に泊まる。タバコを一箱も吸ってしまった。モミモミは杉本さんを思い二度まででした。どうやら杉本さんへの劣情が復活していた。

次の日、福島から仙台、ここで列車を乗り換え、青森に向かった。福島発は十時過ぎだったので、うちへのお土産に桃と名物お菓子を買った。仙台は七夕の最中らしく駅も大勢の人がいた。車中で、無事青森に着いたら、二、三日は旅の疲れを取るためにゆっくりしようと思った。それから写真も多く撮ったので、この一人旅の回想に暫し耽けようと考えた。正直言って、旅の初めは不安があった。が、やり通した事に満足感を覚えていた。こんなダメな自分自身にも少々自信がついて来たように思えた。

四十二

一人旅から帰って三日ほど過ぎると疲れは完全に取れていた。俺は、急にストリップを観に行きたくなった。自転車で行ける。うちからはさして遠い所ではない。むろん私服である。切符を買い、中に入って、正面から中位の座席に座り、ショーの始まるのを待った。美空ひばりの『真赤な太陽』の曲が流れて来た。すると比較的美人の女が踊りながら出て来た。『真赤な太陽』は俺の好きな曲である。美空ひばりの歌は天下一品だ。その曲に合わせ、女はリズミカルに踊っている。すると服を次々に脱ぎ始めた。ブラジャーとパンティだけになった。もう俺のカモは立っていた。痛いくらいに立っていた。女はブラジャーをはずした。たわわな乳房が顕れた。俺はブルブル震えてしまった。直に若い女の乳房を見るのは初めてだった。ブルブルと震えが止まらない。震えを抑える事が出来ない。やがて女はパンティまで脱いでしまった。素っ裸になった。陰毛が見える。近くの客に陰部を見せて廻っていた。近くの客は顔を近づけてじっと見ている。そうしてこの女は退場して行った。二番目、三番目とバックに流れる曲は違うが同じように服を脱ぎ素っ裸になる。最初の女が俺にとっては印象が強すぎ、二番目、三番目は興奮がやや褪めていた。次に、男たちが二人出てきてコントを始めた。これが面白かった。笑いを取る話術が巧みなのである。コントが終わると別の女が出て、ストリップ、さらに別の女が出て、ストリップ、こうしてショーは終わった。実に楽しかった。興奮もした。また、近々、観に来ようと思った。

　夏休みも終わりに近い八月の半ば過ぎの或る日、俺と妹の時子は母に大切な話があると呼び出された。

「お父さんと別居する事にしたよ。お父さんもいいと許してくれた。私は隆雄を連れて大阪に行く事にした」

「ええ、急に、何でまた」

「お父さんは仕事ばかりしていて家庭の事を考えない。それに私は満州の大連生まれの育ち、結婚させられ、お父さんの田舎者ぶりというか何というか、ずっとイヤだったの」

「じゃあ、俺や時子はどうなるのだ」

「勇雄は高校を出たら、大阪に来なさいよ。あっちにも大学は多くあるし。時子は高校一年終えて転校すればいい。来年の三月に」

「なんで大阪なのさ」

「安夫伯父さんがいるでしょ。この前、会って相談して来たのよ。イヤな人と一緒にいるのは辛いだろうと。お父さんには養育費を送ってもらう。むろん、私も働く。といってパートしかないけど。あと半年、ここにいて。また一緒になれるから」

俺は母の決意は固いと思った。時子がどう思い聞いていたかは分からない。母は、暇さえあれば、大連の話をしていた。俺の祖父に当たる人は、観光船を二艘持って、事業に成功していた。豊かな生活をしていたらしい。戦争がなければ、母は女学校で級長さんをしていて、内地の御茶ノ水か奈良女に進む事を考えていたようだ。それが敗戦で、裸一貫で内地に引き揚げとなった。父とは家の血筋の関係で結婚が周囲から勧められたという。愛情とかは無縁だ。新婚間もなく、母は家出をしたという。京都と大阪の間の辺りの或る病院で住み込みの看護婦見習いをしていたらしい。そこに母の父が訪ねて来て、連れ戻された。我慢しろと。安定した生活でないと生きるのが辛いからと諭されたという。母はその時まだ十九歳だった。父の諫めに素直に従ったという。その母の父もすぐ死んだという。今の別居の申し出、母の気持ちもよく分かった。

間もなく、母は弟の小二の隆雄を連れて大阪に旅立って行った。父と俺と時子の三人の生活となった。父は「仕方ねえじゃ」という言葉を頻繁に使っていた。仕事はこれまでより幾分早く切り上げ、食事の準備をし、三人での夕食、時子が皿洗いなどの後始末をしていた。朝は夕食の残り物で済ませた。弁当はなし。学校の売店でパンを買い昼食とした。洗濯も父がやっていた。父が憐れのようにも思えたが、なるほど仕事一筋、日曜は寝てばかり、薪割り、雪かきは俺がしていたのだった。「仕方ねえじゃ」、父は寛大なのか不甲斐ないのか俺には分からなかったが、多分に後者の方だと見ていたのである。

学校は二学期が始まっていた。俺は大学に行くなら東京の大学がいいと思っていた。といって志望校は決めていない。名の知れた大学がいい。スポーツ推薦は蹴った。大学は勉強する所だと思うようになっていた。が、学生運動が激しくなっていて、大学は授業も碌にしていない所が多いとニュースで聞かされていた。学生運動には全く関心がなかった。ただ、受験地獄、これはイヤだった。受験勉強をガリガリやらないと志望校には入れない。俺は受験勉強が手につかない。親が浪人をする事を許してくれるか。父は大学を出ていないので、大学は出ておけと日頃から言っていた。多分、浪人を許してくれるだろうという見通しがあった。が、卒業に向け学校の勉強だけはきちんとしようと思った。

九月の初めに杉本さんを松竹映画『智恵子抄』に誘い一緒に観た。俺は高村光太郎の詩は殆ど読んでいて、芥川比呂志の詩朗読、光太郎役の丹波哲郎、智恵子役の岩下志麻の演技もよく、これまで観た日本映画では上々のものと思えた。が、杉本さんは詩、文学にはあまり興味はなさそうで、智恵子が可哀想の一点張りで、この映画はよくなかったと言ったのである。二人はこれまでに共感が殆どであったが、ここで齟齬があり、俺はこの映画に杉本さんを誘ったことは失敗だと思った。映画を観たあとの談笑の場はKパンの二階にしたが、杉本さんは東京への就職活動を主に話していた。俺は大学進学志望だが、受験勉強をしていない。この落差。なんか別れが近づいて来たようで、Kパンのケーキはやはり不味いと感じたのだった。

タバコはうちでこっそり吸っていた。めったに外では吸わないが、或る日、青森高校の正面玄関の向かいにある食堂で昼食を摂り、玉縄ら十人ほどと屯し、食後の一服、タバコをふかしていた。

「白井がこっちに来るぞ、逃げろ」と誰かが言った。

タバコでも退学になる。俺と玉縄は無我夢中で一緒に走った。

「助かった。ここまで来れば大丈夫さ」

「そうだな、タバコは持ってないし、戻ろう」

俺と玉縄はすでにタバコ常習だった。うまく逃げる事だけを考え、学校内は勿論、学校に近い所ではタバコはやらない事にしようと決めた。

山口さんとの交換日記は続けていた。が、或る日、山口さんからの手紙が届けられた。内容は、交際している人が出来たので、もう交換日記をやめたいというものであった。写真が一枚入っていて、四人のグループでハイキングに出かけた時のものであった。山口さんのボーイフレンドというのは写真で見れば、イモであった。こんな男のどこがいいのか。それなりの魅力があるのだろう。が、嫉妬の情も湧かなかった。で、俺は山口さんに返事の手紙、お別れの手紙を書いた。正味二年ほどの遠距離交際だったが、楽しかったとした。美容師を目指すそうだが、頑張ってほしいとした。こちらはあまり好まないが、大学受験の勉強に本腰を入れないといけないと書いた。心密かに好きな人、深津さんがいるとはむろん書かなかった。杉本さんの事も書かなかった。山口さんは東京の美容学校に行くつもりらしいが、こちらも東京か、でも会う事はよしましょうとした。清い恋愛というより友情の感じを持っていた。これはここで完結した方がよいと思った。失恋というのとは違う。でも、いつかこうなる、別れが来るという予感はあった。それにしてもイモ男に負けたようで、それが残念であった。

俺はウイスキーを飲む事を覚えていた。むろん杉本酒店とは違う酒屋で買った。自分の部屋でウイスキーをちびりちびりとやり、タバコも吸う、一応勉強道具は机の上にあるが目を向ける事は少なかった。

或る時、父が俺の部屋の襖を開けた。

「やめろじゃ。やめろじゃ」

低い声で言うだけである。俺は父を無視した。

四十三

学校では俺は深津さんが気になっていた。玉縄は深津さんと同じ中学校の出身だけあって、中学時代の深津さんの事を知っていた。

「深津は冷血動物と言われていたんだぞ」

「へえ〜。そんなには見えないけど」

「いつも澄ましているではないか。冷たい感じだ」

「いや、落ち着いている感じだなあ」

「高杉は深津が好きなのか。美人には違いないが」

「好きというほどではないが、他にいい女がいない」

そんな会話をした事もあった。

或る時、俺は授業の休み時間に、あのキザな塩野が深津さんの座席に近寄り、長話をしているのを目撃した。深津さんは迷惑そうではなく、受け答えをしていた。俺は嫉妬の眼差しを向けていただろう。あんな塩野のどこがいい。相手にするほどでもないのにと、深津さんの神経を疑った。が、俺に塩野のような事は出来ない。俺は内向的な性格だからどうしようもない。

或る時、俺と深津さんの視線が合った。深津さんはサアッと視線をそらした。恥じらいはない。やはり冷血動物か。あの落ち着きはどこから来るのだろう。深津さんとは話をした事がない。体育祭関係のお金を払いに会計係の深津さんと短い会話をしただけであった。これは会話とはいえない。俺の心の中で、深津さんはすでにモミモミの対象になっていたが、まだまだ理想の女性としてイリュージョンは増幅されていた。

杉本さんと一緒に映画を観るだけでは物足りないものを感じるようになっていた。俺は冬はバス通学だが、それ以外は自転車通学であった。或る日、年中バス通学という杉本さんが沖舘小浜のバス停でバスを待っている時、自転車を寄せ、

「今、映画はあまりいいのがないです。一度、野木和公園に自転車でピクニックに行きませんか」

と大胆にもデートの申し込みをしたのであった。

杉本さんはそれを聞いて少し驚いたような顔をしたが、

「うーん、一日考えさせてください。明日また来てください」

と返答したのであった。

次の日の朝、杉本さんに近寄ると、

「十月十日の体育の日、晴れたらピクニック、いいですよ。ただ、私、ひ弱なので自転車に乗れないの。途中までバスにしてくれますか」

そういう返答で、身体がひ弱とは少し驚いたが、承諾の返事だったので俺は舞い上がってしまった。

「じゃあ油川まではバスにしましょう。あとは歩けるね。十月十日の何時頃にしますか」

「お昼御飯のあとがいいわ。三時頃、公園に着くのではどうでしょう。私、こう見えても料理は得意なの。おやつにサンドウィッチを作って行きますから。飲み物もこちらで用意します。

高杉くんは手ぶらでいいですよ」

「それは嬉しい。じゃあ午後二時丁度、小浜のバス停で待ち合わせましょう。それはそれとして、晴れてくれないとなあ」

「二時でいいです。きっと晴れますよ」

何故か俺は杉本さんには積極的になれる。俺のこの日の自転車登校はウキウキした気分に横溢していた。

体育の日の前に、高校では体育祭があった。俺の出番は朝早い方に障害物競走に出るだけだった。ぞんざいに走りながらも三位入賞だったが、そんなのはどうでもよかった。あとの時間が暇過ぎる。終わる頃に戻り、点呼を受ければいいさ、そう思い、自転車で校舎を抜け出した。どこへ行くか。ストリップ劇場に向かうのである。お昼の十二時にはもうやっている。見る。三時に体育祭が終わるとしてそれまでに戻ればいいや。二度目であったが、『真赤な太陽』の女は出ていなかった。別の業者がやっていた。二度目では最初の時の感動はなかった。体育祭が終わる頃に学校に戻っていた。何かクサクサした気持ちを持て余していた。正直に言えば、杉本さんのことばかり下心を持って思っていたのである。

体育の日が来た。快晴である。手ぶらでいいといったが、何かプレゼントをしようと思った。俺は、幼少の頃から縫い包みのコレクションに凝っていたが、夏休みに玩具屋で可愛らしい手製らしい狐の縫い包みが出ていたので、購入しておいた。狐とはあまりにも珍しかったせいもあるが、何かそれが杉本さんのイメージに似ていたのである。機会があれば、杉本さんにプレゼントしたいと思っていた。今がそのチャンスである。うちに置いてある包装紙の中から綺麗な水色の包装紙を抜き出し、狐の縫い包みをぐるぐる巻きにし、セロテープでとめ、登校用の鞄をカラにしてそれを入れた。沖舘小浜のバス停で二時五分前から待った。次のバスが着く時刻は二時十一分となっていた。二時丁度に杉本さんが現れた。水色のブラウスを着、下は白いズボン姿で、左手に白い大き目のバッグを持っていた。バスの中では、お互いの進路の話をしていた。杉本さんは東京で就職したがっていたが、両親、とりわけ母親が反対しているということであった。俺はただ漠然と東京の私立大学、それも有名な所に入りたいと言っただけである。油川のバス停で降り、あとは徒歩で野木和公園まで歩いた。

行楽シーズンだが人出はまあまあのものだった。家族連れが多かった。野原に座り、サンドウィッチと飲み物での話題は、学校の成績のことに及んでいた。杉本さんはT女子のトップクラス、一、二年は普通のクラスで私語が多く、三年次はわざと進学クラスに入ったという。俺は青森高校では真ん中より下、国語と社会は得意だが、理数系はダメで私立文系クラスに入っていると言った。

「サンドウィッチ、美味しかった。なるほど料理が得意なのだね。ありがとう。ところで今の話じゃ、杉本さんは親しい友達はいるの」

「親友というのはいないわ。ただ、東京の専門学校に行くという二人と親しくしているだけ。今日もその子らとピクニックだとお母さんには嘘をついて来たの」

「お母さんは厳しいのだね。で、東京でどういう所に就職したいの」

「デパートよ。母は反対するけど父はまあいいだろうと言っているので、多分そうなるでしょう。来月、入社試験があるの。何でも面接重視らしいわ」

「それじゃあ大丈夫だと思う。うまく行くことを祈ります」

そんな他愛のない話をしていたが、周りは陽が翳り、暗くなって来た。周りに人も疎らになって来た。その辺を散策しようとなった。いつの間にか、二人は手を繋いで歩いていた。大きな木の下を通りかかった時、杉本さんは立ち止まった。どうしたのかと杉本さんの顔を見ると、目を閉じているではないか。俺はキスを待っていると直感した。彼女の唇に俺の唇を近づけ接触した。柔らかい。彼女の唇を吸った。彼女は吸い返して来た。暫くキスを続けた。まだ日没前であった。

それから二人は近くの野原に座り、キスを繰り返した。

「どうやら私、高杉くんが好きになったみたい。……大学を出てからでいいけど、結婚してくれる」

俺は何と返答してよいか躊躇した。暫くの沈黙の後、

「俺も杉本さんが好きだ。……大学出て就職が決まるのが二十二、三歳、結婚には早い感じもするが、こんなのは一生に一度のような気がする。それまで待ってくれないか」

こうして二人はまた長いキスをした。

俺からのプレゼントを渡すのは、帰りのバスが沖舘小浜のバス停に着いてからであった。

「うちに帰ったら、見てみるわ」

「気に入るかどうか。部屋の片隅に置いてくれればありがたい」

「狐の縫い包みと言ったわね。私、熊ちゃんやワンちゃんの縫い包みは一つずつ持っているの。仲間が増えるわ」

辺りはもう日没後で暗くなっていた。

「じゃあ、元気で。今日は楽しかった」

そう俺は言い、素早く杉本さんの左頬に軽くキスをし、早足でうちに向かったのである。

四十四

世の中、グループサウンズが流行していた。髪を長くした俺たちより少し年上の連中が活躍していた。ブルー・コメッツ、ザ・スパイダース、ザ・タイガース、ザ・ワイルドワンズなどである。若い女の子がきゃあきゃあと言っていた。俺はこのグループサウンズはわりと好きだった。が、俺にはトランペット購入が約束されている。エレキギターなどには関心は向かなかった。髪も長くする気も起こらなかった。

業者の入試模擬試験があった。政幸と相談し、5科目受験で行く、俺一人が受験者だが、数学と英語は政幸が受験する、替え玉受験だ。それを政幸が言い出したが、どうせ二人とも浪人する覚悟、冒険的にやってみる事にした。試験監督の先生は二人とも見知らぬ人で替え玉受験は発覚しなかった。

が、試験の結果は散々なものだった。俺の得意とする国語と日本史、化学はいつもの調子が出ず、政幸の数学、英語も低い点数だった。悪い事をしているという意識がどこかに働いていただろう。もう二度と不正行為はしまいと思った。

受験勉強などまるで手につかない。十一月下旬に杉本さんをまた映画に誘った。東映の『喜劇・団体列車』と『旅路』である。もう二人は手を握り合い、渥美清の面白さに一緒になって笑いころげていたのである。帰りはまた喫茶田園に入った。

「就職の方はどうだった」

「M百貨店から内定をもらったわよ」

「よかったね。東京ではアパートを借りるの」

「それが母は社員寮に入る事を条件に許したので、社員寮生活になると思うわ」

俺は野木和公園で杉本さんと将来結婚することを深く考えずに承諾したが、内心、杉本さんは男に持てるので、東京の男が近寄り、四年も五年も待ってくれないのではないかと思った。それに俺の両親を見ていると結婚そのものに疑問を持ち始めていた。結局は性欲充足の社会的な認定、恋愛の墓場、そういうふうに思い始めていた。もっと自由に生きたい。いろいろな女性と恋愛をしたい。何故、一人の異性に拘束されないといけないのか。気の多い俺は杉本さんを一生愛し続ける自信などまるで持ち合わせていなかった。今日も実はキスをしたいが、そんないい場所はない。東京に行っても寮生活ではキス以上は望めないとイライラし始めたのである。それに杉本さんを好きといっても性欲のはけ口にしようとしているだけではないか、不純だ、そう思えて自己嫌悪気味になったのである。

喫茶店を出ると青森高校の横内にバッタリ会ってしまった。少し立ち話をしたが、俺は誰が見ても可愛い子と一緒、虚栄心だけは満たされた。

四十五

十二月になると、何かそわそわした気持ちがあった。深津さんと何の接触もないまま、卒業してしまうのが惜しまれた。話がしてみたい。が、近づきにくい。深津さんから俺に話し掛けて来るのを期待は出来ない。そんな女性ではないと思った。では、どうすればいいのか。心が荒んでいる俺に悪戯心が芽生えていた。深津さんに手紙を出すという事である。が、その手紙はただのラブレターではない。深津さんの悪評判を書きつつ、好きであると匿名で告白する。住所が分からないので、教室の廊下にある個人収納箱に手紙を入れてやろうと決めた。大抵の者は鍵など掛けておらず、こっそり入れればいい。

深津れい子さん。ぼくはあなたを好きです。が、それを言い出せません。それにあなたがどんな人かわかりません。冷血動物だという者もいます。でもぼくにはそうは見えません。そういう噂があるのは、あなたにそういう要素があるのかも知れません。いつもツンとすましているように見えます。男に持てると思っているのでしょう。確かに持てます。現にぼくは内向的であなたに話しかける事もできません。先の校内実力テストの私立文系であなたは国語で1番でした。おそらく英語も出来るでしょう。ぼくはあなたより成績が下です。コンプレックスを持っています。あなたは高嶺の花です。でも、いい気になってはいけない。高校卒業後はどうされますか。青森に残りますか。それとも東京の大学ですか。ぼくはおそらく東京です。あなたも東京ならうれしいけどなあ。

I・Tより

筆跡はわざと乱暴な字にした。イニシャル、I・Tは俺の高杉勇雄だが、友人の玉縄逸郎のものでもある。俺は深津さんがどちらに反応するかを見たかった。両方の場合も考えられる。両方に無関心の場合も考えられる。手紙の内容として、冷血動物というのにカア〜となるはずだ。が、これは事実だ。春先にハンド部の昭光が香山さんにやり込められようとしたのを目撃している。あのようにならない事を祈った。

うちの中は相変わらず暗かった。父は時子に母へ手紙を書いてくれないかと頼んだ。生活が大変なので戻って来てほしいとしたのである。時子は父に言われるまま手紙を書いた。母からの返事は年末までに帰る事にした、であった。父はホッとしていた。母と隆雄は割に早く戻って来たのであった。

母と隆雄が戻って来てすぐに俺は無性に家出をしたくなった。何かクサクサしていた。一日だけ家出しようと決めた。S町通りに小さなホテルがあり、泊めてくれるかと聞いたら大丈夫だと言ったのである。ホテル代は月々もらっているお小遣いから出せるほど安いものだった。ホテルの一室で、突然姿を消した俺について父や母がどうしているかを想像した。まさかに警察には届けはしないだろう。どこかの友達、下宿時代の仲間の所にでも転がり込んだと思っているに相違ないと思った。

次の日曜日の朝に帰宅した。ホテルに泊まっただけだと言ったら、父も母も安心したようだった。が、父は「父権喪失だ」と嘆いていた。母は割に平気で「多分そうだろうと思っていた」とケロリとしていた。母には一泊だけの家出だと見抜かれていたのかも知れない。

その日、母は俺と時子を呼んで、

「私の我儘で二人には心配をかけ申し訳ない。でも、来年春には皆で東京に行きましょう。どうしてもお父さんとは一緒にいたくないのよ。大阪は合わない。水が不味いのよ。東京なら清一伯父さんもいる。頼りになるから。大阪の安夫伯父さんとも相談し、そう決めたのだから」と真剣に話してくれた。

母は戻って来たが、これは一時的な同居、出戻りに過ぎないのである。それでもこれから先、同居を続け、夫婦の醜い諍いを見るよりはましだと思うようになった。父と母の別居は、運命と受け取った。

四十六

昭和四十三年になった。

大晦日は家族で『NHK紅白歌合戦』をテレビに釘付けになって観たので、その話題で正月は始まった。俺の映画好きは相変わらずで、渥美清の『喜劇・初詣列車』をまた杉本さんと一緒に観に行った。正月から笑えるのはいい事だと思った。

新学期が始まって早々、ザ・フォーク・クルセダーズの『帰って来たヨッパライ』という歌が流行していた。政幸はそれを面白がって真似、よく口ずさんでいた。風変わりな歌が流行るものである。何か世相がこれまでとは違うように感じた。俺の青森生活はあと三カ月もないとなればなおさらであった。

或る朝の登校時、校門の前で高一の和江ちゃんとバッタリ会ってしまった。和江ちゃんとは俺の妹の幼馴染で、青森高校に進学していた。多くの生徒が門の内に入って行くのも構わず、和江ちゃんとついつい立ち話をしてしまった。

「よう、おはよう。実に久しぶり。昔とあまり変わってないな」

「あら、勇雄さん、本当に久しぶり。ところで時ちゃんは元気」

「時子は中央高校で放送部に入って頑張っているよ。それにしても和ちゃんがこの高校に入ったのは知っていたが、今まで会った事がないのが不思議だな」

「時ちゃんが放送部？　感じが少し違うようだけど、それはよかったわ。中学ではクラスも違い、あまり親しくしていなかったから。でも病気が治って、本当によかった。私たちとても心配していたのだから」

「ありがとう。もう大丈夫さ。ところで和ちゃんは何か部活動しているか」

「私は箏曲部に入っている。勇雄さんはボート部だったね」

「そう。そのボート部は今部員がゼロなのだ。困っている。顧問は一年生を勧誘しろというが、和ちゃんの知っている男子でどこの運動部にも入っていないで、力の強そうなのはいないか」

「う〜ん。同じクラスにボートに合いそうなのは、一人いる」

「名前はなんて言うのだ。俺が誘いに行くから」

「名倉くんという」

「何組だったかな」

「9組よ」

「わかった。早速今日、教室に行くから」

「勇雄さんは、受験勉強、大変でしょう」

「何、そんなことないさ。和ちゃんに遅刻させせちゃ悪いから、これで。本当に今日9組の教室に行くから」

福部和江さんは時子の幼馴染だが、小さい頃の俺は三人でよく遊んだもので、長い間話もしていなかったが、彼女とは心置きなく話せたのである。

校舎に入ると、安原が俺に近づいて来た。

「随分、可愛らしい女の子と話し込んでいたな。どういう関係なんだ。高杉も隅に置けないなあ」

「なに、幼馴染だよ。ボート部に入りそうなのを聞いていた」

「で、そんな一年生はいるのか。こっちも探しているがダメだ」

「まあ、当ては見つけた。ビンコーも言うように一年生から探すしかないから。笹森や後藤はどうしている」

「あの二人は就職も決まり、あと一カ月もないので室内練習をやると言っていたよ。勧誘の事より自分が大事のようだ」

「そうか。じゃあ、俺も室内練習をやろうかな。最近、身体がなまっていけない」

「こっちはもうやらない。父の手伝いがあるし。ところで高杉はどこの大学を受けるんだ」

「まだ、ハッキリ決めてないさ。でも二つくらいかな。受けるのは。遅刻するとまずいから、これでな」

俺と和ちゃんの立ち話姿を安原はどこかで見ていたのだ。和ちゃんは美人の部類に入るだろう。安原以外の者も目にしていたに違いない。まさかに深津さんの姿は見かけなかったので見られていないだろう。こんな些細な事でも俺の気分はウキウキとしていた。

名倉という一年生の勧誘は上手く行かなかった。やはり大学受験を優先させていた。もっと早くに後藤らと一緒に一年生の教室を廻り勧誘しておくべきだったと思ったが、後の祭りである。でも、新学年になれば必ず新入生は入って来るものと思っていた。ブランクにはならないだろう。それが伝統の力だと俺は楽観していた。

その日から俺は放課後、ボートの室内練習を実に久しぶりにやり始めた。後藤と笹森は新学期早々から室内練習をやり始めたという。うさぎ跳びのようなきついのは避け、スクワット、腹筋、バック台が中心だそうだ。

「後藤、就職が決まったって。どこ」

「M銀行だ。最初は東京勤めというぜ」

「笹森はどこ」

「公務員になる。市役所だ。青森にいるよ」

「二人ともよかったなあ。ところで最近、身体がなまっている。きょうから仲間入りしていいな」

「ああ。でも身体が覚えているというか、大丈夫だよ」

後藤はそう言って俺が加わった事に不快感は示さなかった。

うちでは俺の大学進学問題について父と母が俺を交え、話をした。

「うちの親戚にさ、田所というのがいるじゃ。その田所の親戚にA大学で体育の教授をしているのがいるそうだ。入れてやると言っていた。どうだろう」

「なんかそれ、裏口入学というのではないの。入ったらお礼しないといけないのではないかしら。私はあまり気が進まないけど、勇雄はどうなの」

「Aか。悪くないけど。でも、私立はやはりWかKでしょう。が、今の学力ではとても無理だ。浪人したら行けるかも知れない。現役でないと困るというのであればそのAを考えるよ。浪人させてくれれば、猛勉強するけどなあ」

「分かった。その田所の親戚にはプロ野球選手もいるそうだじゃ。国鉄のピッチャーらしい。金田には敵わないが、一軍らしい。お礼、たって、そんなにいらないいんじゃないか。受けてみないか」

「じゃ現役でないと困るという事か」

「出来ればな。でも、本当に行きたい大学があれば一浪まではいいと思っているじゃ」

「それなら浪人させてくれよ」

「今からそう決めるのはよくないんでないか。田所の持って来た話は悪くない。WやKでなくても、Aだっていいと思うがなあ」

「学部はどこ」

「経済学部といっていた」

「ふーん。といってどの学部に行きたいというのもないのだなあ」

「勇雄、それは困るねえ。将来のやりたい仕事もないという事なの」

「そうなのだ。ただ、大学に行きたいは行きたい。親父もこれからは大学を出ておけと言っていたじゃないか」

「Aを受けるだけ受けてみたらいいんじゃないか。田所にも顔が立つし。どうだ。行く、行かないは、あとでじっくり考えて決めてくれればいいじゃ」

「じゃあ、受けてみるよ。ただ、経済学部というのが少し引っ掛かるなあ。サラリーマンになるコースのようで。でも受けてみていい。受験勉強を殆どしていないが、どこまで通用するかも試したいから」

「でも裏口のようで私はやはり気に入らないけど。勇雄が受けていいというのならそれもいいでしょう。でもあと一つ、二つは受けなさいよ。どこか考えているの」

「無理だと思うけどKを受けてみたい。Kは都会的で恰好いいから。さっき経済学部はイヤと言ったけど、Kの法学部ならいい」

「挑戦するのはいい。それなら二つなの」

「もう一つ、N大の芸術学部に少し興味がある。合格する自信もある。滑り止めにいいかも。友達の坂爪というのが勧めてくれた。折角東京に行くのだから三つくらい受けるのもいいだろう。大学の校舎の感じや雰囲気も大切だからなあ」

「まあ、いんじゃないか。WかKかだな。今回は予行演習のようなものか。でもやはり、田所の話はいいと思うじゃ」

「分かったよ。だからAも受けるとさっき言ったでしょ」

「今言った三つを受けて、それから考えていいじゃ。それでいいじゃ」

「すべて合否が決まってから考える。それなら私も賛成よ。これで行きましょう。勇雄、最初から浪人というのはいけないよ。がんばってみなさいよ」

こんな会話をして俺の大学受験の事はようやく決まった。二月に十日間ほど上京する。父の営林署関係、林野庁関係で、虎ノ門という所にあるグリーン会館を宿にする事も決まった。

四十七

或る日、大学受験用の健康診断書のため、英語の時間を公欠にして県立病院に行った。例の乳房の看護婦は見かけなかった。会ってもあの時の看護婦だとは気づかなかったかもしれない。用は早く済み、予定よりも早く学校に戻った。英語の授業を終わり近くに入って行くのも勿体ない気がした。学校ではタバコを吸わない事に決めていたが、学生服のポケットには昨日の残りの二本とマッチ箱が入っていた。健康診断の後、どこか人通りのない所で吸おうと用意していた。が、そのチャンスを逃していた。俺は便所に入った。二本、立て続けに吸った。少しクラクラした。それが気持ちよかった。マッチは箱ごと捨てた。で、ベルが鳴ったので、教室に戻る事にした。

「おい、高杉、こっちに来い」

野沢先生は顔を赤くして、教室から出て来た。いつもより長く授業をしていたのである。俺はノソノソと野沢先生に近づいた。

「高杉、どこへ行っていた」

「健康診断のため、病院に行っていました」

「そんならいい。でもタバコ吸ってないか」

「いや、吸っていませんよ」

「じゃあ、まあいい。次は出ろよ」

「はい」

これだけの短い会話であった。が、俺はタバコの臭いをさせていたのではないかと思えて来た。野沢先生はタバコを吸わない。タバコを吸わない人はタバコの臭いに敏感だと聞いた事がある。だが、野沢先生は俺のポケットの中まで調べようとはしなかった。もしタバコが出て来なければ大失態となる。野沢先生は俺を見逃してくれたと思った。タバコを吸っていた事がハッキリすれば、退学処分となるのだ。そういう危険性があるから、また面白い。とまれ、助かった。

担任のタカショーは「パチンコ屋に入らないように。ヤクザがいるから。危険だよ」と注意を与えていた。俺は秋川という開業医の息子で大きな身体をした男の同級生がパチンコ屋に出入りしているのを目撃した事がある。真面目に勉強してはいない。浪人するつもりなのだろう。

禁止されると禁止を破ってみたくなるものである。俺は或る日の夕方、帰宅するとすぐ私服姿でH町に多くあるパチンコ屋の一軒に入った。『軍艦マーチ』が大音量で流れている。俺は隣の人のパチンコの打ち方を真似ようと、暫し脇から見ていた。そしてパチンコの玉のかたまりを左手で握り一個ずつ穴に入れ、右手で細長い棒のような金属器具で弾いたのである。最初は上手く行かなかった。が、慣れると玉は飛んで、台の中央のチューリップに入った。チューリップは開き、玉が三、四個続け様に入った。ジャラジャラと音を立て受け台に大量の玉が出て来た。その快感は堪らない。が、一時間も過ぎると、玉はなくなり、持ち金もなくなって来ていた。一度で済まないのがパチンコである。三日も続けて同じパチンコ屋に通った。幸い、ヤクザ風の人には出会わなかった。お小遣いが少し減っただけだった。

今や老齢の身となっている俺は、これまでにどれだけパチンコ出費をしたのかと思い返してみた。パチンコは台が新しいものに変わり、電動式になり、一時はパチンコブームとなった事もある。射幸心をあおるのである。朝の開店から夜の閉店まで一日中やっていた事もある。たまには大勝ちする。が、トータルでは大負けしている。１５００万円を下らない出費であったろう。根が享楽的に出来ているのか。でも、人間、真面目一方では糞面白くもないではないか。パチンコをやめてもう十年になる。パチンコに代わって、一人パソコン麻雀を暇さえあればやっている。これもなかなか勝てない。大三元、国士無双などの役満をやった事もあるが、やられた事もある。ゲートボールなどする気も起こらない。俺は孤独な老人だろう。でも独り遊びは幼い時から好きで、楽しいのである。

四十八

深津さんへ悪戯手紙を出してから、深津さんの一挙手一投足が気になっていた。或る時、深津さんが玉縄の右腕を掴んで、何か言っているのが目に入った。玉縄は何の事か分からず狼狽えていた。あの手紙の主を玉縄だと勘違いしたのだろうと思った。が、なぜ、俺だと思わなかったのだろう。深津さんは俺に関わる事は一切なかった。それがまた俺には不満だった。縁がないと思った。

学年末テストが次第に近づいて来た。俺は俺なりに勉強はした。

国語は古典、現代国語とも文学史の勉強をした。竹本先生はもう冗談を言うこともなく、講義形式で作品のあらまし、作者のこと、時代背景などを話していた。テキストは別に買わされていた。俺は暗記が得意である。坪内逍遥は『小説神髄』と『当世書生気質』、二葉亭四迷は『小説総論』と『浮雲』など、頭が吸い取り紙のようになって暗記して行った。

この文学史のテストは返却されなかった。間違いが多分一カ所だ。100点に近かったという手応えがあった。が、皆も出来がよかったろう。それよりも竹本先生が授業で最後に言った言葉が印象的だった。

「卒業式となると毎年成績優秀者が十五、六人表彰される。新聞にも出る。なんで差をつけて卒業させるのか。職員会議で、俺はこういう事はやめようと発言しているが、皆聞いてくれないんだよ」

俺は竹本先生の言う通りだと思った。優等生の氏名は本当に地方紙の新聞に出るのである。もうこの学年で出るのは決まっているようなものだった。これは劣等生の僻みに過ぎないだろうか。その表彰される十五、六人、選ばれたる秀才才媛、そういう連中は大人になって偉い地位につくのか。世の為、人の為に大いに活躍してくれるのか。僅か十八歳でその生涯が決まるのか。竹本先生の異端ぶりは大好きだった。

英語は、一、二年次同様、教科書を終えていて、副読本を勉強するのである。この副読本にむろん日本語訳は付いていていない。俺はN書店で副読本と同じ対訳式のテキストを探してみたが、置いてなかった。が、青森市で二番目に大きいO書店に行くと、対訳本があったではないか。いい虎の巻を見つけたと喜んだ。対訳部分、日本語部分を殆ど暗記した。

試験はテキストから二カ所、比較的長文が出、和訳をしなさいというものだった。知らない英単語が出て来てもだいたいこんな意味だろうと見当がついた。手応え十分の答案が書けた。

「高杉、お前は、英語、本当は出来るんだなあ、感心したよ」

野沢先生は大変褒めてくれた。テスト返却の時、俺は82点であった。クラス平均点は43点だという。平均点の倍近い点数である。おそらくクラスで1番だったろう。深津さんにも勝っただろう。が、これには裏事情があった。それは誰にも言うまい。ハッキリ言って八百長だ。実力ではない。が、俺は野沢先生から初めて褒められたのを嬉しいと思った。

英語の通信簿の成績は、一学期は3、二学期も3であった。よく英語は努力科目だと言われていた。単語やイディオムを多く覚えている方がテストの出来がよくなる。俺は努力をしないからダメである。が、三学期は4であった。三学期の成績だけなら5であったろう。学年全体のものが三学期の成績となるのである。

学年末テストのあとテスト返却目的の授業日が三日ほどあり、その最終日の一日前の放課後、映画を観に行った。渡哲也主演の『無頼より・大幹部』を観たいがためであった。俺は渡哲也が大好きで『東京流れ者』『嵐を呼ぶ男』『勝利の男』『陽のあたる坂道』『燃える雲』『反逆』『錆びたペンダント』と渡哲也主演の映画を見続けていたからである。あの男らしさがいい。年長の恰好いい男に憧れていた。タバコの吸い方まで真似ていた。

ついでに言えば、大相撲ファンの俺は、琴櫻という気風がいい力士の大ファンになっていた。

テレビ観戦で琴櫻のあの突進ぶりに身体を動かして勝ってくれと応援していた。押す力のあまり強くない俺とは正反対の者に憧れていたのだった。

四十九

学校の最終日、俺は放課後も長く学校に留まっていた。教室のストーブの前には高校生活が名残惜しいかのように、俺を含めた男女六人が集まってお喋りをした。女子は背が高く目の大きな中山恵美子さんとバスケ部で色黒の小山内文恵さんの二人、男子は俺、玉縄、黒岩、クラスで2番目に成績のよい山西精一郎の四人である。

「山西はどこを受けるんだ」と黒岩が訊いた。

「北大の医学部さ」

「そう。多分大丈夫だろうな。で、何科の医者を目指すんだ」

「産婦人科さ」

「へえ、意外だ。何でまたぁ」と中山さんが反応した。

「いや、赤ちゃんが好きなのさ。それだけだ。黒岩はどこ」

「もう浪人するつもりさ。高杉も玉縄も同じだよ」

「高杉くんはボートで大学に行くのでなかったの」と小山内さんが俺の顔を見ながら尋ねて来た。

「そんな話もあったけど、やめにした。C大学、蹴ってしまった。未練はない。大学は勉強しに行く所ではないのか。高校とは勉強が随分違うというぜ」と俺は応じた。

「それならどの学部を目指すの。高杉くんは国語や社会が出来るから文系でいいけど、学部が問題ではないの」

「文学部と思うだろうなあ。でも文学は女が向いていないか。文学部は女が多いというぜ。そういう所はあまり行きたくないなあ」

「じゃあまだ将来の希望の職業とかも決めてないの」

「そうさ。だから浪人しながら自分に合うものを探すのさ」

「私もバスケばかりの高校生活で将来の事など考えていなかった。高三で将来の職業を決めている人は羨ましい。山西くんのようにね」

「でも、今学生運動が盛んだろう。大学に入っても授業はちゃんとやるのか心配だ」と山西が応じた。

「そうね。あの学生運動というのがよく分からない。うちの親は東京には行くなと言うの。でも私は東京の男女共学の大学に憧れているの。深津さんは女子短大だけど。でも、深津さんの親は東京に行くのに猛反対らしいの」と中山さんが深津さんの名を出した時、俺はドキリとしてしまった。

「女に学問は要らないという考えが根強くあるんだよ」と玉縄が重い口を開いた。

「それはそうね。女は早く結婚して子を産んで、夫に尽くすね」と中山さんが反応した。

「ところで東大はこの学年何人入るかな」と黒岩が訊いた。

「安川は理三合格間違いなしさ。佐々木の理二も間違いないさ。太田の理一も大丈夫だろう。この三人は現役で行けるという先生方の見方だ。うちのクラスの佐藤の理三は微妙な所らしい。関塚は東大をさけ、東北大の工学部らしい」と山西が答えてくれた。

「秀才連中の事なんかどうでもよくないか。東大、東大というのがイヤだよ。ガリ勉は本当にいいのか」と玉縄が言った。

「いやあ、スポーツと勉学の両立が出来ればいい。が、実際は難しい。そう松本先生が言っていたよ。なんせ俺たち戦後ベビーブームの世代だろう。競争が激しすぎる」と俺が答えた。

「本当にそうだな。うちに帰って追い込みの勉強をしないといけない」と山西が言い、群れから離れて行った。

「山西なんかいい奴だよ。さっき言っていた佐々木なんか挨拶も出来ない。こっちから挨拶しても無視された事がある。そんなのでいくら東大でも実社会で通用するのかね」と黒岩が言った。

「そうだなあ。その点、この前、『続・夕陽のガンマン』を観に行ったら安川がいて俺にちゃんと挨拶したよ。秀才でもああいうのはいいと思うなあ」と俺が言った。

「国立理系の連中は特別でしょう。問題は私たち私立文系の方よ。やはりWかKなのかしら」と中山さんが訊いた。

「そうだよ。伝統があって、卒業生がいいから。社会に出ても何かと有利ではないのか。高杉だってそう思うだろう」と黒岩が俺の顔を見ながら訊いた。

「本音はそこだよ。だから俺ももう浪人するとほぼ決めている」

「いやWやKに拘るのは違うのではないかしら。もっと将来とか適正を考えて大学を選ぶべきではないかしら」と小山内さんが反論した。

「大学の名前が大事とする人が圧倒的に多いでしょ。でも、今、小山内さんが言ったのは本当だと思うわ」と中山さんが言った。

「まあ、いろいろさ。ただ、競争が激しく、俺たちはちっとも面白くない受験勉強を強いられる。イヤな時に生まれたものだよ」と俺がまとめをつける形で話し、ストーブ談義は終えたのである。

　俺は昼食に売店でパンを買い、食べ、さらに校内に留まろうと思った。二月の自由登校は一度も学校に行く事はないと決めていた。卒業式とて出ないかも知れない。今日で青森高校、最後の日と内心決めていたのである。午後はボートの室内練習、多分一人だろうが、バック台をゆったりやろうと決めていた。が、部室の方へ行ってみると後藤がいた。

「高杉。もう高校も終わりだな。今頃訊くのは何だが、夏休みの全国一周の一人旅はどうだった」

「なるほど今頃ですか。よく訊いてくれました。そりゃ、楽しかったさ。一生忘れないさ。ところで後藤の自転車での北海道一周はどうだった」

「気持ちよかった。網走は寒いくらいだったよ」

「そうだろうな、北海道は。こっちは暑かった。日本はひょろ長いからなあ。……ところで、ボート部で何が一番思い出深い？」

「そりゃあ、二年の時の国体予選だろう。大湊高校に鼻の差で負けた事だ。だからスタートダッシュで、ピッチをもっと上げていればよかったんだよ。高杉も同じ考えだったよな。でも、ビンコーは聞いてくれなかった。ところで安原から聞いたけど、高杉は何でC大学を蹴ったんだ」

「大学まで行ってボート、漕ぎたくなかったからさ」

「もったいない。昭光はハンドでC大学に行くんだろう」

「そう言っていた。昭光の運動神経は抜群だから、大丈夫さ」

そのような話をして俺は後藤と久しぶりに棒引きもし、バック台で気持ちのよい汗をかいた。後藤も帰り、俺は閑散とした教室に残っていた。遠く、一、二年生の教室から何か言っている声や物音が時々聞こえていた。俺はこの三年間で成長したのだろうかと自問自答した。自分の将来の夢や希望は持てなかった。自分が何に向いているのかも分からない。さっき浪人してそれを探すと言ったが、本当に見つけ出せるかの自信もない。「漫然と漕いではいかん」はビンコーの口癖だったが、俺は漫然と生きていたのではないのかと思った。体力は確かに付いた。が、精神的成長はあまりなかったのではないかと思った。

深津さんへの悪戯は反省している。何であんな事をしたのだろう。バカだった。深津さんの座っていた席の机をじっと見つめた。東京で逢えるかも知れないではないか。失敗だった。深津さんはあれを玉縄の仕業と思い込んでいるふしがある。俺は玉縄にも悪い事をしたと反省した。

日没が近づいてきた。一人、バスに乗って帰途についた。

バスの車窓から、キザの塩野を先頭に、チビで眼鏡、出っ歯の真柄を一番後ろにして五人の青森高校生が背広、ネクタイ姿で歩いているのが見えた。どうやら、この集団はキャバレーにでも行くと思われた。性欲を持て余しているのは俺だけではなかった。塩野も見かけとは違い女に飢えていたのだと思うと日頃イヤな奴と思っていたのが、ある親しみを覚えたのだった。

五十

二月中旬過ぎに俺は上京した。一人旅を体験しているので東京はさして怖いとは思わなかった。虎ノ門という地下鉄の駅で降り、アメリカ大使館やホテルオークラなどの見える坂の多い街並みを歩いてグリーン会館に辿り着いた。朝夕の二食付きで、部屋は幾分狭いが小綺麗であった。テレビはむろん部屋には置いてなかった。が、トランジスタラジオを持って来ていたので、よく聴いた。高知から大学受験に来たという女子生徒もいた。営林署、林野関係の人は全国に多くいるのだと思わせた。

A大学の入試は無事に終えた。3科目、まあまあの出来だったと思った。まあまあでは多分ダメだと思ってもいた。裏を使おうという俺、後ろめたさを感じていた。受験生は多く、試験と試験の間の休憩時間には廊下のあちこちで青白い煙が立っていた。俺も当然ながらタバコを吸っていた。現役の連中とてタバコを吸っているのは多いはずである。全国からこんなにも同世代人が集まり、大勢いる、それはある程度まで予想していたが、実際にそのような場所にいると、大変な驚きであった。

K大学の入試も無事に終えた。試験場は静まり返っていたが、試験開始のじっと待つ時間に、前の席の方で大きなオナラをした奴がいる。でも誰も笑ったりはしない。俺はそのオナラ野郎は合格するのではないかと思った。普通、緊張の場でオナラなど出るものではない。そいつは肝が太いと思ったのである。

N大学の入試も無事終えた。但し、一時間目の英語は遅刻してのものであまり出来がよくなかったと思った。が、国語と日本史はほぼ満点を取れたように思った。A大学もK大学もそうだったが、試験が終わると、予備校の人か、正解のプリントを無料で配布していた。だから、N大学はおそらく総合点で合格するだろうと思った。青森市には予備校は一軒もない。流石東京だと思った。

試験のない日は新宿などの映画館に行った。直前の勉強なぞする気もしなかった。佳作座の、ジュリー・アンドリュース主演の『モダン・ミリー』とジョーン・フォンテイン&オーソン・ウェルズの『ジェーン・エア』はどちらも面白く観る事が出来た。

A大学の合格発表を見に行った。合格者の受験番号を書いた掲示板を見るのである。俺の番号はあった。やはり裏が効いたと直観した。さして嬉しくはなかった。手続き書類などをもらい、本当にこれでいいのか、と思った。手続きの締め切りまであまり時間はないが、一生の大事なので、あくまで自分の意思で決めるが、両親ともよく相談しようと思った。K大学は不合格であった。俺の番号は何度見てもない。やはり気分のいいものではなかった。N大学は合格であった。手続き書類などはもらったが、何故かあまり嬉しくはなかった。

帰りの青森行きの列車では、偶然にも、一浪をしてK大学の経済学部に合格し入学手続きをするつもりという青森の八戸高校のお喋り好きな男と隣り合わせに座った。互いにタバコをふかしながら、大学受験の話、互いの高校の話を中心に雑談に耽ったのである。だから長旅もあまり退屈を感じなかった。が、俺の内心は屈辱感に溢れていたのだった。

五十一

うちに帰り、主にA大学をどうするかを、父と母で話し合った。

「田所の話だと、本当の合格点に9点足りなかったみたいだじゃ」

この父の言葉で俺は決心した。

「じゃあ、入学辞退するよ。一生、その田所さんとやらに頭が上がらないから。もし合格ラインを行っていたら、入学するつもりだったのさ」

「そうか。勇雄の言う通りだね。裏はやはりいけない」と母が言った。

「仕方ないじゃ。田所に断っておくじゃ。で、N大はどうするじゃ」

「一浪までいいと言ったよな。文芸というので合格した。なんか入る気が湧かない。もっとレベルの上のところに挑戦してみたい。入学辞退でいいね」

「どこの大学に入るかは一生ものじゃ。仕方ないじゃ」

これで俺の浪人は決定した。

卒業式には玉縄や政幸同様、わざと欠席する事にした。卒業式に出席した黒岩は情報通で、深津さんがA女子短大に合格し入学すると知らせてくれた。それなら俺はA大学に行った方がよかったか、と一瞬思ったが、俺は深津さんとはどうも縁がないと諦めた。玉縄も黒岩もWやKを二つほど受けていたが当然ながら落ちた。浪人覚悟の受験生が合格するほど甘くはないのである。なお、黒岩の話では、ハンド部の永井とラグビー部の藤田が自由登校日に教室でタバコを吸っているのが見つかり、退学処分になったというではないか。もうタバコ常習になっている俺たちは、誰もいないとはいえ教室でタバコを吸っては危険である。この二人の迂闊さには同情しなかった。多分、転校となって三年生をもう一度やるのだろう。

卒業式に欠席したので、暫くして母が青森高校に出掛け、卒業証書と記念品をもらって来てくれた。母の話だと帰りのバスで、バレーボール部の豊川の父親と一緒になり、豊川は東北大学の教育学部に合格したというではないか。運動部に入っていても豊川は受験勉強の猛烈な追い込みで栄冠を手にした。俺は豊川の成功に嫉妬を覚えた。豊川は国立文系だが、やれば出来るのである。豊川はあの一時拝借した二年次の全員の成績順位表では300番台の後半だった。俺とさして差はなかった。無理と言われていた文武両道をやってのけたのがいたのである。それに嫉妬する俺は醜い奴だと思った。

卒業記念品では何といっても卒業アルバムである。真っ先にやはり3年1組の整然とした集

合写真を見た。俺は最後列の真ん中辺りに立っていた。割に精悍で野性的な感じに写ってい
た。これは自己評価の自己満足である。深津さんは担任のタカショーの隣に座っていた。幾分緊張したような面持ちがあるが、やはり上品な美人だろう。次に、合浦公園でグループごとに写したスナップ写真の方に目を凝らした。深津さんが俺のいるグループに入ってくれたのである。その深津さんは笑顔で写っていた。作り笑いはしていない。冷血動物なんてとんでもない。美人というより可愛らしい。俺はというと、先の精悍さ、野性的な感じとは異なり、幾分繊細な面も感じさせる落ち着きのある表情をしていた。これも俺の一面なのだと思った。僅か二枚の写真、俺と深津さん、俺はなぜ深津さんに積極的になれなかったのかと思った。やはり恋をしていたのだろう。恋といっても深津さんに理想の女性の幻影を作り、それに恋していたのかもしれない。杉本さんとは違う意味を持っていた。それにしてもあの悪戯の手紙。取り返せない失態だった。それに俺は、こっそりとストリップを観るわ、タバコ常習、ウイスキーも飲む、パチンコ屋にも出入りする、杉本さんという彼女もいる、そういう不良だ。やはり深津さんは俺のような男には相応しくない。高嶺の花だった。縁はなかった、で諦めたのだった。

五十二

今や老齢の身である俺は、運動のため愛犬の散歩を雨の日以外は欠かさずしている。今年令和5年の春めいて来た或る日の夕方、近隣のSN高校の男子生徒が六人の群れをなして下校するのを見掛けた。それぞれ何かが入った同じ紙の手提げバッグを手にしている。バッグの中身は卒業証書と卒業記念品であろう。花束を入れているのも二人ほどいた。卒業式、そのあとのおそらく閉校のイベントのようなものの帰りであろう。SN高校最後の卒業生で、SN高校は廃校になる。校長を始め教員は全員転勤になるだろう。六人の群れの中の会話から、そう校長が話していたというのが漏れて来ていた。俺は大学の教員になる前は、県立KN高校で六年、転勤して県立YH高校で八年、勤務した。この十四年の体験はいろいろあるが、とうの昔にこの二校は統廃合で校名はなくなっている。少子化問題は今に始まったのではない。政治家はもっと早く真剣に対策を講じるべきであった。それはともかく、青森高校は存続している。その卒業式にわざと出なかった俺だが今となっては愛校心のようなものも次第に湧いて来ていた。廃校になった高校の卒業生は可哀想だと思う。老いてなおその高校があれば俺のように五十年経ってもこっそり訪れる気にもなるからである。

五十三

杉本さんとは三月の中旬に映画は観ず、コロンバンの喫茶室で二時間ほど談笑した。M百貨店の池袋店が勤務地となったそうで、売場は紳士服売場になりそうだという。社会人として新たな生活に入る。それに比し、俺は大学受験浪人である。大学名に拘っての浪人生活の選択、これに悔いはないが、なんか杉本さんとだんだん遠くなって行くような不安を感じた。なお、俺は両親が別居すること、父以外は母子４人で狭いアパート暮らしに入ることを正直に話した。

「東京に行っても映画を一緒に観られるだろうか。デパートの仕事はおそらく忙しいだろうから難しいかもしれないなあ」

「そんな事はないと思うわ。毎週水曜日はお休みが取れるというし、映画に限らず、あちこち行ってみましょうよ。勉強にも息抜きが必要でしょう」

「そうだな。五月の連休前までに、その売場を訪ねて行くよ」

思えば、俺の青森高校時代で誰にも内密にしていた杉本さんとの交際は唯一のオアシスだったように思える。おそらく暗くなるだろう東京での生活、このオアシスだけは大切にして継続させたいものだと思った。

帰りは沖舘小浜のバス停で別れず、臨海荘を通り越し、海の見える岸壁に行った。陽気がよく、海風が心地よかった。周りに人がおらず、二人は抱き合いキスをした。

五十四

俺は今から丁度四年前の令和元年八月下旬に青森高校とその周辺を何と五十年ほどぶりに訪れた時の事に思いを馳せていた。当然青森高校は建て替えられていた。校門を入り、暫しその正面玄関のある建物をまじまじと眺めた。不思議な事に今の外観と昔の外観が合わせ鏡のようにして甦って来た。昔の外観はイメージ世界のものだが記憶の奥底に残っていた。その時はまだ夏休み中なのか校内は閑散としていた。野球部の部員が数名、下校するところであった。が、この白髪の老人に目をくれる者は一人もいなかった。群れは雑談に興じていた。俺は中庭をぶらつき、校門から出た。道路がある。昔もそうだった。が、今の方が交通量は多いと感じられた。昔あった食堂は当然ながらなかった。やがて堤川に架かる橋に佇んだ。上流の方には夕陽が残っていた。涼しい風が吹いている。眼下の堤川の水面は波立っていた。ボート部のボートでも通らないかと思ったが、ボート部が存続しているのかどうかも分からない。土手に出た。土手道をぶらぶらと歩いて行った。初めの下宿屋の黒崎の家らしいのを見つけた。ここに間違いはないと思った。五十年以上経っているが感覚の記憶は偽らないと思った。が、まさかにその黒崎の家を訪ねようとは思わなかった。いい思い出が一つもないからである。二番目の下宿屋だった赤井の家はここから小路を入った所にあるはずだ。が、まだ残っているかを確認しようとは思わなかった。ここもあまりいい思い出が少なかったからである。さらに土手道を歩いて行った。対岸にボートの艇庫が見える地点に来た。が、それらしいものは発見出来なかった。移転したのだろうで片づけた。ビンコーの姿が脳裡に去来した。もう亡くなっているだろうなあと思った。あの大酒飲みの先生、「漫然と漕いではいかん」という声が聞こえてきた。先生、俺は、漫然とは生きて来なかったよ、と心の中で叫んだ。さらに土手道を下り、堤橋に出て、佇んだ。昔とさして変わらないと思った。堤川の流れは幾分速くなって来たように思えた。日没が近いのだろう。こうして俺は宿のホテルまでタクシーで帰った。

五十五

最後に、話を青森高校時代に戻そう。

うちでは上京の準備のため母が三月中旬に上京し、アパートを決めて来ていた。東京は北区滝野川という所にある、四畳半と三畳の部屋、小さい台所、便所は共同、風呂はなしで近くの銭湯に行く、そういうアパートの二階の一室だという。四畳半と三畳か。家族四人、狭いではないか。俺は真っ先に夜のモミモミが出来なくなるのではないかと心配した。銭湯は小学五年生までと青森高校の下宿時代に使っていたので、あの熱い湯も悪くはないだろうと思った。最大の悩みの種はやはり二部屋合わせても八畳に満たない、その狭さで、大学受験勉強は充分に出来ないのではないかという心配であった。が、予備校には通わせてくれるというのでここでみっしり勉強すればいいと思い直した。約束のトランペットは青森市の楽器店で既に購入していた。一番廉価な物しか買えなかったが、音は出せるようになっていた。口を窄めマウスピースに当て吹く。ドレミファもやれていた。俺はつくづく経済的に恵まれていると思った。東京では暇な折、トランペットを吹こうと思った。テレビは見過ぎるので控えようと思った。先はどうなるか分からないが、ボートと映画の青春に訣別し、暗いトンネルの中に入るとはいえ、前向きの姿勢だけは失わないようにしようと決意していた。さらに母は時子の高校の編入、隆雄の小学校転校手続き、母自身のパートの職場探し、俺の予備校探しなどをなるべく早めにやろうという事で、上京はもうすぐになると話した。独り暮らしになる父は何も言わなかった。ただ、子育ては自分にも責任があるのだから、仕送りはすると母に言ったそうだ。俺はそういう父が男として不甲斐ないようにも思えていた。が、子の俺が夫婦間の問題に口出しは出来るはずもなかった。

こうして俺の東京生活は始まる事になった。東京は桜が咲き始める頃だという。

宮ノ森　青志郎（みやのもり　せいしろう）

1949（昭和24）年11月、岩手県水沢町（現奥州市）に生まれる。幼少期を青森市ですごす。1965（昭和40）年３月、青森県むつ市立田名部中学校を卒業。1968（昭和43）年３月、青森県立青森高等学校を卒業。2020年（令和２）年３月、東京都内の某私立大学を定年退職となる。

青い風のカプリッチオ

2024年４月11日　初版第１刷発行

著　　者　宮ノ森青志郎
発 行 者　中 田 典 昭
発 行 所　東京図書出版
発行発売　株式会社 リフレ出版
〒112-0001　東京都文京区白山 5-4-1-2F
電話（03）6772-7906　FAX 0120-41-8080
印　　刷　株式会社 ブレイン

ISBN978-4-86641-740-0 C0093
Printed in Japan 2024
日本音楽著作権協会（出）許諾第2400472-401号